시칠리아 로맨스

시칠리아 로맨스

앤 래드클리프 | 박재영 옮김

소리내

일러두기

1. 이 번역은 Project Gutenberg에 공개된 원전을 기준으로 했고, 옥스퍼드 월드 클래식을 참고했다.
2. 본문의 주석은 옮긴이가 덧붙인 것이다.

목차

주요 인물

퍼디낸드 마찌니 후작
루이자 (버니니) 마찌니: 후작의 첫 아내
마리아 (벨로노) 마찌니: 후작의 둘째 아내
퍼디낸드 마찌니: 후작의 아들 (아버지와 이름이 같음)
에밀리아 마찌니: 후작의 큰딸
줄리아 마찌니: 후작의 작은딸
메논 마담: 가정교사, 루이자의 친구
올랜도: 메논 마담의 오빠, 루이자의 연인
메논 기사: 메논 마담의 남편, 올랜도의 친구
히폴리터스 버리자 백작: 줄리아의 연인, 퍼디낸드의 친구
코닐리아 버리자: 히폴리터스의 동생, 수녀
루오보 공작: 줄리아의 구혼자

시칠리아 북쪽 해안에는 아직도 성城의 장엄한 잔재가 남아 있다. 한때 마찌니 귀족 가문이 소유했던 성이었다. 그것은 작은 만 가운데, 완만한 오르막 위에 서 있다. 오르막의 아래쪽은 바다를 향해 경사져 있고, 위쪽은 언덕으로 올라간다. 언덕 윗부분은 울창한 숲이다. 그 광경은 한 폭의 그림처럼 멋스러워 감탄이 절로 나온다. 폐허가 된 성에는 고대 웅장함의 기운이 감돈다. 지금의 정경이 주는 쓸쓸함과는 사뭇 대조적이다. 여행객은 그 기운에 압도되면서도 한편으로는 이곳에 무슨 일이 있었을까 의아해진다.

나는 해외를 여행하다가 이곳에 들렀다. 광활한 건축물 터에는 부서진 돌들이 이곳저곳에 흩어져 있었다. 나는 이곳을 거닐며 그 옛터의 숭엄함과 웅장함을 살펴보았다. 자연스럽게 생각이 이끄는 대로 이 성벽들이 원래의 화려함을 뽐내며 서 있던 시간으로 되돌아가 보았다. 이 홀이 휘황찬란한 축제와 환대의 장場이었던 시간으로, 죽음이 오래전에 이 땅에서 데려가 버린 사람들의 목소리가 쩌렁쩌렁 울리던 시간으로 갔다. 그러다 한탄이 절로 나왔다. '현세대도 이렇게, 비참함에 빠져 허우적대는 사람이나 지금 쾌락 속에서 헤엄치는 사람도 이처럼 사라지고 잊히겠지.' 이리 생각하자니 심장이 부풀어 올랐다. 나는 한숨을 내쉬며 그 정경에서 고개를 돌렸다. 바로 그때 한 수사가 눈에 들어왔다. 땅을 향해 인자하게 구부리고 있는 덕망 있는 풍채는 이 그림에 흥미로운 요소를 더했다. 수사는 나의 감정을 관찰하고 있었다. 나와 시선이 맞닿자 그는 머리를 흔들며 옛터를 가리켰다. 그가 말했다.

"이 성벽들이 있는 자리는 일찍이 사치와 비행의 중심지였는데, 이제는 하늘이 내린 형벌을 제대로 보여 주고 있다오. 그 후에는 다들 떠나고 버려져 폐허가 되어 버렸소."

그 말을 들으며 그게 무슨 뜻인지 나는 궁금해졌다. 그래서 더 캐물었다.

"이 성에는 근엄한 역사가 흐르지요." 수사가 말했다. "내가 말로 하기에는 너무나 길고 복잡해요. 우리 도서관에 그것에 대한 원고가 하나 있소. 내가 보게 해 드리리다. 우리 수도회 형제 중에 마찌니 귀족 가문의 후손이 있었는데, 그가 자기 가족에게 일어난 정말 놀라운 사건들을 기록했다오. 그리하여 그 역사가 만들어졌고, 그걸 우리 수도원에 유품으로 남겼소. 괜찮다면 같이 그리로 갑시다."

나는 수사를 따라 수도원으로 향했고, 그는 나를 수도원장에게 소개했다. 원장은 지성이 풍부하고 정이 깊은 남자로, 나는 그와 즐겁게 대화를 나누며 몇 시간을 흘려보냈다. 그는 내가 가진 감성을 좋아하는 듯했다. 그리고 친절을 베풀어 내 앞에 놓인 그 역사 요약본을 가져가도록 허락해 주었다. 나는 수도원장과 이야기하며 알게 된 세부 내용 몇 가지를 더해 다음과 같이 정리했다.

1장

16세기가 저물어 갈 무렵, 이 성은 마찌니 가문의 5대 후작인 퍼디낸드의 소유였다. 몇 년 동안 그의 가족은 주로 이곳에 거주했다. 퍼디낸드는 여자를 밝히고 잘난 체하기를 좋아했다. 첫 번째 아내로 루이자 버니니를 맞아들였는데, 그녀는 살라리오 백작의 둘째 딸로 아름다운 미모보다는 상냥한 태도와 인자한 처신이 눈에 띄는 숙녀였다. 그녀는 후작에게 아들 하나와 딸 둘을 낳아 주고, 아이들이 아직 어릴 때 세상을 떠났다. 아이들은 다정다감한 어머니를 잃었다. 거만하고 이기적인 기질의 퍼디낸드는 온순하고 다정다감한 성품의 아내를 강하게 통제했고, 많은 사람들은 그가 매정하고 무심해 부인이 생을 마감했다고 믿었다. 이게 얼마나 사실인지는 모르겠으나, 그는 머지않아 마리아 벨로노와 결혼했고, 그녀는 눈부시게 아름다웠지만, 성품은 작고한 부인과 정반대인 어린 아가씨였다. 마리아는 한없이 예술을 좋아했다. 헌신적으로 쾌락을 추구했으며, 누구에게도 굴하지 않는 영혼을 가진 여자였다. 새 아내는 가정을 돌보기에는 너무 변덕이 심했고, 후작에게는 애정 어린 부성애라고는 전혀 없었다. 그래서 딸들의 교육은 한 부인에게 맡겼는데, 그 부인은 고인이 된 후작 부인의 먼 친척으로 이 일을 감당하기에 완벽한 자질을 갖추고 있었다.

퍼디낸드는 두 번째 결혼식을 하고 얼마 되지 않아 마찌니 성을 떠났다. 즐거움과 화려함을 찾아 나폴리로 갔다. 아들은 데리고 갔다. 퍼디낸드는 두말할 것 없이 거만하고 독선적이었으나 마리아는 그를 통제할 수 있었다. 그는 고집이 드셌지만, 그녀는 자기 목적을 위해 그것을 굽히게 하는 말재주가 있었다. 마리아는 자기 영향력을 교묘하게 숨겼기 때문에 후작은 철저히 그녀에게 사로잡혀 있으면서도 진정 자기 뜻대로 행동한다고 믿었다. 그는 매년 마찌니 성에 다녀갔다. 하지만 부인은 좀처럼 동행하지 않았다. 후작은 거기 머무는 동안 딸들의 교육과 관련해 잡다한 지시를 내렸는데, 애정이 있어서라기보다는 자존심 때문에 그러는 것 같았다.

첫째인 에밀리아는 어머니의 성품을 많이 물려받았다. 온순하고 다정한 그녀의 성품에는 맑고 이해심 깊은 마음이 더해졌다. 동생 줄리아는 더 생기가 있었다. 때론 감성이 너무 과열되어 불안해하기도 했다. 성질은 뜨거웠지만, 아량이 넓었다. 쉽게 짜증을 내면서도 또 쉽게 가라앉았다. 조금만 야단을 맞아도 자주 울곤 했다. 그러나 부루퉁해 있지는 않았다. 불타는 듯한 상상력을 가졌고, 어린 나이에 천재성을 엿보였다. 장래 행복을 망칠 듯이 보이는 어린 학생의 이런 성향을 누그러뜨린 것은 메논 마담의 각별한 보살핌이었다. 메논 마담은 이 임무를 성공적으로 수행할 수 있는 능력을 갖추고 있었다. 마담은 일찍이 여러 불행한 일을 겪으면서 마음이 여리어졌으나 판단력은 흐려지지 않았다. 그녀는 조용한 곳으로 물러나 평정을 되찾으며 그 서글픈 생각을 대부분 털어냈지만, 그럼에도 그녀의 성품에는 싫지 않은 연한 그늘이 남아 있었다. 그녀는 자신에게 맡겨진 어린것들을 모정母情으로 사랑했고, 아이들은 그녀를 잘 따르며 점점 발전해 나갔다. 마담은 그걸 보며 모든 근심에 대한 보상을 받았다. 마담은 음악과 그림에 출중했다. 책으로 위안받지 못할 만큼 마음이 어지러울 때면, 음악이나 그림에서 곧잘 즐거움을 찾으며 슬픔을 잊었다. 아울러 에밀리아와 줄리아에게 아픔을 잊게 하는 능력처럼 유익한 능력을 키워 주는 데 온 힘을 쏟았다. 에밀리아는 그림에 흥미가 있었고, 이윽고 빠르게 그 예술 분야에서 실력을 쌓았다. 줄리아는 어우러진 화음의 매력에 남달리 민감하게 반응했다. 그녀는 화음의 다양하고 매혹적인 모든 에너지와 한 몸이 되어 전율을 느끼는 감성이 있었다.

줄리아는 마담이 가르치는 것을 놀라울 정도로 빠르게 흡

수했고, 머지않아 그녀가 좋아하는 분야에서는 그녀보다 잘하는 사람을 찾기 어려울 정도로 탁월한 능력을 갖게 되었다. 줄리아는 자신만의 연주법이 있었다. 연주가 빠르고 현란한 것은 아니었지만, 스타일의 섬세함이나 마음을 흔드는 표현 능력에서 월등했다. 그녀는 소리를 통해 혼을 불어넣듯 듣는 사람의 마음을 사로잡았다. 그녀는 류트를 좋아했는데, 그 악기의 감미로운 선율은 그녀의 녹는 듯이 달콤한 음색과 잘 어울렸다.

마찌니 성은 구조가 복잡한 커다란 건축물로, 당시 호화로운 평화 시절이나 소란스러운 전쟁 통에 귀족으로 행세했던 수많은 추종자들을 끊임없이 대접하기에는 적절해 보였다. 지금은 가족들이 단지 성의 일부만을 사용하고 있었다. 하물며 그 부분도 방들이 너무나 널찍하고 그곳까지 연결된 주랑이 길어 쓸쓸하고 황량했다. 복도에는 음울한 정적이 깔려 있고, 높은 탑에 그늘져 있는 안뜰은 고요해서 몇 시간이고 발소리조차 나지 않았다.

일찍부터 독서에 취미를 가진 줄리아는 저녁이면 작은 서재로 기어드는 걸 좋아했다. 그녀는 그곳에 좋아하는 작가들의 책을 모아 두었다. 이 서재는 성의 서쪽 귀퉁이에 자리 잡고 있었다. 창문 하나는 바다를 향해 있는데, 바다 끝의 수평선과 검은 암석으로 이루어진 칼라브리아 해안이 아련히 보였다. 다른 창은 성의 일부를 향해 열려 있어 근처 숲 풍경이 눈에 들어왔다. 줄리아는 재밌게 시간을 보낼 수 있는 것과 악기들을 이 방에 두었다. 한때 우아하고 쾌적하며 한적했던 이곳은 그녀가 만든 여러 작은 장식품과 언니 에밀리아가 그린 몇몇 그림으로 꾸며져 있었다. 서재는 줄리아의 침실과 이웃해 있고, 동떨어진 마담의 침실까지는 단지 짧은 주랑이 하나 있었다. 이 짧은 주랑은 길고 굴곡진 다른 주랑으로 열려 있고, 그 긴 주랑은 북쪽 홀 끝에 있는 큰 계단까지 연결되어 있는데, 그 계단을 통하면 건물의 북쪽 면에 있는 주요한 방들을 오갈 수 있었다.

메논 마담이 사용하는 방들에서는 이 두 주랑 어디나 갈 수 있었다. 마담은 평소 그 방 중 하나에서 어린 학생들을 가르치며 오전 시간을 보냈다. 창들은 바다를 향해 있고, 방은 밝고 쾌적했다. 식사는 보통 아래층에 있는 방에서 했다. 식사 때는 항상 후작의 하인이 같이했다. 그 하인은 오랫동안 이 성에서 살았고, 어린 숙녀들에게 라틴어와 지리를 가르쳤다. 날씨가 좋은 여름 저녁에는 별관에서 식사할 때가 많았다. 별관은 성에 속한 숲의 높은 곳에 세워져 있었다. 거기서는 끝없이 펼쳐진 바다와 육지가 한눈에 들어왔다. 칼라브리아의 반대편 해안과 메시나 해협 그리고 현란하면서도 그림 같은 시칠리아 정경도 폭넓게 보였다. 에트나산은 영원히 녹지 않는 눈의 왕관을 쓰고 있고, 구름 사이로 높이 솟아오르며 웅장하고 숭엄한 배경 그림을 만들었다. 팔레르모시市 또한 선명하게 시야에 들어왔다. 줄리아는 반짝이는 여러 뾰족탑을 물끄러미 바라보다 저 바깥세상을 보고 싶은 마음에 조용히 한숨지으며 그것의 멋스러움을 상상해 보려고 했다. 그녀는 후작 부인의 야비한 질투로 인해 여태껏 세상과는 멀리 떨어져 지내야 했다. 부인은 내심 에밀리아와 줄리아를 미모를 경쟁하는 적수로 보고 불안해하며 어떻게든 못되게 굴었다. 부인은 후작에게 온갖 영향력을 발휘하여 그들이 이 외진 곳에 갇혀 지내게 했다. 이제 에밀리아는 스물이고, 줄리아는 열여덟 살이었으나, 이때까지 그들은 아버지의 영토를 벗어난 적이 없었다.

흔히 허영심은 사람을 비현실적으로 경계하게 만든다. 다만 이 경우에는 후작 부인이 불안해할 이유가 있었다. 후작의 딸들은 세상 누구보다도 아름다웠다. 에밀리아는 훌륭히 조화를 이루는 외모를 가졌다. 피부는 하얗고, 머리카락은 연한 황갈색이었으며, 검푸른 눈동자는 달콤한 표정을 머금었다. 행동에는 위엄과 기품이 있었고, 태도에는 여성스러운 온화함과 보는 이의 마음을 주체할 수 없게 뒤흔드는 가냘픈 수줍음이 있었다. 한편 줄리아의 자태는 밝고 우아했다. 그녀는 허공을 걷듯 걸었고, 생기 넘치게 움직이며, 마음을 홀리는 미소를 지었다. 검은 눈동자는 불타오르는 듯했지만, 성품은 다정다감했다. 미소 짓는 우아함이 입가에 번질 때면 이목구비가 매혹적으로 변했고, 표정에는 내면의 다양한 감정이 쉽게 드러났다. 목 언저리에는 곱고 풍성한 다갈색 머리카락이 동글게 말려 있어 그녀의 미모에 마지막 매력을 더했다.

마찌니 귀족의 딸들은 이렇게 사랑스러웠고, 또 이렇게 외딴 곳에 숨겨져 있었다. 그렇지만 그들은 행복했다. 세상의 쾌락을 아쉬워할 만큼 세상을 알지 못했기 때문이다. 간혹 줄리아는 몽상에 잠겨 허황한 그림을 그리며 한숨짓기도 하고, 그녀가 등장하지 않은 바쁜 장면들을 떠올리며 마땅찮게 궁금해하기도 했다. 하지만 이내 일상적인 소일거리로 돌아가며, 마음에서 이 이상적인 이미지를 몰아내고, 평소처럼 자족하며 행복해했다. 한가한 시간에는 독서와 음악과 그림을 번갈아 가며 했다. 그리고 아름다운 여름 저녁에는 별관에서 시간을 보낼 때가 많았다. 마담과의 즐거운 대화, 타소의 시, 줄리아의 류트, 에밀리아의 우정이 합쳐져 하나의 행복을 만들었다. 고결하고 민감한 영혼만이 받아들이거나 나눌 수 있는 행복이었다. 마담은 대화의 품위를 완전히 이해했고, 실생활에 적용했다. 어린 학생들은 그 가치를 깨닫고, 그 고아한 품격의 정신을 붙잡았다.

대화는 두 갈래로 나뉠 수 있을 것이다. 친숙한 것과 감성적인 것. 친숙한 것의 영역에서는 활기가 돌고 편안하다. 인간 대 인간으로 마음을 열고, 마음에는 따스한 볕이 배어든다. 자연과 예술은 우리가 그 감흥에 젖도록 음모를 꾸민 게 틀림없다. 그렇게 해서 대화가 다음 단계로, 메논 마담이 특히나 잘

하는, 이른바 감성 대화로 나아갈 수 있도록 하는 것이다. 좋은 감각, 살아 있는 느낌, 그리고 취향에 맞는 것을 대할 때 자연스럽게 나타나는 세심함을 가지려면, 마음의 폭을 넓히고 생각을 순화해야만 한다. 이것은 고도의 수련을 통해서 얻어진다. 이런 대화를 거부할 수 없이 좋아하게 되려면 반드시 세상 지식이 있어야 한다. 귀를 홀리는 사건, 고상한 매너—이런 것은 상류 사교계에 자주 드나들어야만 알 수 있다. 감성 대화에서는 야릇하게 흥분되고 상상을 자극하는 화제가 등장한다. 생동감 있고 자세하게, 마치 운동 경기를 하는 것처럼 말이 오간다. 예의에 벗어날 만큼 길어져서는 절대 안 된다. 상상은 넘쳐나고, 감각은 부풀어 오른다. 조심스럽게 전개되면서 취향에 맞게 꾸며진 재치 있는 이야기는 심장으로 향한다.

메논 마담과의 대화가 이랬다. 특히 별관에서의 흥겨움은 마치 발랄한 사교 모임의 무대를 위해 연출된 듯싶었다. 어느 무덥던 날 저녁, 그들은 좋아하는 별관에서 식사를 했다. 그 시간의 시원함을 만끽하며 밤의 아름다움에 빠져 있자니 그들은 행복에 겨워 평소보다 더 늦게까지 같이 있게 되었다. 집으로 돌아오는 길에 그들은 어느 방의 깨진 창 덧문 사이로 불빛이 새어 나오는 것을 보고 모두 화들짝 놀랐다. 그곳은 수년 동안 폐쇄된 구역이었기 때문이다. 그들은 멈춰 서서 그쪽을 빤히 쳐다보았다. 불빛은 금세 사라졌고, 다시는 보이지 않았다.

이 현상을 목격한 메논 마담은 마음이 어수선하여 그 이유를 알아보려고 서둘러 성으로 향하다 북쪽 홀에서 빈센트와 마주쳤다. 마담은 자기가 본 것을 그에게 말하고, 당장 그 구역 방들 열쇠를 찾아보도록 지시했다. 누군가가 도둑질을 하려고 건물 그쪽 편으로 침입했을지도 모른다고 마담은 걱정했다. 그래서 자신의 의무와 연관된 하찮은 염려는 접어 두고, 하인들을 불러 그곳에 함께 가 볼 작정이었다. 빈센트는 마담이 걱정하는 것에 피식 웃으며 그녀가 잘못 본 거라고 둘러댔다. 그는 늦은 시각의 엄숙함이 엉뚱한 상상을 하게 한 것이라고 했다. 하지만 마담은 뜻을 굽히지 않았다. 빈센트는 한참을 계속해서 뒤진 끝에 잔뜩 녹이 슨 큼지막한 열쇠를 하나 찾았다. 이윽고 마담은 빈센트를 앞세우고 성의 남쪽 편으로 갔다. 하인들은 무슨 일인가 궁금해하며, 조바심을 내며 따라갔다. 철제 게이트에 열쇠를 꽂아 열고, 성의 이 구역과 다른 구역을 분리하는 정원으로 들어섰다. 정원에는 풀과 잡초가 무성하게 자라 있었다. 그들은 그곳에 있는 작은 계단을 올라 큰 문이 있는 곳으로 갔다. 그 문을 열려고 해 보았으나 허사였다. 성에서 쓰는 다른 열쇠들을 시도해 보았지만, 소용이 없었다. 호기심을 만족시키지도 못하고, 두려움을 가라앉히지도 못한 채, 결국 거기서 그만두어야만 했다. 모든 것이 정지했다. 불빛은 다시 나타나지 않았다. 마담은 자신의 걱정을 감추었고, 가족들은 휴식에 들었다.

이 사건은 메논 마담의 마음에 남았다. 감히 다시 별관에 나가 저녁 시간을 보내기까지는 시간이 좀 걸렸다. 별다른 소란이나 발견 없이 몇 개월이 지났으나, 그러다 또다시 일이 벌어져 긴장감이 일었다. 어느 날 밤 줄리아는 평소보다 늦게까지 서재에 머물러 있었다. 재밌는 책에 빠져 보통 잠자리에 드는 시간을 지나친 것이었다. 성에 거주하는 사람은 모두 진즉부터 잠이 들어 있었다. 성의 시계가 1시를 알리는 소리에 줄리아는 정신을 차렸다. 그녀는 시각이 너무 늦은 것을 깨닫고, 서둘러 일어나 침실로 가다가, 창을 통해 보이는 밤의 아름다움에 눈이 갔다. 줄리아는 창문을 열고, 어두컴컴한 숲을 비추는 달빛의 멋스러운 효과를 감상하며 몸을 앞으로 기울였다. 그 상태로 오래 있지 않았는데, 아무도 거처하지 않는 구역의 한 여닫이 창문 사이로 빛이 어렴풋이 반짝였다. 줄리아는 홀연히 등골이 오싹해지며 가만히 있기가 힘들었다. 잠시 후 불빛은 사라졌다. 그리고 곧이어 램프를 든 형체가 남쪽 타워에 있는 문에서 나왔다. 그 문은 잘 보이지 않았다. 형체는 성벽의 바깥길을 따라 은밀하게 걸어 남쪽 귀퉁이를 돌아갔다. 그러고는 귀퉁이에 가려 더는 보이지 않았다. 줄리아는 자신이 본 것에 놀라고 무서워, 황급히 메논 마담의 침실로 달려가 상황을 설명했다. 즉각 하인들이 깨워졌고, 전반에 걸쳐 긴장감이 퍼졌다.

마담은 일어나 북쪽 홀로 내려갔다. 거기에는 이미 하인, 하녀들이 모여 있었다. 하지만 누구도 용기를 내어 그 정원에 들어가지 못했다. 미신에서 오는 공포를 물리쳐야 하는 상황에서 그들은 마담이 지시를 내려도 따르지 않았다. 마담은 빈센트가 없음을 깨달았다. 마담은 그를 불러오라고 말했고, 이내 그가 홀로 들어왔다. 그는 집안사람들이 모여 있는 것을 보고 아연해하며 자초지종을 들었다. 곧바로 빈센트는 몇몇 하인들에게 성벽을 돌아보게 자기를 따르라고 명했다. 그들은 어쩔 수 없이, 더욱 두려워하며 복종했다.

얼마 후, 그들은 딱히 별다른 것을 발견하지 못하고 홀로 돌아왔다. 두려워할 만한 근거는 찾을 수 없었지만, 그들은 결코 흩어지지 않았다. 수년 동안 사용하지 않았고 시간이 지나고 환경이 바뀌어 야릇하게 황량한 기운이 감도는 구역에서 불빛이 보인 것은, 격렬한 경악과 공포를 불러일으키기에 충분했는지도 모른다. 천한 사람의 머리는 어떤 이상야릇한 일이 발생하면 그걸 게걸스럽게 받아들인다. 하인들은 성의 남쪽 구역에 불가사의한 무언가가 있다고 망설임 없이 믿었다. 그들은, 이 상황에서 다시 잠자리에 들기에는 너무 심란하니 밤새 경계를 서자고 의견을 모았다. 그리하여 동편 주랑에 자리를 잡았다. 그곳에서는 빛이 나타났던 남쪽 타워가 보였다. 그러나 다른 소란 없이 밤은 지나갔다. 동이 터 오자, 그들은 이루 말할 수 없이 안도하며, 음울한 걱정을 잠시 내려놓았다. 그러나 해가 지면서 다시 두려움이 퍼졌다. 하인들은 며칠을 계속해서 밤이 되면 남쪽 타워를 지켜보았다. 딱히 기이한 점은 없었지만, 머지않아 성의 남쪽 편에는 유령이 산다는 소문이 돌았고, 그들은 그걸 믿었다. 미신이라면 별로 신통치 않게 여겼던 메논 마담도 내심 불안하고 난감했다. 그래서 또 불빛이 나타나면 후작에게 그 사실을 알리고, 그 방들의 열쇠를 달라고 해야겠다고 결심했다.

후작은 나폴리의 방탕한 생활에 빠져 마찌니 성이나 그 성에 사는 사람들을 거의 잊고 있었다. 그의 보살핌 아래서 교육받았던 아들은 자랑스러운 유일한 트로피가 되었고, 후작 부인은 애정의 트로피였다. 그는 몽상에 푹 빠져 부인을 사랑했으나, 그녀는 그럴듯하게 마음을 다하는 척하면서 은밀히 배신하는 것으로 보답했다. 그녀는 극도로 음탕한 쾌락에 빠져 기분내키는 대로 마음껏 재미를 보았다. 하지만 발각되지 않도록, 심지어 의심도 하지 못하도록, 기교적으로 절묘하게 처신했다. 애정에 관한 부분도 마찬가지로 변덕스러웠다. 그러다 그녀는 젊은 히폴리터스 버리자 백작에게 흥미를 갖게 되었다. 그녀의 천성인 변덕스러움은 잠시 사라지는 듯했고, 모든 욕망은 그에게 집중되었다.

버리자 백작은 아직 어릴 때 아버지를 잃었다. 지금은 성년

이 되어 아버지의 재산을 물려받았다. 성품은 유순했지만, 남성적인 면모도 있었다. 교양이 풍부하고 행동은 우아했으며, 인상으로 보자면 기백과 위엄과 관대가 행복하게 조화를 이룬 상으로, 성품 또한 대체로 이러했다. 그는 생각이 숭고해 나폴리의 성적 부도덕을 경멸했고, 더 높은 이상을 좇았다. 버리자는 일찍부터 후작의 아들 퍼디낸드와 특별한 우정을 쌓았고, 그 집에 자주 드나들었다. 후작 부인은 그를 처음 만났을 때부터 각별하게 대했다. 얼마 후 그녀는 적극적으로 대시했지만, 명예를 중시하고 성품이 곧은 버리자는 그것을 용납하지 않았다. 그는 부인의 열정을 식히고자 무심하고 쌀쌀한 태도를 보였으나, 그것은 역으로 부인을 더욱 달아오르게 할 뿐이었다. 여태까지 그는 부인이 베푼 호의를 환영했고, 기분 좋게 받아들였었다. 하지만 지금은 냉랭한 기운이 돌았다. 부인은 자존심이 상했지만, 정교하게 계획하여 온갖 교태를 부리기에 이르렀다.

하인 빈센트가 병에 든 것은 이 무렵이었다. 병이 급속하게 악화되면서 짧은 시간에 그는 몰골이 흉해졌다. 그는 회복이 어렵다고 판단하고, 후작에게 메신저를 보내 그의 상황을 알리고 그가 죽기 전에 후작을 꼭 보고 싶어 한다는 간절한 소망을 전해 주길 바랐다. 어떤 약을 써도 병은 나아지지 않았다. 심적 고뇌가 두드러지며 운명을 재촉하는 듯했다. 임종이 다가옴을 느끼며 그는 고해 신부를 요청했다. 신부는 꽤 오랜 시간 그와 단둘이 있었다. 메논 마담이 그의 침대 곁으로 호출되었을 때는 이미 병자성사를 끝낸 후였다. 이제 죽음의 손이 그의 위에 있었다. 이마에는 차가운 절망이 붙어 있었다. 마담이 방에 들어오자, 그는 힘겹게 눈꺼풀을 올렸다. 그러고는 가까이 오라고 손짓을 했다. 그는 아무도 방에 들이지 말라고 부탁하고는 잠시 말이 없었다. 내심 고통스러운 기억에 짓눌려 힘겨워하는 듯했다. 그는 몇 번 말을 하려고 했지만, 그럴 의지가 없거나 힘이 없어 그렇게 하지 못했다. 마침내 그는 마담을 보며 형언할 수 없는 번민의 모습으로 입을 열었다.

"아, 마담, 나같이 나쁜 놈은 기도해도 하늘이 듣지 않을 겁니다. 후작님이 도착하기 전에 나는 일찌감치 죽을 거요. 더는 후작님을 볼 수 없으니, 내 마음을 무겁게 짓누르고 있는 비밀을 당신에게 털어놓고 싶소. 이 비밀로 인해 나는 이 마지막 순간이 두렵소이다. 이제는 희망이 없으니."

"걱정하지 말아요." 마담은 말했다. 그녀는 그의 마음가짐에 감동했다. "진심으로 죄를 고백하고 용서를 빌면 반드시 용서받는다고 우리는 배웠어요."

"마담은 내 죄가 얼마나 흉악한지 모르오. 비밀도, 내 가슴을 난도질하는 이 끔찍한 비밀도 모르고. 내 죄는 이 세상에서 용서받을 수 없소이다. 다음 세상에서도 용서받지 못할까 나는 두렵소. 신부님께 고해성사는 했지만, 희망은 거의 없소. 하지만 나는 아직 좋은 일을 할 수 있는 힘이 있소. 성의 남쪽 구역과 묘하게 연관된 비밀을 당신에게 털어놓으리다."

"무슨 일인가요?" 마담이 조바심을 내며 크게 말했다.

빈센트는 아무 대꾸가 없었다. 그는 말을 하다 너무 지쳐 정신을 잃어버린 것이었다. 마담은 종을 울려 도움을 요청하고, 적절히 처치하자 그는 감각이 돌아왔다. 하지만 말은 한마디도 하지 못했다. 한 시간 정도 그 상태로 있다가 그는 결국 숨을 거두었다.

마지막에 일어난 뜻밖의 일로 마담은 고통스러울 정도로 경악하고, 혼란에 빠졌다. 그녀는 남쪽 구역과 관련하여 여러 특이점을 되새겨 보았다. 그곳은 수년 동안 아무도 살지 않았고—그 구역은 늘 조용했는데—불현듯 불빛과 형체가 나타났고—열쇠를 찾아보니 찾을 수 없었고—사람들은 그와 연관된 소문을 철석같이 믿었다. 이렇게 상기해 보니 여러 상황이 합쳐지면서 더욱 궁금해지고, 더욱 알고 싶어졌다. 성의 그 부분은 미스터리의 베일에 가려져 있었다. 베일을 걷는 것은 이제 불가능해 보였다. 그것을 할 수 있던 유일한 사람이 더는 숨을 쉬지 않았다.

빈센트가 죽은 다음 날, 후작이 도착했다. 그는 하인들만 동반하고 나타났다. 마음이 급하고 감정이 북받친 듯한 안색을 띠며 성의 게이트에서 하차했다. 메논 마담은 어린 숙녀들과 함께 홀에서 그를 맞았다. 후작은 성급히 딸들에게 인사를 하고, 오크 목재로 만든 응접실로 향했다. 마담에게 따라오라고 요구했고, 그녀는 순종했다. 후작은 뒤숭숭한 태도로 빈센트에 관해 물었다. 빈센트의 죽음에 관한 내용을 듣고는 그는 빠른 걸음으로 응접실을 왔다 갔다 하며 잠시 말이 없었다. 마침내 의자에 앉아 마담을 유심히 바라보더니 임종 전에 특이점이 있었는지 몇 가지 물었다. 마담은 빈센트가 진심으로 후작을 만나고 싶어 했다고 전하고, 그가 마지막으로 했던 말을 되풀이했다. 후작은 여전히 말이 없었다. 마담은 연이어 남쪽 구역과 연관된 사건을 언급했다. 그녀는 그것이 꼭 해결해야 하는 중요한 사안이라고 생각했다. 후작은 그녀의 추론에 웃음을 터트리며 그 일을 아주 가볍게 대했다. 그녀가 묘사한 불빛과 형체는 겁 많고 소심한 사람이나 보는 헛것이라고 했다. 그러고는 대화를 멈추고 빈센트의 침실로 향했다. 후작은 그곳에 꽤 오랫동안 머물러 있었다.

다음 날 에밀리아와 줄리아는 후작과 함께 식사를 했다. 후작은 침울하고 말이 없었다. 딸들이 아버지의 기분을 좋게 하려고 노력해 보았지만, 다정함보다는 불쾌감만 더하는 듯했다. 식사를 마친 후 후작은 서글피 의아해하는 딸들을 그대로 남겨 둔 채 자기 침실로 돌아갔다.

빈센트는 그가 원했던 대로 세인트 니컬러스 수도회에 속한 교회 묘지에 묻혔다. 한 하인은 장례 절차에 관한 몇 가지 지시를 받은 후, 용기를 내어 후작에게 남쪽 타워에 불빛이 보인 것에 대해 언급했다. 로버트는 미신적 소문이 집안에 파다하고, 해가 지면 하인들이 그 정원을 건너가지 않으려 한다며 불만을 토로했다.

“누가 너한테 이 얘기를 하라고 시키더냐?” 후작은 짜증 섞인 어투로 추궁했다. “내가 경고했건만, 말도 안 되는 상상을 하며 감히 주제넘게 참견하는 것이 여자와 하인들이냐? 가라. 다시는 내 앞에 얼씬도 하지 마라. 주인에게 적절히 할 수 있는 말이 무엇인지 알 때까지는 다신 오지 마.”

로버트는 겸연쩍어하며 물러갔다. 한동안 누구도 후작에게 그 화제를 다시 꺼낼 수는 없었다.

아들 퍼디낸드가 성년•에 이르는 날이 다가오고 있었다. 후작은 이것을 축하하기 위해 마찌니 성에서 거창한 연회를 베풀기로 결정했다. 부인과 아들을 나폴리에서 불러들였고, 연회를 성대하게 준비하도록 지시했다. 에밀리아와 줄리아는 후작 부인이 온다는 소식에 몹시 두려워했다. 그들은 부인의 영향력에 대해 익히 알고 있었고, 부인이 있으면 힘겨운 제약이 따르리

• 현재 영국의 성년 나이는 18세이나 1969년 이전에는 21세였다.

라 예상했다. 메논 마담의 너그러운 지도 아래서는 행복하고 평온한 시간을 보냈었다. 그들은 세상의 비애와 쾌락에 대해 알지 못했기 때문이다. 그런 것에 중압감을 느끼지 않았고, 선동되지 않았다. 지식을 좇고 기품 있는 소양을 갖추는 데 힘쓰다 보면 순간순간이 훌쩍 날아갔고, 시간이 흐름에 따라 날로 발전할 뿐이었다. 마담은 어머니처럼 상냥하고, 친구처럼 공감했다. 그래서 그들은 따스하고 흔들림 없는 애정으로 마담을 사랑했다.

수년 동안 보지 못했던 오빠가 특별한 이유로 방문하는 것에 자매는 대단히 기뻤다. 오빠에 대해 이렇다 할 만한 기억은 딱히 없었지만, 그들은 들뜬 마음으로 그가 와서 인덕을 베풀고 재능을 나눠 주길 기대했다. 후작 부인이 있어 생길 수 있는 거북함에 위안이 되는 좋은 벗이 되어 주길 바랐다. 줄리아는 다가오는 축하연에 관심이 많았다. 그녀 앞에는, 홍에 겨워 온화하고 불그레한 색상으로 채색된, 풋풋한 상상으로 그린 새로운 광경이 펼쳐지고 있었다. 즐거운 일이 가까이 오면 가슴에서는 감성이 깨어난다. 어쩌면 이 감성은 멀리 떨어져 마음을 비우고 관망하는 것으로는 깨어나지 않을 것이다. 줄리아는 여태껏 멀리서 차분하게 삶 속의 화려한 쾌락을 상상해 왔었다. 그러나 지금은—그녀가 그것을 기다려야 하는 시간 내내—참을 수 없는 기대감에 부풀어 어정버정 보내고 있었다. 에밀리아는 덜 역동적이었고, 그래서 상상력이 약했다. 그녀는 다가

오는 축하연을 차분히 맞이하고 있었다. 그녀가 조용히 즐기는 이 기쁨이 방해받는 것이 유감스러울 정도였다. 에밀리아는 이렇게 조용히 즐기는 것이 자신의 역량과 성격에 더 잘 맞는다는 걸 알았다.

며칠이 지나고, 후작 부인이 성에 당도했다. 수많은 수행원과, 퍼디낸드와, 쾌락을 좇아 부인을 따라온 이탈리아 귀족 몇몇을 앞세우고 등장했다. 음악 소리는 그녀의 입장을 널리 알렸다. 경첩에 오랫동안 녹이 슬어 있던 게이트는 그녀를 맞이하기 위해 활짝 열렸다. 최근 음울하고 황량하기만 했던 여러 정원과 홀은 돌연 찬란하게 번득였고, 반가움의 유쾌한 소리가 울려 퍼졌다. 줄리아는 흐릿하게 보이는 유리창을 통해 그 장면을 살폈다. 개선장군의 팽팽한 기운이 대기에 가득한 걸 느끼며 줄리아는 가슴이 두근거렸다. 기분이 들떠 심장 박동이 빨라졌고, 지금껏 그녀가 알지 못했던 어떤 생동감 넘치는 즐거움에 후작 부인에 대한 걱정은 잊었다. 실지로 후작 부인의 도착은 제약 없이 광범위한 쾌락의 신호탄인 듯했다. 후작이 그녀를 맞으러 나왔을 때, 최근 그의 안색을 어둡게 했던 우울함은 그들을 환영하는 미소 속에 사라졌다. 그 무리는 그것을 쾌락으로의 초대라고 간주하는 것처럼 보였다.

잔잔한 성품의 에밀리아도 이처럼 매혹적인 장면에 무심하지 못했다. 왜 그런지는 알 수 없지만, 그녀는 그 광경을 보며 한숨을 내쉬었다. 줄리아는 언니를 보며, 부인을 뒤따르는 멋스러운 젊은 남자 형체를 가리켰다. 줄리아는 그가 오빠였으면 좋겠다고 말했다. 그들은 눈앞에 펼쳐진 광경을 관찰하다가 후작 부인에게 인사하러 오라는 호출을 받았다. 줄리아는 두려워 바들거렸다. 잠깐이었지만 그녀는 이 성이 예전 상태로 되돌아가길 바랐다. 그들은 큰 홀을 지나 나아갔고, 그곳에서 소개되었다. 줄리아는 얼굴이 온통 붉게 물들었다. 에밀리아는 줄리아와 마찬가지로 소심했지만, 그래도 우아한 품위를 지켰다. 후작 부인은 고상함과 위선적 겸양이 뒤섞인 미소를 지으며 그들을 맞았다. 순간 그 무리의 사람들은 자매의 우아한 기품과 미모에 정신을 빼앗겼다. 줄리아는 생김새가 기억나지 않는 오빠를 찾아 거기 있는 사람들 사이로 열심히 눈동자를 움직였지만, 소득이 없었다. 마침내 아버지가 오빠를 소개했다. 줄리아는 실망의 한숨을 내쉬었다. 그녀가 창에서 보았던 젊은이가 아니었기 때문이다. 오빠는 적극성을 띠며 다가왔고, 줄리아는 진심으로 그를 환영하며 인사를 나누었다. 오빠는 키가 크고 장대했다. 당당한 태도에는 기품이 있었고, 얼굴에는 금세 다정함과 위엄이 드러났다. 저녁 식사는 동쪽 홀에 준비되었다. 식탁에는 갖가지 맛있는 요리들이 차려졌다. 식사하는 동안에는 악단이 곡을 연주했고, 저녁은 살롱에서 연주회를 들으며 마무리되었다.

2장

드디어 줄리아가 너무나 오랫동안 초조하게 기다리던 축하연의 날이 되었다. 이웃 귀족은 모두 초대되었고, 함께 어우러져 기쁨을 나누기 위해 성의 게이트는 활짝 열렸다. 여러 홀에는 호사스럽고 값비싼 요리가 차려졌고, 근사한 환대가 준비되었다. 아치형 천장을 따라 감미로운 음악이 흘렀고, 벽에는 장식이 달렸다. 마치 마술사의 손이 일찍이 울적했던 그곳을 요정의 궁전으로 홀연히 변형시켜 버린 듯했다. 모두가 즐거워하고 있었다. 그러나 후작은 종종 다른 것에 마음을 빼앗긴 듯 보였다. 그는 활기를 띠려고 해 보았지만, 표정에 드러난 침울한 심경을 감출 수는 없었다.

저녁에는 성대한 무도회가 열렸다. 여전히 눈에 띄는 미모와 예의 있는 행동으로 시선을 사로잡은 후작 부인은 휘황찬란하게 차려입고 등장했다. 머리는 수많은 보석으로 꾸며졌다. 그러나 그 자태는 우아한 감각보다는 음탕한 기운을 풍기는 듯한 인상을 주었다. 부인은 자신의 매력을 의식하면서도 아름다운 에밀리아와 줄리아에게는 질투의 시선을 보냈다. 온갖 솜씨를 부려 화려하게 치장한 것보다 그들의 수수한 우아함이 훨씬 더 매혹적이라고 내심 인정할 수밖에 없었다. 그들은 시칠리아 양식으로 가볍게 입고 있었다. 풍성한 머리카락은 윤기가 흘러 아름다웠는데, 단지 진주 초커 목걸이만이 머리가 흘러내리는 것을 막고 있었다. 무도회의 서막을 올린 이는 퍼디낸드와 마틸다 컨스탠자 양이었다. 에밀리아는 젊은 파젤리 후작과 춤을 추고는 차분하게 품위를 지키며 물러났다. 그녀에게 이런 행동은 매우 자연스러워 보였다. 줄리아는 버리자 백작이 그녀를 앞으로 이끌자 기쁨과 근심의 복잡한 감정이 들었다. 버리자 백작을 보며 그녀는 창을 통해 보았던 그 멋스러운 청년을 기억했다. 하객들은 줄리아의 점잖은 발걸음과 기품 있게 조화를 이루는 체형에 조용히 속삭이듯 찬사를 터트렸다. 이제 그녀의 볼에는 불그레한 기운이 얼핏 돌았고, 이는 그녀 모습에 매력을 더했다. 연주곡이 바뀌자 줄리아는 감미로운 시칠리아 템포에 맞춰 춤을 추었다. 그녀는 가볍고 우아하게 그리고 꾸밈없이 다정하게 움직이다, 차분한 분위기로 접어들었다. 그 분위기는 댄스가 멈춘 후에도 한동안 계속되었다. 후작 부인은 자신을 향해 이곳저곳에서 터져 나오는 찬사를 즐거운 듯 주목하면서도 속으로는 불안해했다. 버리자 백작이 줄리아를 댄스파트너로 선택했을 때, 부인은 애를 태우며 괴로워했다. 부인은 저녁 내내 질투의 눈빛으로 그를 주시하며 뒤쫓았다. 사랑으로 달아오른 그녀의 가슴은 이제 난폭하고 파괴적인 열정으로 요동치며 산산이 부서졌다. 머릿속에서는 소란이 일었고, 마음은 그녀 앞에 벌어진 장면을 회피했다. 부인은 아무 일 없는 것처럼 보이기 위해 자신이 가진 모든 재주를 동원해야 했다. 그녀는 버리자 백작이 줄리아에게 구애할 때 정성을 다하는 것을 보았다. 아니, 보았다고 믿었다. 그것은 질투의 분노를 일으키며 그녀의 가슴을 파고들었다.

자정에는 성의 게이트가 열렸고, 하객들은 숲으로 발걸음을 옮겼다. 숲에는 근사하게 불이 밝혀져 있었다. 불빛은 길게 내다보이는 경치를 따라 늘어서 있고, 그것을 따라가다 보면 등을 피라미드처럼 쌓아 올린 곳에 닿았다. 등의 피라미드는 환하게 솟아오르는 불길 같았다. 군데군데 건물이 서 있었는데, 건물에는 각양각색의 등이 걸려 있어 정말 화려하고 환상적인 모양을 이루었다. 나무 아래에는 먹을거리가 준비되어 있었다. 어디선가 보이지 않는 손이 연주하는 선율이 흘러나왔다. 연주가들은, 눈에 보이지 않아 상상력을 자극하도록 어두컴컴한 나무들 사이 어딘가에 숨어 있었다. 마치 주술에 걸린 듯한 정경이었다. 오직 아름답고 낭만적인 광경만 눈에 보였고, 유쾌한 대화 소리와 감미로운 곡조만 귀에 들렸다. 젊은 사람들은 자기들끼리 무리를 지어 간간이 숲 쪽을 힐끔거리다 어디론가 사라졌다. 그곳에서 줄리아는 마법의 여왕이었다. 줄리아는 심장이 즐거움 속에 녹아들었다. 순수하고 자족하는 기쁨이 그녀의 표정 곳곳에 퍼져 있었다. 너그럽고 진솔하며 신바람 난 감성으로 눈동자가 빛나고, 태도에는 활력이 넘쳤다. 마음은 한없이 주고 싶은 연정으로 이글거렸다. 자신이 경험한 순수한 행복을 주변 모두에게 간절히 나누어 주고 싶어 하는 듯했다. 그녀가 가는 곳마다 발걸음을 따라 감탄의 말이 터져 나왔다. 젊은 퍼디낸드는 쾌활한 주변 정경만큼이나 기분이 좋았다. 에밀리아도 기뻤고, 후작은 울적함은 성안에 두고 나온 듯 보였다. 후작 부인만이 홀로 비참했다. 그녀는 특별히 근사하게 장식된 바닷가 별관에 앉아 몇몇 사람과 홀짝거렸다. 그곳에는 하얀 실크 천이 드리워져 있었다. 그것은 금으로 멋스럽게 테를 둘렀고, 양 끝은 꽃 줄로 묶여 있었다. 소파도 하얀 실크로 만들어진 것이었다. 둥그스름한 등과 장미의 화관이 번갈아 가며 기둥들을 휘감고 있었다. 처마 돌림띠를 따라 놓인 작은 램프들은 빛으로 지붕의 가장자리를 만들었다. 또 다른 수많은 등불은 방을 꾸미고 있는 여러 개의 큰 거울에 반사되어 찬란한 광휘를 발했다. 후작 부인의 무리와 함께 있던 무리아니 백작은 부인에게 딸들의 미모를 칭송했다. 그는 그들의 매력에 혼을 빼앗긴 포로들이 있다며 유쾌하게 한탄했다. 그러고는 버리자 백작을 언급했다.

"그는 줄리아에게 누구보다 잘 어울리는 남잡니다. 춤을 추는 모습이 남자와 여자의 완벽한 모델을 보는 것 같았죠. 내가 틀리지 않는다면, 그들은 서로에게 관심이 있습니다."

후작 부인은 불안감을 숨기려고 애쓰며 말했다. "예, 그래요. 백작님이 평가한 모든 장점을 인정합니다. 하지만, 잘은 모르지만, 그래도 내가 보는 바로는 버리자 백작은 심각한 관계를 맺기에는 너무나 변덕스러운 기질을 가졌어요."

바로 그때 버리자가 별관으로 들어섰다.

"아!" 무리아니가 웃으며 말했다. "호랑이도 제 말 하면 온다더니, 본인이 오는군. 자네에게 주는 훈장을 받으려고 딱 맞춰 등장했네 그려. 후작 부인한테 자네가 줄리아 양에게 호감이 있다고 말하고 있던 참이었거든. 근데 부인은 내가 틀렸다고 하는군. 자네 훌륭한 점은 인정하나 천성적으로 변덕스럽고 일관성이 없다나. 어떤가, 줄리아 양의 미모가 자네의 불안정한 심장을 꽉 붙들어 매지 않았나?"

"제가 어떻게, 부인이 말씀하신 기질을 갖게 되었는지 모르겠습니다만," 버리자 백작이 웃으며 말했다. "그 심장이 보기 드물게 변덕스럽거나, 아니면 감각이 둔한 것은 분명합니다. 줄리아 양 앞에서는 맘대로 날뛰니 말입니다."

후작 부인은 이 대화에 굴욕감을 느꼈고, 지금은 버리자의 응수에 강한 반감을 느꼈다. 부인은 그가 어떤 특정 부분을 강조하며 비꼬았다고 속단했다.

연회는 바다의 여백 위에 펼쳐진 휘황찬란한 불꽃놀이로 마무리되었다. 하객들은 동이 틀 때까지 흩어지지 않았다. 줄리아는 아쉬워하며 그곳에서 물러났다. 그녀는 자기 앞에 모습을 드러낸 새로운 세계에 매료되었고, 너무 흥분한 나머지 그게 진정한 행복의 색깔인지, 생생한 상상의 붉은빛인지 구별하지 못했다. 이 밤에 느낀 기쁨이, 처음 그것을 일으켰던 대상에 의해 똑같이 언제든 다시 생기리라 믿어 의심치 않았다. 젊은 마음은 인간의 약한 부분을 결코 인정하지 않으려 한다. 우리는 그게 뭔지 단정할 수 없을 만큼 얼굴색이 자주 바뀌는 상대에 의해 영향을 받는다는 걸 고통스럽게 배운다. 어제 확신했던 것이 오늘은 불완전하게 느껴지고, 내일이 되면 어쩌면 버려야 할 수도 있다. 우리는 이 진실을 달가워하지 않으며, 얼마 후 이 진실이 우리 마음에 들어오면, 순간 역겨워하며 선善으로 보이는 것들을 모두 부정하고, 우리가 제대로 통제할 수 없는 행복을 경멸한다. 그리하여 우리는 간혹 한동안 낙담에 빠지게 된다. 결국 우리는 어떤 지혜나 우연한 일로 그 실수를 깨닫고, 우리에게 한결같이 즐거운 영향력—이것을 우리는 행복이라 부른다—을 행사할 수 있는 어떤 대상을 알게 된다. 행복은 우리가 흔히 말하는 쾌락과는 근본적으로 다르다. 행복의 기초는 미덕으로 만들어지고, 이성의 후손인 미덕은 아마도 변치 않는 영향력을 가져올 것이다.

줄리아는 가슴속에 여태껏 숨겨져 있던 욕망이 환경에 의해 깨어나고 힘을 얻어, 이 욕망에서 비롯된 아픔과 기쁨을 살짝 경험하기에 이르렀다. 잘생기고 교양을 갖춘 버리자로 인해 그녀 안에서는 여러 가지 새로운 감정이 일었다. 줄리아는 그것을 곰곰이 되새기며 계속 부추기기가 두려웠다. 그렇다고 완전히 무시하기에는 너무나도 좋은 느낌이었다. 젊은 심장은 마음 졸이며 기쁨의 감각에 깨어났고, 실망에도 오싹하지 않았다. 줄리아는 단순히 고통스럽기만 한 것이 아닌, 황홀한 행복으로 번져 갈, 로맨틱한 기대감으로 모든 느낌을 기꺼이 받아들였다.

줄리아는 버리자가 그녀에게 어떤 감정을 품었는지 애타게 알고 싶어서 그날의 사건을 하나씩 되짚어 보았지만, 그리 만족할 수 없었다. 아련히 가물거리던 불빛만 떠올랐고, 그것은 그녀에게 도움을 주기는커녕 더욱 혼란스럽게만 할 뿐이었다. 불현듯 특별히 흥미를 돋우던 어떤 상황이 생각났다가, 곧이어 확연히 무심한 표정이 보였다. 줄리아는 그의 행동을 다른 젊은 귀족들의 행동과 비교해 보았다. 행동 하나하나가 모든 숙녀에게 똑같이 호의를 베푸는 듯했다. 숙녀들은 하나같이 버리자의 환심을 사려고 안달하는 모양새였다. 줄리아는 그가 그다름에 너무 민감하게 반응하지 않았을까 생각하며 마음이 떨렸다. 이렇게 생각하면서 줄리아는 긍정적인 결론을 내릴 수가 없었다. 비록 마음은 불안감에 고통받고 있었지만, 그 고통은 절묘하게 기쁨과 뒤섞여 있었다. 줄리아는 이 느낌을 앞서 가졌던 평온함과 바꾸고 싶지 않았다. 생각이 많고 마음이 뒤숭숭하니 잠은 눈에서 멀리 달아났고, 그녀는 아침이 오기를 마음 졸이며 기다렸다. 아침이 오면 다시 버리자를 만나 궁금한 점을 물어볼 수 있을 것이다.

줄리아는 일찍 일어나 여느 때와 달리 정성껏 치장을 했다. 그녀가 좋아하는 서재에서 아침 식사 시간을 기다리며 책을 읽어 보려 했으나, 생각은 책의 주제를 떠나 떠돌아다녔다. 류트와 그녀가 좋아하는 멜로디에도 감흥이 별로 일지 않았다. 시간은 정지해 버린 것 같았다. 그녀는 우울했고, 식사 시간은 영원히 오지 않을 것 같은 느낌이었다. 드디어 시계가 신호를 보냈다. 그 소리는 모든 신경을 흔들었고, 줄리아는 바들거리며 서재에서 나와 언니 방으로 향했다. 사랑은 숨김을 가르쳤다. 지금껏 줄리아는 언니와 모든 생각을 공유했었다. 그러나 지금 그들은 말없이 아침 식사 룸으로 내려갔다. 줄리아는 언니와 눈이 마주칠까 두려울 지경이었다. 아침 식사 룸에는 그 둘만 있었다. 줄리아는 언니와 대화를 이어 나갈 수가 없었다. 언니의 말은 생각의 흐름을 방해했고, 재미도 없고 지루했다. 그래서 서재로 돌아가려 했는데, 그때 마침 후작이 들어왔다. 후작은 태도가 거만하고 표정이 심각해 보였다. 그는 딸들에게 차갑게 아침 인사를 했고, 딸들이 막 응답을 하려던 차에 후작 부인이 들어왔다. 이윽고 다른 사람들도 하나둘씩 모여들었다. 버리자도 왔다. 줄리아는 그를 볼 수 있는 그 순간을 무척 고통스럽게 조바심 내며 기다려 왔었지만, 막상 그 시간이 되자 한숨만 내쉬었다. 감히 바닥에서 소심한 눈을 들어 올릴 수가 없었다. 어쩌다 그와 눈빛이라도 마주치면 그녀 몸에는 잔잔한 전율이 흘렀다. 줄리아는 내심 그가 그녀의 감정을 알아채지 않을까 걱정하며 당혹스러워했고, 그 속내는 빤히 드러났다. 그러다 후작 부인이 줄리아를 흘긋 보았고, 줄리아의 마음에서는 혼란스럽던 생각이 사라졌다. 사랑의 두려움을 넘어서는 또 다른 두려움. 줄리아는 점차 마음에 품위를 되찾았다. 그녀는 버리자의 행동에서 별다른 애정의 징후를 찾지 못했다. 그래서 그를 향해 철저히 신중하게 처신하기로 마음먹었다.

이날도 전날처럼 즐거움이 넘치는 하루였다. 저녁에는 연주회가 있었다. 주로 귀족들이 연주하는 공연이었다. 퍼디낸드는 첼로를 켜고, 버리자는 독일 플루트를, 줄리아는 피아노를 연주했다. 줄리아가 부드럽게 건반을 터치하자 모든 관객이 집중했다. 퍼디낸드는 아름다운 듀엣을 골라 버리자에게 동생과 함께 연주하라고 청했다. 줄리아가 얼마나 당혹스러워했을지 쉽게 상상할 수 있으리라. 하지만 줄리아는 뛰어난 솜씨에 대한 자긍심으로 수줍음을 빠르게 극복했고, 그녀가 가진 능력을 한껏 발휘했다. 선율은 단조로우면서 서글펐다. 줄리아는 그 선율에 매우 색다른, 자신만의 매력을 더했다. 아름다운 화음에 어울리게 피아노를 치며 노래했다. 둘째 소절이 끝나갈 무렵, 한 음정에 머물던 그녀의 목소리가 절묘한 음조로 부풀어 오르다가 매끄럽게 두어 음정 내려갔다. 음률은 너무나 감미로웠고, 관객들은 진한 감동을 받아 눈이 촉촉해졌다. 플루트는 호흡이 떨렸다. 버리자는 음악에 완전히 매료되어 연주하는 것을 잊어버렸다. 연주가 끝나고는 잠시 정적이 흘렀고, 이곳저곳에서 탄성이 터져 나오면서 그제야 관객들은 황홀경에서 깨어나는 듯했다. 박수갈채가 쏟아졌다. 그 가운데 버리자는 가만히 있었다. 줄리아는 그를 바라보다가 천천히 눈을 들어 그의 눈을 보았다. 그의 눈에서 자신이 불어넣은 감성을 읽을 수 있었다. 줄리아는 미묘한 감정이 일며 심장이 마구 뛰었다. 그녀는 진한 희열의 빛줄기에 삶이 반짝이는 순간을 경험했다. 흔치 않은 경험이었다. 이 빛줄기는 어두침침한 주변 그림자와 대조되었다. 걱정, 의심, 원치 않던 감정은 모두 사라지고, 이후 저녁 내내 오직 기쁨만이 있었다. 버리자는 수줍어하며 줄리아에게 관심을 보였고, 그녀는 어떤 열렬한 찬사보다도 그게 더 좋았다. 저녁은 무도회로 피날레를 장식했다. 줄리아는 다시 버리자 백작의 파트너가 되었다.

무도회가 파하고, 줄리아는 침실로 돌아갔다. 그러나 잠이 오지 않았다. 기쁨의 감정은, 근심이나 슬픔이 그렇듯, 가만히 있지 않았다. 그녀는 존재의 새로운 국면에 접어든 기분이었다. 여태껏 감춰져 있었던 애정의 맑은 샘에 이제 누군가의 손이 닿았고, 그녀가 상상하며 색상을 입혔던 것보다 훨씬 더 강렬한 행복을 주었다. 과거 잔잔했던 삶을 생각해 보고, 지금 느끼는 감정과 그것을 비교하면서 그녀는 너무나 기분이 좋았다. 이전에 즐거워했던 것은 이제 한없이 지루해 보였다. 그게 정말로 그녀에게 감동을 준 적이 있었던가 의문스러웠다. 그녀는 변화가 없는 지루한 운명을 타고났고, 그에 자족하고 인내하며 살아왔었다. 이제야 비로소 삶을 사는 것 같았다. 사랑받는다는 하나의 생각에 빠져 그녀는 상상의 날개를 펴서 신비한 행복의 영역으로 날아올랐고, 불운의 가능성 위로 높게 날았다. 버리자의 사랑을 받았으니 이제 그녀는 행복할 수밖에 없었다.

창문 아래서 들리는 음악 소리에 줄리아는 황홀한 기쁨의 상태에서 깨어났다. 누군가가 솜씨 좋게 류트를 연주하고 있었다. 생생하면서 침울한 화음이 끝나고, 마술 같은 목소리가 멜로디가 되어 솟아올랐다. 너무나 처량하고 감미로웠다. 사랑의 영혼에 생명을 불어넣는 것 같았다. 류트의 현이 나직하고 듣기 좋게 퉁겼다. 줄리아는 귀를 기울였고, 다음과 같은 시구를 들었다.

소네트

조용히 밤바람이 분다! 어떤 쓸쓸한 소리도
이 음산한 시간의 고요함 속에 숨어들 수 없다.
잠의 신은 높은 성가퀴를 넘어 깊숙이 군림하고
달콤한 미지의 능력을 모두에게 흩뿌린다.
나만 빼고—나의 근심이 잠시 망각의 늪에 빠지도록
이슬을 내려 달라 기도하지만, 소용이 없다.
사랑이 달려오니 화들짝 놀란 잠의 신은 조용히 떠나간다,
비참히 사랑에 빠진 이의 기도는 듣지 않고, 가만히—가만히.

잠깐 정적이 흐르다가 다시 멜로디가 반복되었다. 그러고는 더는 소리가 들리지 않았다. 줄리아는 전에는 버리자가 자기를 사랑한다고 믿었다면, 지금은 그 달콤한 현실을 확신했다. 마침내 잠은 그녀의 감각을 파고들었다. 이상적인 행복에 대한 환상은 더 이상 그녀의 상상 앞을 떠돌지 않았다.

아침이 왔고, 줄리아는 가볍고 상쾌하게 일어났다. 전날과는 얼마나 다른 느낌인가. 이제 근심은 기쁨 속에 자취를 감추었다. 줄리아는 요정들이 모든 것에서 기쁨을 찾으며 경쾌하게 춤추는 것을 경험했다. 요술을 부리는 듯한 기운은 음울한 사막을 미소 짓는 에덴동산으로 바꿀 수 있다. 줄리아는 자기도 모르게 은연중에 아침 식사 룸으로 날아갔다. 그녀는 룸에

들어서며 살짝 혼란스러웠다. 얼굴이 붉어졌고, 버리자 백작과 시선이 마주치면 어쩌나 걱정될 지경이었다. 그러나 백작은 거기 없었고, 그녀는 이내 안도했다. 사람들이 모여들었다. 줄리아는 초조하게, 들어오는 사람을 한 명씩 보았다. 그녀가 찾는 사람은 오지 않았다. 문이 열릴 때마다 그녀는 화들짝 놀라고 불안해하며 문에서 눈을 떼지 못했다. 심장은 기대감으로 두근거렸고, 매번 실망하며 차분해졌다. 온갖 노력에도 불구하고, 그녀의 발랄함은 나른하게 가라앉았다. 사랑이 기쁨 말고 다른 감정도 만들 수 있다는 것을, 버리자의 사랑을 받으면서도 불행할 수 있음을 그녀는 이제 알게 되었다. 마음의 평정이 얼마나 나약하게 그에 의해 좌지우지되는지, 유감의 한숨을 내쉬며 인정했다. 이건 그녀에게 새로운 사실이었다. 아침 식사 내내 그는 모습을 보이지 않았고, 누구도 그에 관해 말하지 않았다. 줄리아는 너무 신중한 나머지 그에 관해 물어볼 수조차 없었다. 대화는 지루하기 짝이 없었다. 그래서 줄리아는 메논 마담의 방으로 향했다. 거기서 그림을 그렸다. 점심때는 버리자를 볼 수 있기를 기대하며 그때까지 그렇게 시간을 보낼 작정이었다. 마담은 평소처럼 다정하고 명랑했지만, 줄리아의 행동에서 절제된 무언가를 감지했고, 어렵지 않게 그 원인을 꿰뚫어 보았다. 하지만 그 사모의 대상이 누구인지는 몰랐다.

드디어 줄리아가 간절히 고대하던 시간이 왔다. 그녀는 두근거리는 가슴을 안고, 홀로 들어갔다. 버리자 백작은 거기 없었다. 대화 중에 그가 아침에 배를 타고 나폴리로 떠났음을 알게 되었다. 이제껏 그녀에게 그렇게 황홀해 보였던 장면은 돌연 다른 모습이 되었다. 그 모임 가운데, 그 유쾌한 분위기 속에, 그녀는 쓸쓸히 버려진 기분이 들었다. 원하는 것에 눈이 멀어 그릇된 판단을 하게 된 자신을 자책했다. 버리자의 지금 행동을 보며 그녀는 그에게서 더 다정한 감성을 바라는 것은 실수였다고 확신했다. 또한 그녀에게 소네트를 읊어 주던 연주가는 그가 아니었을 거라는 생각이 들었다. 이리하여 행복의 이상적인 구조물은 눈 깜빡할 사이에 와르르 무너졌다. 우리의 감성이란 게 얼마나 순식간에 뒤집히는가. 그러면서 어제는 경멸했던 것이 오늘은 원하는 것이 될 수 있음을 보여 준다. 요 며칠 기분 좋게 포기했던 평온한 마음을 이제는 뉘우치며 다시 생각하게 되었다. 줄리아는 백작을 향한 자신의 감정은 아무도 모른다고 믿으며 스스로를 위안했다. 자신은 예의에 맞게 적절한 감각을 유지하며 처신했었다고 믿으며 다행스러워했다.

성에서의 공개적인 축하연은 그 주가 끝나면서 끝났다. 그러나 후작 부인은 여전히 흥에 겨워 가만히 있질 못했다. 그녀는 더욱 은밀하게 오락거리를 찾아 나섰다. 그런데도 그것은 앞서 즐겼던 오락들보다 화려함에 있어 그리 뒤처지지 않았다. 그녀는 연주회가 있던 밤에 분개하며 버리자의 행동을 살폈다. 그리고 슬퍼하며 그를 떠나보냈다. 생각할수록 불행해지는 것이 싫어서 그녀는 빨리 정신을 딴 데로 돌려 실망의 감정을 흩어 버리고 싶었다. 그러나 기억에서 그를 지우려는 노력은 별로 효과가 없었다. 그녀는 자신의 성향을 거슬러 가는 것에 익숙하지 않았고, 이제 그 성향은 끝도 없이 빗나가고 있었다. 우리가 욕망을 바른 방향으로 이끌기 위해서는 일찍부터 그것을 통세해야 한다는 것을 그녀는 너무 늦게 깨달았다. 욕망이 부적절한 영향력을 끼치면, 우리는 무력해지고 부정을 저지른다. 실망에서 비롯된 고통이 그녀의 가슴에 다시 돌아왔다. 후작 부인은 그것을 감내할 정신력이 없었다. 그래서 그녀는 그것으로부터 오는 압박을 순진한 줄리아를 괴롭히는 것으로 해소하려 했다. 줄리아는 미모로 버리자 백작을 유혹했고, 그래서 그가 자기를 향해 더욱 무심하게 되었다고 부인은 상상했다. 그녀는 이처럼 잡다하고 꾀까다로운 작은 작품을—다른 사람의 눈에는 보이지 않고 오직 그것을 느낀 사람만이 알 수 있는 그림을—그리며 끊임없이 속을 태웠다. 그림이란 하나씩 놓고 보면 그리 중요치 않으나 여러 개가 모이면 잔인하고 결정적인 효과를 가져온다.

한편 줄리아의 마음에서는 행복의 감정이 약해져 갔다. 쾌락은 기대감으로부터 쾌락의 빛줄기를 걷어 갔고, 쾌락의 빛을 받던 대상은 이제 빛을 잃어 어둡고 아무런 빛깔이 없었다. 기회가 될 때마다 그녀는 사람들에게서 벗어나 쓸쓸한 자유를 찾아갔다. 그곳에서 그녀는 침울한 사색에 잠길 수 있었다. 마음껏 낙담에 빠질 수 있었다. 그건 처음 가졌던 희망이 깨지면서 좌절한 후 그 뒤에 연이어 오는 감정이었다.

한 주 한 주 흘러갔다. 누구도 나폴리에 돌아간다는 말이 없었다. 마침내 후작은 나머지 여름은 성에서 보낼 계획이라고 공표했다. 이 결정에 후작 부인은 깔끔하게 단념하고 순종했다. 여기서 그녀는 아첨꾼에 둘러싸여 있었기 때문이다. 그녀는 이야기를 꾸며대며 계속 오락을 즐겼다. 나폴리에서 즐기던 쾌락은 마찌니 숲속에서 빛을 발했고, 성 구석구석에서 울려 퍼졌다.

메논 마담이 쓰는 방들은 널찍하고 품위가 있었다. 창은 바다를 향해 있어 메시나 해협의 정경이 한눈에 들어왔다. 해협 한편은 시칠리아섬의 아름다운 해안이 경계를 이루고, 맞은편에는 칼라브리아 높은 산들이 솟아 있었다. 해협에는 배가 가득했다. 신이 난 장식 테이프들은 햇빛에 반짝거리며 쉬지 않고 팔랑거리는 장면을 연출했다. 마담이 주로 쓰는 방은 주랑을 향해 열려 있고, 주랑 위로는 넓은 테라스가 있었다. 그 미관이나 규모로 보자면 비교할 수 있는 대상을 찾기 어려울 정도였다. 일찍이 이 방들은 성의 주요한 부분으로 대접받았었다. 후작이 나폴리로 떠난 후로 메논 마담과 그녀의 어린 학생들이 거처로 쓰게 되었다. 후작 부인은 창에서 보이는 풍경에 넋을 잃었고, 주랑의 시원함에 매료되어, 이 방들에게 예전의 화려함을 되찾아 주기로 작정했다. 부인은 이 의도를 마담에게 알렸고, 대신 다른 방들을 제공했다. 부인은 그 근처에 있던 에밀리아와 줄리아의 방도 요구했다. 줄리아에게는 그녀가 좋아하는 서재만 남았다. 그들이 옮겨 간 방들은 널찍했으나 음침했다. 몇 년 동안 아무도 살지 않던 곳이었다. 새 주인들을 맞으려고 단장을 했지만, 황량한 기운이 맴돌아 분위기가 침울했다.

줄리아는 자기 침실이 마담의 방을 지나 남쪽 건물에 속해 있는 걸 알게 되었다. 거기는 사람들의 왕래가 없어 보이는 곳이었다. 줄리아는 최근 이 구역에서 있었던 불가사의한 일이 떠올라 이성으로는 통제할 수 없는 공포에 떨었다. 줄리아는 자신이 느끼는 감정을 마담에게 얘기했고, 마담은 줄리아의 두려움에 살짝 웃었다. 진심이라기보다는 진중함에서 비롯된 행동이었다. 후작의 반응, 빈센트의 마지막 말, 그 바로 전에 일어났던 놀라운 일들은 마담의 마음 깊은 곳에 가라앉아 있었다. 하지만 이것은 오직 시간만이 해결해 줄 수 있는 의심이었고, 그렇기에 일단 가슴속에 그대로 묻어 두는 게 좋겠다고 마담은 판단했다. 게다가 줄리아가 변화에 적응하려고 노력하던 중에 그녀가 가졌던 느낌을 깨끗이 사라지게 하는 일이 일어났다. 다른 이들도 매우 흥미로워하는 일이었다.

어느 날 줄리아는 자기 방에 있는 캐비닛의 작은 서랍을 정리하다가 잡다한 문서 사이로 그림 한 장을 보았다. 어느 부인의 세밀화였다. 서글픈 듯한 그녀의 표정에서는 기품 있는 체념의 기운을 풍겼다. 부인은 기도하는 모습으로 쓸쓸하면서도 다정한 눈을 들어 하늘을 향하고 있었다. 그 모습에는 음울한 번뇌가 어려 있었다. 줄리아는 심히 감동을 받았고, 은연중에 눈에 눈물이 차올랐다. 그리고 그대로 그림을 보며 한숨을 내쉬다 울음을 터트렸다. 그림은 어떤 매력을 발하며 줄리아를 끌어들이고 있었다. 마치 그 초상화 부인이 숨을 쉬고 있는 것처럼 보였다. 눈은 부드러우면서도 흔들림 없이 줄리아를 응시하고 있었다. 줄리아는 세밀화를 보며 크게 마음이 흔들렸고, 그래서 그것을 마담에게로 가져갔다. 마담은 아연해하며 슬퍼했고, 줄리아는 더욱 궁금해졌다. 줄리아는 자기가 눈물지었던 이유가 초상화 부인이 자기 어머니와 닮았기 때문이란 걸 알게 되었다. 그녀의 가슴을 짓누르는 이 복잡한 감정을 어떻게 설명할 수 있을까! 줄리아는 모정의 가치를 깨닫기도 전에 어머니의 다정함을 잃어버렸다. 이제야 다시 떠올리기에는 너무나 비통한 그 사건에 서글퍼할 뿐이었다. 에밀리아도 격렬하게 감정에 북받쳐 동생과 엉켜 함께 흐느꼈다. 그들은 어서 빨리 무엇 때문에 어머니의 얼굴이 이렇게 슬퍼 보이는지 설명해 달라고 마담을 졸랐다.

"아! 사랑하는 얘들아," 마담이 한숨을 내쉬며 말했다. "그건 나에게 너무 힘든 일이야. 너희나 나나, 모두 마음이 편치 않을 거다. 너희가 물어본 것에 답을 하려면 나는 인생에서 지우고 싶은 시절로 돌아가야만 하거든. 그래도 너희가 이렇게 관심을 보이니, 그에 대해 얘기하지 않는 것도 잔인하고, 불공평한 것 같구나. 내가 불편함을 감수하도록 하지.

네 어머니 루이자 버니니는, 너희도 잘 알겠지만, 버니니 백작의 외동딸•이었다. 너희는 그 가문에 닥쳤던 불행에 대해 아직 모를 거다. 백작은 주로 디모나 골짜기에 토지를 갖고 있었어. 디모나는 애트나산 부근에 있어서 그 이름을 갖게 된 골짜기란다. 전해 오는 말로는 애트나산에는 악마가 모여 산다고 하거든. 한번은 애트나산 화산이 무시무시하게 폭발하면서 이 골짜기가 불바다로 범람하게 된 거야. 그 지역에 있는 너희 할아버지 영토는 대부분 못 쓰게 되어 버렸어. 당시 버니니 백작

• 앞서 루이자 버니니는 "살라리오 백작의 둘째 딸"(11쪽)로 소개되었으나, 여기서 메논 마담은 루이자가 "버니니 백작의 외동딸"이었다고 말한다. 살라리오는 지명이고, 버니니는 가문의 이름이다. 따라서 루이자의 아버지는 살라리오 지역의 버니니 백작이라고 봐야 한다. 11쪽에서 루이자가 "둘째 딸"로 소개된 것은, 버니니 백작에게는 (죽은) 아들이 있었기 때문에, 둘째 자식으로 태어난 딸을 의미하는 듯하다.

은 몇몇 가족과 메시나에 머물고 있어서 참상을 피했지만, 그곳에 있던 부인과 아들은 그렇지 못했단다. 백작의 남은 재산은 정말 형편없이 줄어들었고, 백작은 아내와 아들을 잃어 이만저만 상심한 게 아니었지. 그래서 유일하게 살아남은 딸 루이자를 데리고 카따니아 근처의 작은 소유지로 옮겼단다. 그때 루이자는 거의 열다섯 살이었지. 나는 너희 할아버지를 어느 정도 알고 있었어. 네 어머니와 나는 정서가 비슷해서 우리는 서로 붙어 다녔거든. 같이 자라면서 형제보다 더 가까워졌지. 우리는 좋아하는 것이나 취향이 똑같았어. 어쩌면 우리가 겪은 불행도 비슷해서 우리 우정이 더 단단해졌는지도 모르겠다. 나도 애트나산 화산 폭발로 어머니를 잃었거든. 어머니가 얼마나 중요한지 내가 미처 깨닫기도 전에 돌아가셨지. 존경하고 진심으로 사랑하는 아버지는 또 다른 화산 폭발로 세상을 떠나셨고. 아버지의 토지는 용암에 묻혀 버렸다. 아들 하나와 내가 남아서 아버지의 운명을 슬퍼하며 악마 같은 가난과 마주해야 했지. 버니니 백작이 그나마 살아남은 친척 중 가장 가까웠는데, 백작은 우리를 당신 자식으로 생각하겠다고 하시면서 너그러이 우리를 받아 주셨어. 백작은 한가한 시간에 오빠를 가르쳤단다. 그때 올랜도 오빠는 열일곱 살쯤 되었는데, 아주 똑똑해서 백작의 수고가 헛되지 않을 거라 기대했지. 나도 루이자와 함께 종종 백작의 가르침을 받곤 했어. 그럴 때면 보통 오빠도 거기 같이 있었어. 백작은 그가 맞닥뜨린 상황에서 조용히 물러나 있으면서, 연구와 자식이라 여기는 아이들의 교육, 그리고 몇몇 친구와 대화를 나누는 것에 적절히 시간을 분배했지. 시간이 아픔을 치유해 주길 기다리면서 말이야. 이렇게 하면서 그가 겪은 고난의 까칠함은 부드럽고 은은한 우울함으로 누그러졌다. 루이자와 나는 아직 어려서, 어린 영혼에게 있는 행복하고 명랑한 기운을 갖고 있었어. 우리 마음은 고통에서 안정으로, 안정에서 행복으로 점차 옮겨 갔어. 올랜도 오빠가 루이자에게 책을 읽어 주곤 했는데, 그럴 때면 루이자 얼굴이 야릇하게 달아오르곤 했지. 책을 쓴 사람보다는 책을 읽어 주는 사람 때문에 그런 것 같았어. 그즈음이 우리가 제일 좋아했던 시절이야. 평온하게 즐거운 시간을 보냈고, 삶은 계속해서 나아지고 있었거든.

백작은 오빠를 군대에 보낼 계획이었어. 머지않아 오빠가 시칠리아 연대에 임관을 받아 입대할 시점이 다가오고 있었지. 루이자는 머릿속이 하얘지고 낙심한 나머지 나에게 비밀을 털어놓았다. 스스로도 인정하지 않고 오랫동안 묵혀 두었던 비밀이었어. 지금껏 올랜도가 그들 곁에 있었기 때문에 그랬지. 근데 막상 그가 떠난다고 하니 루이자는 그가 얼마나 그녀에게 위안을 주었는지 깨닫게 된 거야. 올랜도가 떠나기 전날 저녁에 백작은 아버지 같으면서도 남성적인 다정함으로 우리가 곧 멀리 떨어져야 한다는 것에 한탄하셨지. '우리는 금세 다시 만날 게다.' 백작이 말했어. '우리 아들은 용기가 있어 명예로운 전쟁을 치를 거다.' 루이자는 점점 창백해지면서 조심스럽게 한숨을 터트렸어. 루이자는 감정을 숨기려고 하프시코드를 연주했어.

올랜도 오빠는 애완견이 하나 있었는데, 오빠는 떠나기 전에 루이자에게 그것을 잘 돌봐 달라고 부탁했지. 잘 대해 주면서 가끔은 그 주인도 기억해 달라고. 오빠는 부풀어 오르는 감정을 억누르고 있었어. 나는 오빠가 돌아설 때 뺨에 눈물이 흐르는 걸 보았거든. 오빠가 가고 나니, 우리는 행복의 기운이 증발해 버린 듯한 느낌이더라. 오빠가 있어 활기가 돌던 장소들이 이제는 쓸쓸하고 침울해졌어. 그래도 우리는 오빠가 자주 들렀던 곳을 돌아다니는 걸 좋아했다. 루이자는 나에게조차 오빠에 대해 말하지 않으려고 했어. 근데 아무도 보지 않는다고 생각할 때면 조용히 하프시코드로 가서 오빠가 떠나기 전날 저녁에 연주했던 곡을 다시 연주했지.

간간이 오빠가 잘 있다는 소식을 들을 때면 우리는 기뻤단다. 오빠는 겸손한 마음에 자신이 한 일을 드러내지 않았지만, 다른 사람들 말로는 그가 정말 용감하게 행동했다고 했지. 얼마 후, 그가 돌아올 시간이 다가왔어. 루이자는 생기가 돌았지. 그건 그녀가 가슴속에 오빠를 품고 있었다는 증표였어. 그가 얼마나 용맹스러웠는지 여러 사람의 증언이 있었고, 그는 영예롭게 돌아왔어. 누구나 기뻐하며 그를 반겼어. 백작은 아버지의 자부심과 애정으로 그를 환영했단다. 오빠는 성격과 매너가 훨씬 더 좋아져 있었어. 청춘의 세련된 아름다움은 이제 남성의 인자한 위엄이 되어 있었고. 그가 갖고 있던 과학 지식에는 세상 지식이 더해졌어. 루이자를 만났을 때는 너무 좋아서 얼굴에서 빛이 나더라. 오빠는 지체 없이 고백했어. 루이자를 사모하고 사랑한다고. 루이자는 그걸 들으며 볼이 온통 빨개졌지. 서로가 정말로 좋아하고 있다는 걸 무심히 지나가던 사람도 알 수 있을 정도였으니까.

올랜도 오빠는 동료 장교 한 명과 같이 돌아왔어. 젊은 프랑스인이었는데, 전투 중 위급한 상황에서 오빠를 구했다고 했어. 오빠는 그를 자기 구원자라고 소개했지. 메논의 기사였어. 백작은 고마워하며 그를 특별하게 대했어. 그는 꽤 오랫동안 그 빌라에 머물렀는데, 매너가 눈에 띄게 좋았고, 이해심이 깊고 세심했지. 얼마 되지 않아 그는 나에게 관심을 갖게 되었다. 그는, 무심코 바라보기에는 너무나 호감이 가는 사람이었어. 아마도 나는 그가 소중한 한 생명을 구했기에 감사하며 존경하게 되었을 거야. 그리고 그게 곧 열정적인 사랑으로 발전하게 된 거고. 우리는 서로를 알아 갈수록 더욱 가까워졌어. 마침내 메논 기사는 백작에게 허락을 구했지. 백작은 나에게 어떠냐고 물었고, 내가 이 인연에 호의적이라는 것을 알고는 이 낯선 청년의 집안에 대해 필요한 조사를 진행했단다. 백작은 만족스러운 결과를 받았어. 메논 기사는 프랑스에 거대한 토지를 소유한 프랑스 신사의 둘째 아들이었어. 이 신사는 몇 해 전에 세상을 떠났는데, 그는 아들이 여럿 있었어. 가문의 영지는 당연히 큰아들에게로 갔고, 두 동생은 상당한 유산을 물려받았지. 우리 결혼식은 빌라에서 비공개적으로 엄숙하게 치러졌다. 백작과 루이자 그리고 올랜도 오빠가 참석했고. 결혼식이 끝나고 얼마 되지 않아 남편과 오빠는 다시 연대로 복귀하라는 명령을 받았지. 오빠는 이제 루이자와 정이 깊이 들어 오직 루이자 생각뿐이었어. 그렇지만 오빠는 섬세하고 마음이 약해 고백하지 못했지. 오빠는 가난했기 때문에, 루이자에게 청혼을 하는 것은 백작이 베푼 은혜를 배은망덕하게 저버리는 짓이라고 생각했지. 오빠가 속으로 갈등하는 것을 보며 나는 가슴이 아팠단다. 백작과 루이자는 남편이 출정해 있는 동안 나에게 빌라에 머물라고 간곡히 부탁했어. 결국 남편도 동의했고. 우리는 떨어져 있어야만 했어. 아, 그 시절을 지워 버릴 수만 있다면! 내가 그와 함께 갔었다면 모든 게 괜찮았을지도 몰라. 그 뒤 수년 동안 이어진 긴 고난을 내가 피할 수도 있었겠지."

그때 저녁 식사를 알리는 뿔피리 소리가 들렸고 마담은 이야기를 멈추었다. 아름다운 모습으로 이야기를 듣고 있던 이들은 눈에서 눈물을 훔치고, 마지못해 홀로 내려갔다. 그날은 여러 손님이 있었고, 오락거리가 준비되어 있었다. 늦은 저녁이 되어서야 그들은 어렵사리 빠져나올 수 있었다. 에밀리아와 줄리아는 풀려나자마자 마담을 재촉했다. 그들은 너무 흥분되어 잠을 잘 수 없었고, 그래서 이야기를 계속해 달라고 끈질기게 마담을 졸랐다. 마담은 시간이 늦었다고 주저하다가 결국 그들의 간청에 손을 들었다. 자매는 의자를 당겨 가까이 앉았다. 모든 감각은 오직 하나의 소리에 집중되었다. 다음 이야기를 들려주는 소리에.

"올랜도 오빠는 자기감정을 드러내지 않고 다시 떠났어. 오빠가 그걸 힘들어하는 게 뻔히 보였지. 하지만 명예를 지키겠다는 일념으로 반대 생각들을 이겨 냈지. 루이자는 다시 의기소침해졌어. 말을 잃고 슬픔에 잠겼지. 친구와 오빠를 보며 나도 똑같이 탄식했어. 그들이 너무나 손쉽게, 아무렇지도 않게 가질 수 있는 행복을 갖지 못하는 것은 너무 예민한 감정 때문이라고, 그게 잘못된 거라고 수도 없이 한탄했지. 백작의 태도를 보건대, 적어도 내 눈에는, 이 결합에 만족해할 듯 보였어. 바로 이때쯤이었어. 마찌니 후작이 루이자를 처음 보고 홀딱 빠져 버린 거야. 그의 청혼은 대단히 그럴듯해 보였지. 하지만 백작은 아버지로서의 권위를 과도하게 내세우고 싶어 하지 않아 했어. 루이자가 이 결혼에 진정으로 반대하는 것을 알고는 더는 강권하지 않았지. 루이자는 아버지가 너그럽게 이해해 주신 것을 잘 알고 있었어. 아버지가 친절을 베푼 것에 감사해하며 조심스럽게 이 혼인을 거절했지. 한숨지으면서.

근데 우리 행복과 우리가 상상했던 장래 계획을 단숨에 깨버린 사건이 하나 일어났다. 내 남편 메논 기사와 올랜도 오빠 사이에 다툼이 생긴 거야. 처음에는 사소하게 시작했다가 곧 심각한 상황으로 번져 갔어. 결국 그들은 검투로 결정하기로 했지. 사랑하는 오빠는 내 남편의 손에 쓰러졌단다. 생의 이 시기는 건너뛸 수 있으면 좋으련만. 다시 생각하기에는 너무 고통스럽거든. 루이자가 이 사건을 어떻게 받아들였을지 상상할 수 있겠니. 루이자는 이제 세상일에 관심을 끊었어. 행복할 일도 없었고. 그것을 아버지에게 숨기려고도 하지 않았어. 아버지한테는 그보다 더 잘했어야 했는데도 말이야. 시간이 얼마 지나고 마찌니 후작은 다시 청혼을 했지. 그리고 루이자는 그에게 손을 건넸고. 근데 후작은 루이자와는 성격이 완전히 달라서 행복한 결합이 될 수 없었어. 루이자는 금세 이 점을 깨닫게 되었지. 그녀는 온순한 성품이라 남편의 냉혹한 권위에 말없이 순종했지만, 그의 행동으로 인해 가슴에 깊은 상처를 입었고, 아무도 모르게 한탄했어. 후작의 성격은, 루이자가 너무나 좋아했고 자연스럽게 집착했던 올랜도의 성격과 정반대였거든. 루이자는 이 둘의 성격을 비교하지 않을 수 없었고, 그러면서 더욱 힘들어했지. 그것은 이내 루이자의 건강을 갉아먹었어. 그녀는 눈에 띄게 쇠약해졌지. 백작은 딸의 처지에 심히 괴로워했어. 그러다 노쇠에서 오는 여러 질환으로 오래 살지 못했지.

백작이 세상을 떠나자, 나는 루이자에게 작별 인사를 하고, 시칠리아를 떠나 이탈리아로 갔어. 남편은 한동안 거기서 나를 기다리고 있었거든. 우리의 만남은 무척 애처로웠단다. 그의 창백하고 달라진 얼굴을 보니 그에게 가졌던 분노가 허물어지더라. 침울함이 그의 심장을 갉아먹고 있는 게 보였지. 전에 있던 명랑한 생동감은 찾을 수 없었고, 그는 헛된 비통과 회한에 함몰되어 있었어. 끝없는 슬픔에 젖어 자기가 살해한 친구를 애도했어. 내가 나타나니, 시간이 지나면서 아물기 시작했던 상처가 다시 열리는 것 같더구나. 우리의 고뇌가 하나로 합쳐지면서 나는 견딜 수가 없었다. 하지만 나는 고통받을 운명이었고, 그걸 견뎌 내야 할 운명이었지. 삶에 지친 남편은 다음 전투에서 장렬하게 적진으로 뛰어들어 명예로운 죽음을 택했단다. 그는 유서를 남겼는데, 거기에 그 전투에서 죽을 작정이라고 써 놓았더구나. 오랫동안 죽기를 원했고, 비겁하게 자살해 자신의 이름을 더럽히고 싶지 않으며, 살생을 범해서 아내에게 고통 주고 싶지 않다고. 그래서 이 기회를 기다렸노라고 했지. 고뇌 속에 힘겨워했던 나는 이 사건으로 최후의 일격을 맞았어. 아니다, 그 말은 취소할게. 왜냐면 또 다른 불운이 나를 기다리고 있었거든. 전혀 예상하지 못했던 거였어. 남편은 유언장을 따로 남기지 않았어. 메논의 형제들은 내가 우리 결혼의 증인을 내세우지 못하면 그의 재산을 양도하지 않겠다고 했어. 나는 형용할 수 없는 슬픔에 잠겨 시칠리아로 돌아왔는데, 글쎄, 내가 해외에 머무는 사이에 네 어머니가 돌아가셨다고 하더구나. 정말 나 자신이 너무 비참하더라. 결혼식을 집도했던 신부는 교회에 부정을 저질러 징계를 받을 것이라는 위협을 받고 비밀리에 나라를 떠났다고 하고. 이렇게, 남편 재산에 대한 내 권리를 입증하는 데 필요한 증인은 모두 사라져 버렸다. 나하고는 생판 남남인 그의 형제들은 지레짐작하고 나를 믿지 않았어. 믿으려고도 하지 않았지. 그들은 내 주장을 인정할 만큼 도덕적이지 않았어. 그래서 나는 일순간에 슬픔과 가난 속에 버려지게 되었지. 버니니 백작이 남긴 조그만 유산이 이제 내가 가진 전부였어.

마찌니 후작이 마리아 벨로노와 결혼한 게 바로 이때쯤이야. 그는 성을 떠나 나폴리로 갈 계획이었어. 아들은 데려가고, 너희는 아직 어렸기 때문에 너희 교육을 도맡아 해 줄 능력이 있는 사람에게 맡겨 놓을 생각이었단다. 나는 그 일을 맡기에 적절한 처지에 있었고, 네 어머니와의 우정을 생각해 그 책무를 기꺼이 받아들였지. 후작은 적당한 사람을 찾는 수고를 덜었으니 좋아했고. 내 생각엔 그런 것 같았어. 그가 원하는 성품에 책임감까지 있는 사람을 찾기는 쉽지 않았거든."

마담은 말을 멈추었다. 에밀리아와 줄리아는 어머니가 겪은 불행한 일을 들으며 눈물짓고 있었다. 돌아가신 어머니와 마담의 우정도 그렇고, 마담이 겪은 고초를 생각하자니 자매는 마담이 더욱 애틋하게 느껴졌다. 그래서 그들은 이때부터 마담에게서 슬픔의 기색을 지우려고 온갖 친절과 세심한 관심을 기울였다. 마담은 그들의 애정을 느꼈고, 그들이 바라던 효과가 어느 정도 나타났다. 그러나 곧이어 일이 하나 발생했다. 그들의 마음은 어머니의 운명에 관한 생각에서 더욱 기이하고 흥미로운 사건으로 옮겨 갔다.

어느 날 밤, 에밀리아와 줄리아는 예의를 갖추느라 평소보다 늦게까지 모임에 잡혀 있었다. 마침내 자유를 되찾고, 마담과 편안하게 대화를 나누다 보니 은연중에 신이 나서 밤이 깊을 때까지 잠자리에 들지 않고 있었다. 그들이 한참 마담의 감질나는 이야기에 빠져 있을 때, 난데없이 공허한 소리가 나지막이 들려 마담은 말을 멈추어야 했다. 소리는 그 방 아래에서 들려왔는데, 문이 닫히는 소리 같았다. 으스스한 기분에 조용해진 그들은 귀를 기울였고, 그 소리가 되풀이되는 것을 똑똑히 들었다. 무시무시한 생각이 머릿속에 스며들었다. 그들은 너무 무서워 숨도 제대로 쉴 수 없었다. 그 소음은 단지 잠깐만 계속되었고, 이윽고 깊은 정적이 이어졌다. 잠시 후 그들은 긴장을 늦추고 에밀리아의 방으로 힘겹게 옮겨 갔다. 그때 다시 똑같은 소리가 들렸다. 그들은 너무 무서워 정신이 혼미한 채로 마담의 침실로 달음박질했고, 에밀리아는 침대에 쓰러져 실신해 버렸다. 마담이 고군분투하여 에밀리아가 정신을 차릴 때까지는 상당한 시간이 걸렸다. 그들이 다시 차분해졌을 때 마담은 어린 숙녀들의 흥분을 가라앉히려고 안간힘을 썼고, 성내를 시끄럽게 하지 말라고 설득했다. 마담은 암담하고 두려운 의심이 일었지만, 감정을 절제하며 침착한 모습을 보이려고 애썼다. 마담은 후작의 최근 행동을 보면서 그가 성의 이 구역에 드리운 미스터리와 밀접하게 연관되어 있음을 확신했다. 마담은 그들이 불안해하는 바를 또 말하면 후작이 화를 낼까 두려웠다. 어쩌면 말을 하는 게 당연히 합리적일 수도 있었겠지만, 그녀는 이 상황을 실제로 증명할 길이 없었다.

이런 속내로 인해 마담은 그들이 추측하는 것에 확증이 있을 때까지 조용히 기다리자고 설득했다. 사실 에밀리아와 줄리아는 너무 무서워 그렇게 하기가 쉽지 않았다. 그럼에도 불구하고 마담이 원하는 대로 마지못해 따르기로 하고, 앞서 일어났던 일은 다른 사람에게는 말하지 않기로 합의했다. 다만 오빠는 예외로 두기로 했다. 그들은 오빠가 지켜 주지 않으면 그 방에서 더는 하루도 지내지 못할 거라고 단언했다. 그날 밤은 그들이 경계를 서기로 했다. 시간의 지루함을 달래기 위해 서로 이야기를 나누려고 했으나 에밀리아와 줄리아는 조금 전 일어났던 일에 너무 충격을 받은 나머지 그 화제를 벗어날 수 없었다. 그들은 이 사건을, 앞서 형체와 불빛이 보였던 상황과 연관 지었다. 그들의 상상은 무모한 억측에 불을 붙였고, 그들은 마담에게 의견을 구했다. 마담에게 솔직히 답변해 달라고 요청하며, 마담은 육체가 없는 영혼이 이 땅에 다녀갈 수 있음을 믿느냐고 물었다.

"아, 애들아," 마담이 말했다. "나는 그런 영혼이 존재하지 않는다고 말할 수 없다. 그런 식으로 너희를 설득하지는 않을 거야. 하느님께 불가능한 일이 있다고 누가 말할 수 있겠니? 그분이 우리를, 육체가 있는 영혼을, 만들었음을 우리는 알잖아. 그러니 그분은 육체가 없는 영혼도 만들 수 있겠지. 그런 영혼이 어떻게 존재하는지 이해할 수 없다면, 우리의 지적 능력이 제한적이라는 걸 염두에 둬야 할 거다. 논란의 여지가 없이 분명히 사실인 것도 우리는 이해하지 못할 때가 많으니까. 자석 바늘이 어째서 북쪽을 향하는지 아직 아무도 모르잖아. 자석을 본 적이 없는 너희는 그것이 그 성질이 있다는 걸 전혀 믿어 의심치 않을 거다. 왜냐면 책이나 대화를 통해 그게 사실이라고 배웠으니까. 그래서 하느님께는 불가능한 일이 없고, 비록 우리가 설명할 수는 없으나, 육체가 없는 영혼도 존재할 수 있음이 분명하지. 그들의 존재를 뒷받침할 수 있는 증거가 뭐가 있는지는 생각해 봐야겠지. 나는 영혼이 나타났다고 말하는 게 아니야. 하지만 만약에 그것을 보았다는 사람이 여럿 있고, 그들이 다들 신중하고 편견이 없는 사람이라면, '그건 불가능해'라고 자신 있고 담대하게 말할 수는 없다는 거지. 그렇지만 너희는 이런 생각으로 심란해해서는 안 돼. 내가 이렇게 길게 말하는 이유는 너희를 억지로 이해시키고 싶지 않아서 그런 거야. 이제는 너희가 이성을 발휘해서 흔들림 없이 신뢰할 수 있는 미덕을 지켜야 할 때다. 그게 너희가 할 일이지. 그런 영혼은, 정말로 그런 영혼이 나타났었다면, 하느님이 허락했기에 그럴 수 있었을 거야. 어떤 특별한 목적이 있어서. 살아 움직이는 것 중에 하느님이 보지 못하는 건 없어. 그거 잊지 마. 그러니 죄 없는 사람이 고통당하는 일은 없을 거다."

이때는 어떤 소리도 그들을 방해하지 않았다. 동이 트기 전에, 걱정은 정신없이 몰려오는 피로에 함락되었고, 그들은 잠에 빠져들었다.

퍼디낸드는 성의 남쪽 구역과 연관된 상황을 듣고는 각각의 미스터리한 출현에 온갖 상상력을 동원하며 건물의 황량한 부분에 대한 비밀을 캐내고 싶어 진정할 수 없었다. 그는 기꺼이 줄리아의 방에서 그들과 함께 감시하기로 했다. 다만 그의 침실은 멀리 떨어져 있어서 다른 사람의 눈에 띄지 않고 그녀의 방으로 가는 것이 쉽지 않았다. 그래서 모두가 잠이 들면 그때 시도해 보기로 했다. 이렇게 계획을 세우고서 에밀리아와 줄리아는 밤이 오길 기다렸다. 그들은 두려운 마음에 침착하지 못하고 조급해했다.

드디어 가족들은 잠자리에 들었다. 성의 시계는 1시를 가리켰다. 줄리아는 오빠가 바깥 침실 문을 노크하면 그 소리 때문에 다른 사람에게 들키지 않을까 속을 태웠다.

줄리아는 걱정에 심장이 두근거렸다. 이성으로는 어떻게 할 수 없었다. 마담이 일어나 누구냐고 물었을 때 퍼디낸드의 목소리가 답했다. 문이 활짝 열렸다. 그들은 퍼디낸드 주변으로 의자를 끌어와 대화를 나누며 시간을 보내려고 했다. 그러나 두려움과 기대감은 그들의 생각을 오직 하나의 화제로 이끌었다. 마담만이 평정을 유지하고 있었다. 이제, 전날 밤에 소리가 들렸던 시각이 되었다. 모든 귀는 쫑긋 세워졌다. 그러나 사방은 고요하기만 했다. 딱히 놀랄 만한 일은 일어나지 않았고 밤은 지나갔다.

다음 며칠 밤도 낮은 시간을 감시하며 보냈지만, 그들의 침묵을 깰 만한 소리는 들리지 않았다. 퍼디낸드는 최근 사건에 대해 일상적인 장애를 뛰어넘는 놀라움과 호기심으로 흥분되어 있었다. 가능하다면 허락을 받아서, 수년 동안 사람의 시야에서 숨겨져 왔던, 성의 후미진 곳을 들어가 볼 작정이었다. 하지만 이 계획이 실현될 가능성은 커 보이지 않았다. 그 구역의 열쇠는 후작이 가지고 있었고, 최근 그의 행적으로 보건대 그 방들을 조사하게 내버려 두지 않을 듯싶었다. 퍼디낸드는 그곳에 들어갈 방법을 고안해 내려고 머리를 쥐어짰다. 그러다 마침내 줄리아의 침실이 그 건물의 일부라는 사실을 떠올렸다. 옛날에 건물 짓는 방식을 따르자면, 어쩌면 그곳으로 연결된 통로가 있을지도 몰랐다. 줄리아의 침실에 비밀 문이 있을 수도 있었다. 그래서 그는 다음 날 밤에 그 침실을 꼼꼼히 살펴보기로 마음먹었다.

3장

성이 깊은 잠에 빠졌을 때 퍼디낸드는 다시 마담의 방으로 가 동생들과 합류했다. 그들은 마음 졸이는 호기심으로 퍼디낸드를 따라 줄리아의 침실로 갔다. 방에는 태피스트리가 걸려 있었다. 퍼디낸드는 남쪽 건물들과 연결된 벽을 조심히 두드려 보았다. 한 부분에서 소리가 울렸다. 석재와는 다른 단단하지 않은 뭔가가 있음이 틀림없었다. 태피스트리를 제거하니 그 뒤로 조그만 문이 나타났고, 그는 이루 말할 수 없이 만족스러웠다. 초조함에 떨리는 손으로 빗장을 풀고 서둘러 앞으로 나아가려던 차에 통로를 가로막고 있는 자물쇠를 발견했다. 마담과 동생들이 가지고 있는 여러 열쇠를 시도해 보았지만, 소용이 없었다. 그는 성공했나고 자축하려던 찰나에 체념에 굴복해야만 했다. 문을 억지로 열 방법이 없었기 때문이다.

퍼디낸드는 거기 서서 내심 한탄하며 문을 빤히 바라보았다. 그때 아래에서 공허한 소리가 나직이 들렸다. 에밀리아와 줄리아는 두려움에 휩싸여 그의 팔을 잡고 심오한 정적 속에 귀를 기울였다. 마치 누군가가 아래층 방을 지나가는 듯한 발소리가 또렷하게 들렸다. 그러고는 아무 소리도 나지 않았다. 퍼디낸드는 이것으로 최근 소문에 대한 확증을 잡고, 문으로 돌진하여 열려고 해 보았다. 하지만 그가 아무리 안간힘을 써도 소용이 없었다. 그 소리에 재차 공포에 빠진 숙녀들은 방금까지 애석해했던 그 상황에 지금은 안도했다. 다른 탈 없이 밤은 지나갔지만, 그들의 두려움은 거의 누그러지지 않았다.

호기심에 가득 찬 퍼디낸드는 다시 밤이 오길 기다리는 것이 고역이었다. 에밀리아와 줄리아도 조급해하기는 마찬가지였다. 1분, 1분, 시간이 지나가는 것을 셌다. 마침내 가족들이 쉬러 들어가자 그들은 쿵쾅거리는 가슴을 안고 마담의 침실로 서둘러 갔다. 곧이어 퍼디낸드도 들어왔다. 그는 문의 자물쇠를 자를 수 있는 연장을 가지고 왔다. 그들은 두려움에 아무 말도 하지 못하고 잠시 방에 가만히 있었다. 밤의 정적을 깨는 소리는 없었다. 퍼디낸드는 문에 칼을 대고 순식간에 자물쇠를 떼어 냈다. 문은 항복했고, 널찍하고 음침한 주랑을 드러냈다. 퍼디낸드는 불을 들었다. 에밀리아와 줄리아는 방에 남아 있는 것이 무서워 그와 같이 가기로 했다. 마담의 팔을 하나씩 잡고 그들은 말없이 따라갔다. 주랑은 많은 부분이 부식해 떨어지고 있었다. 천장은 깨져 있고, 창의 덧문은 부서져 있었다. 게

다가 벽은 눅눅해 폐허의 기운이 감돌았다.

그들은 조용히 걸어갔다. 발소리는 주랑을 따라 속삭이듯 울렸다. 줄리아는 초조한 눈빛으로 간간이 주변을 흘긋거렸다.

주랑의 끝에는 아래 홀로 연결된 오래된 큰 계단이 있었다. 왼편으로는 각기 다른 방으로 연결된 듯 보이는 문이 서너 개 있었다. 그들이 어디로 가야 하나 망설이고 있을 때 계단에서 불빛 하나가 희미하게 살짝 비치더니 순식간에 사라졌다. 동시에 멀리서 발소리가 들렸다. 퍼디낸드는 검을 꺼내 들고 앞으로 튀어 나갔다. 그와 같은 있던 숙녀들은 공포에 휩싸여 비명을 지르며 마담의 침실로 뛰어 돌아갔다.

퍼디낸드는 천장이 넓고 둥근 홀로 내려갔다. 홀을 가로질러 낮은 아치형 문으로 향했다. 문은 반쯤 열려 있었고, 그 사이로 빛줄기가 흘러나왔다. 문을 여니 구부러진 좁은 통로가 나타났다. 그가 들어가니, 불빛이 멀어져 가다 곧 통로가 굽은 곳에서 사라졌다. 그래도 그는 계속 나아갔다. 통로는 점점 좁아지고, 느슨하게 박힌 돌의 부스러기가 자꾸 흘러내리는 바람에 앞으로 나아가기가 어려워졌다. 길 끝에는 그가 들어왔던 문처럼 낮은 문이 있었다. 문을 열고 들어서니, 그곳은 정사각형 모양의 방이었다. 그곳에는 성의 남쪽 타워로 통하는 계단이 구불구불 위로 나 있었다. 퍼디낸드는 멈춰 서서 귀를 기울였다. 발소리는 더 이상 들리지 않았다. 사방이 깊은 정적 속에 있었다. 그는 오른편에 있는 문 하나에 눈길이 갔다. 그것을 열려고 해 보았지만 잠가져 있었다. 퍼디낸드는 그 사람이—그가 보았던 불빛을 들고 간 것이 인간이라면—타워 위쪽으로 갔다고 단정 지었다. 잠깐 주저하다가 그는 계단을 따라 위로 가 보기로 마음먹었다. 하지만 계단은 금세 무너질 것처럼 보여 그건 쉽지 않은 모험이었다. 계단은 군데군데 붕괴되고 깨져 있었다. 돌바닥은 흔들거려 걸음을 무척 불안하게 했다. 참을 수 없는 호기심에 이끌리어 그는 당황하지 않고 올라가기 시작했다. 멀리 가지 않아 그가 발을 내디뎠던 계단의 돌이 그의 무게를 이기지 못하고 떨어져 나갔다. 주변의 돌들이 같이 떨어지면서 계단에는 구멍이 생겼다. 퍼디낸드조차 공포에 떨어야 했다. 그는 절반쯤 남은 계단에 가까스로 발을 대고 기우뚱거리며 서 있었다. 그 계단은 언제라도 떨어져 나갈 듯이 보였다. 그는 겁을 먹었고, 계단 위로 튀어나와 있는 들보 같은 것을 잡으려고 하다가 그만 램프를 손에서 놓쳐 버렸다. 그는 칠흑 같은 어둠 속에 잠겼다. 공포는 호기심이 있던 곳을 완전히 점령했고, 그는 미궁에 빠져 버렸다. 위 계단이 아래 계단처럼 불안정해 그의 무게를 이기지 못할까 두려워 나아갈 수 없었다. 돌아가는 것도 만만치 않았다. 어둠이 돌아가는 길을 못 찾게 막아 버렸기 때문이다. 어쩔 수 없이 그는 새벽이 와서 벽에 난 좁은 창살문으로 빛이 들어올 때까지 거기 그대로 있어야만 했다.

빛이 들어오면 아래로 내려가는 방법을 찾을 수 있을 것이다.

한 시간이 넘게 지났을 때 홀연 아래에서 목소리가 들렸다. 타워로 난 통로에서 나는 듯했고, 점점 가까워지고 있었다. 그는 자신을 방어할 수 있는 능력이 없었기 때문에 안절부절못했다. 그 상태 그대로 무슨 일이 벌어질까 고통스럽게 기다리는데, 아래 계단 쪽에서 불빛이 비쳤다. 곧이어 아래서 그의 이름을 부르는 소리가 들렸다. 그것이 마담과 동생들이 부르는 소리라는 것을 깨닫는 순간, 눈 깜빡할 사이에 불안감은 사라졌다.

그들은 불안에 떨며 퍼디낸드가 돌아오기를 기다렸었다. 그가 돌아오지 않자, 자기들 무서움보다는 그가 더 걱정되었다. 그래서 퍼디낸드를 찾아서, 조금 전에는 감히 발을 들여놓지 못했던 성의 이 부분으로 서슴없이 온 것이었다. 위험에 처한 그를 발견했을 때 그들은 어떤 기분이었을까!

이제 불이 있으니 퍼디낸드는 그곳을 더욱 자세히 둘러볼 수 있었다. 떨어져 나간 계단의 돌 몇 개는 아직 벽에 붙어 있었지만, 그것에만 의지하기에는 불안했다. 벽은 여기저기 떨어져 나가고, 결과적으로 모퉁이는 반쯤 깨진 돌들로 울퉁불퉁했다. 이 작은 돌출부에서 앞서 언급한 계단에 기대 비로소 깨지지 않은 부분으로 발을 옮겼다. 안전하게 벗어났다. 이 탈출을 보며 누가 가장 기뻐했는지 판별하기는 쉽지 않았다. 이제 동이 트고 있었다. 퍼디낸드는 탐색은 여기서 그만두었다.

줄리아는 이 불가사의한 상황에 정신이 팔려 있었고, 그래서 마음의 안정을 깰 수 있는 위태로운 화제에는 관심을 두지 않았다. 그럼에도 불구하고 문득문득 버리자의 형상이 머릿속을 비집고 들어왔고, 행복했던 기억이 떠오르며 한숨을 터져 나왔다. 줄리아는 한숨을 쉬지 않으려고 해 보았지만, 어쩔 수가 없었다. 그녀는 음울한 마음을 달래기 위해 숲속으로 갔다. 그곳의 고독함이 좋았다. 하루는 해 질 무렵에 류트를 들고 그녀가 좋아하는 해안가 장소로 갔다. 줄리아는 위로를 주는 서글픔에 자신을 맡기고 류트 현을 퉁겨 감미롭고 애처로운 멜로디를 만들었다. 해가 넘어가면서 하늘은 진한 붉은빛으로 물들었다. 멀리 바다 위로 내려앉는 태양은 구름 사이로 셀 수 없이 휘황찬란한 빛줄기를 발했다. 그 빛을 한껏 머금은 바다의 가슴은 선명하게 반짝거렸다. 이 정경의 아름다움과, 그녀를 스치는 가벼운 바람과, 이 바람에 높게 솟은 나무들이 흔들리며 중얼거리는 위로의 속삭임, 그리고 점잖게 해안으로 밀려와 부드럽게 철썩이는 파도는 은연중에 마음에 안식을 주었다. 줄리아는 현을 퉁기며 달콤하고 역동적인 멜로디를 연주했다. 그리고 서정시를 노래했다.

저녁

저녁은 이슬이 맺힌 그늘에 숨어들어

그 가운데로 서서히 가라앉는군요,
저녁의 수수한, 순결한 세계로
자줏빛 영광이 희미해지는 것을 보세요.
구슬픈 시간은 저녁의 마차 주변으로
부드럽게 미끄러지며 그것을 보는데,
그 시간의 머리는 지는 꽃들로 장식되고
영롱한 밤이슬 방울로 풍요로워요.
저녁의 손은 떠나는 하루의 맑은 빛깔 위로
어스레한 색조를 입히네요,
아무도 모르게 색상은 변하고
슬그머니 약해져요.
파도는 먼 해안을 따라 서서히 죽고
저녁은 그 위에 널찍이 어두운 베일을 드리우고,
고요한 대기 속에 거친 파도가 쏟아 내는 속닥거리는 소리는
커졌다가 엄숙하게 멈추고, 나는 그 소리에 귀를 기울입니다.
점점 짙어 가는 그림자는 대기 중에 퍼져 가며
쓸쓸하고 장엄한 광경 위로 펼쳐지네요,
바위들, 나무들은 더욱 거친 아름다움을 입고
깊은 파도는 감미로운 음악이 되어 흐르지요.
이제 멀리 있는 곳은 보이지 않고
황혼과 잿빛 어스름이 스며들어요,

점점 침침해지는 사물 하나하나에 음영이 더해져 보이지 않고
모든 광경이 어둠 속으로 가라앉아요.
쓸쓸한 언덕의 공허한 비탈에 종종 드는
자주 빛깔 아래서 자연은 잠이 들어요,
그리고 평화롭고 고요한 모든 것 위의 저녁 생명체는
그 밑으로 그들이 감싼 마술 세계를 나에게 보여 주네요!
멀리 부풀어 오른 돌풍이 잠잠해지는 것을 보세요
그것은 양치기의 플루트에서 감미로움을 빼앗아 가요,
아득히 들리는 급류의 우울한 선율과
사랑에 빠진 이가 튕기는 부드러운 류트 소리.
우거진 가지 그늘의 어둠이 아직 깊어 가는 가운데
상상의 눈은 환상적인 형태를 봅니다,
나지막이 속삭이는 메아리는 공터를 따라 숨어들고
거칠게—즐거운 두려움으로 귀를 황홀하게 하지요.
엄숙한 즐거움의, 그리고 야생적 풍경의!
어둠의 근원이여! 고요의 근원이여! 이슬을 머금은 공기여!
당신을 향해 내 영혼은 우수에 젖은 헌사를 품어요,
당신의 다가오는 발걸음을, 당신의 온화한 영향력을 환호하며
맞이합니다.

줄리아는 노래를 멈추고, 손가락으로 류트를 어루만지며 쓸

쓸한 선율을 만들었다. 한동안 음악과 정경이 자아낸 달콤한 감정에 빠져 아무 생각 없이 그대로 있었다. 그러다 그녀는 나무들 사이로 조용히 들려오는 한숨 소리에 백일몽에서 깨어났다. 그 소리가 나는 쪽으로 시선을 돌렸다. 그리고 그를 보았다. 히폴리터스 버리자! 그녀는 기분 좋은 수만 가지 감정으로 가슴이 답답했다. 그녀가 눈으로 본 것을 믿기 어려웠다. 버리자는 다가와 그녀의 발 앞에 무릎을 꿇고 떨리는 음성으로 말했다.

"내가 당신에게서 어떤 감정을 받았는지 털어놓게 해 주세요. 사랑과 존경으로 가득 찬 가슴에서 터져 나오는 이것을 당신에게 바치게 해 주세요."

"일어나세요, 백작님." 줄리아는 기품 있게 자리에서 일어나며 말했다. "그런 태도는 당신이 보일 태도가 아니에요. 제가 참을 수 있는 것도 아니고요. 저녁이 깊어 가고 있어요. 오빠도 당신을 무척 보고 싶을 거예요."

"나는 결단코 일어나지 않을 겁니다." 백작이 애절한 태도로 대답했다. "당신이……."

그 순간 후작 부인이 그 작은 숲으로 들어오면서 말이 끊겼다. 부인은 버리자 백작의 자세를 보고 막 뒤돌아서려던 참이었다.

"새어머니, 가지 마세요." 줄리아가 혼란 속에 빠지며 말했다.

"그래서는 안 되지." 부인이 비꼬는 어투로 대꾸했다. "내가 있어 봐야 누가 봐도 뻔한 장면을 방해할 뿐이지. 백작이 너에게 일찌감치 경의를 표하려는 것 같구나." 이렇게 말하고는 그녀는 사라졌다.

줄리아는 어쩔 줄 몰라 했고, 마음에 상처를 입었다. 백작은 이 무례함에 화가 났다. 그는 하던 말을 다시 계속하려 했으나, 줄리아는 황급히 후작 부인을 따라 성으로 들어가 버렸다.

후작 부인은 자신이 목격한 장면으로 인해 감정이 독하게 격해지고 들썩거렸다. 가슴에서는 사랑, 증오, 질투가 번갈아 가며 불타올랐고, 절제할 수 없었다. 그녀는 이 감정의 폭력성에 눌려 있었고, 그것은 그녀가 익히 알고 있던 어떤 것보다도 극심하게 고통스러웠다. 또 다른 역동적인 상상 속에서는 버리자의 우아함이 더욱 도드라져 보였다. 그녀의 가슴은 더욱 강렬한 욕망으로 달아올랐고, 마침내 너무 격앙되어 머리가 돌아버릴 지경이었다.

줄리아는 이 예기치 못한 뜻밖의 만남에 사랑과 고뇌의 감정이 뒤섞이며 요동쳤고, 쉽사리 가라앉지 않았다. 그러나 시간이 지나면서 버리자의 사랑이 주는 기쁨은 다른 어떤 감정보다 높이 올라왔다. 그 장면은 다시 빛을 발했고, 다시 그녀의 환상은 비운의 가능성을 덮었다.

저녁 내내 버리자 백작은 특별히 다정하면서도 조심스러운 태도로 줄리아를 대했다. 줄리아는 사랑받는다는 확신이 들어 기분이 좋았지만, 그가 왜 갑자기 마찌니를 떠났는지, 그리고 왜 그동안 연락이 없었는지에 대한 설명을 듣고 의구심의 그림자를 걷어 낼 때까지는 자신의 감정을 드러내지 않기로 마음먹었다. 후작 부인은 차분히, 계속해서 줄리아를 관찰하고 있었다. 줄리아도 그걸 알았다. 그래서 백작이 앞선 만남에서 얘기하던 것을 다시 꺼내지 못하도록 조심히 회피했다. 줄리아는, 그가 가까이 올 때면 그의 입술이 떨리는 것을 보았다.

다시 밤이 찾아오고, 퍼디낸드는 탐색을 계속하려고 줄리아의 침실로 갔다. 얼마 되지 않아 전날 밤에 들었던 소름 돋는 이상한 소리가 다시 들렸다. 에밀리아와 줄리아는 무서워 정신을 잃을 지경이었지만, 퍼디낸드는 새로운 호기심에 격앙되어 램프를 들고 이미 발견했던 문을 통해 순식간에 사라졌다.

퍼디낸드는 전날 밤 지나갔던 황량한 홀로 내려갔다. 거의 계단 끝에 다다랐을 때, 희미한 불빛이 홀을 지나가고 한 형체가 남쪽 타워로 통하는 낮은 아치형 문을 지나 사라지는 것을 얼핏 보았다. 그는 검을 뽑아 들고 돌진했다. 아련히 들리던 소리는 통로를 따라 사라져 갔다. 통로가 굽이져 있어 퍼디낸드는 자신이 쫓는 형체를 볼 수 없었다. 그래서 그것이 정말 인간의 형체인지 확신할 수 없었다. 불빛은 금세 사라졌고, 타워로 난 문이 홀연히 닫히는 소리가 들렸다. 퍼디낸드는 그곳에 다다랐고, 힘을 주어 문을 열고 앞으로 뛰어나갔다. 하지만 그곳은 어둡고 적막했다. 사람이 지나간 흔적은 찾을 수 없었다. 그는 타워 쪽으로 올려다보았다. 계단 사이에 넓은 틈이 있었다. 누구도 그곳을 지나갈 수 없을 것 같았다. 그는 조용히 거기 서서 어리둥절해했다. 그곳을 꼼꼼하게 살펴보다가 문을 하나 발견했다. 한쪽이 벽으로 되어 있는 계단에 약간 가려 있어서 여태껏 보지 못했던 것이었다. 그는 희망에 차 더욱 궁금해졌으나, 이내 기대감은 사그라졌다. 문이 잠겨 있었기 때문이다. 힘껏 밀어 보았지만 허사였다. 두드려 보았다. 공허하고 둔탁한 소리는 그곳을 울리더니 멀리 퍼지면서 사라졌다. 이 문 뒤로는 꽤 넓은 방들이 있음이 분명했다. 퍼디낸드는 한참 여러 방법으로 시도해 보았지만, 결국 그만두어야만 했다. 그는 그곳에 들어왔을 때만큼이나 무지하고 불만스럽게 그곳을 빠져나왔다. 그는 홀로 돌아와 처음으로 그곳을 자세히 살펴보았다. 공간이 넓고 황량한 곳이었다. 높은 천장은 검은 대리석 기둥으로 받쳐진 아치형이었다. 바닥도 검은 대리석이었고, 계단도 마찬가지였다. 높이 있는 유리창은 고딕 양식이었다. 도도한 숭엄함의 기운은 특이한 황량함과 섞이면서 그곳의 특색을 만들었다. 가장자리에는 여러 개의 고딕 아치문이 있었고, 검은 그림자가 짙게 드리워져 있어 그 안쪽은 보이지 않았다. 왼편으로는 문이 두 개 있었는데, 둘 다 잠겨 있었다. 오른편에는 뜰에서 들어오는 큰 출입구가 있었다. 퍼디낸드는 어두워서 볼 수 없는 후미진 곳을 조사해 보기로 결심했다. 그가 홀을 가로질러 걸어가니, 주변 광경이 상상력을 자극해서인지, 발소리가 울려서 이상하고 무서운 무언가의 모호한 소리로 증폭되는 듯했다.

아치문에 가서 안쪽을 들여다보니, 상당히 큰 크기의 내부 홀 같은 것이 있었다. 반대편 끝에는 과하게 조각으로 장식된 거대한 접이문이 한 쌍 있었다. 문은 자물쇠가 채워져 있어 힘껏 밀어 보았지만 꿈쩍하지 않았다.

퍼디낸드는 말없이 의아해하며 그곳을 살펴보고 있는데, 그가 서 있는 지점 아래에서 음산한 신음 소리가 올라왔다. 그 소리에 피가 싸늘해졌다. 그러나 곧 다시 정적이 시작되었고, 아무 소리도 나지 않았다. 그는 자기가 상상해서 착각한 탓에 깜짝 놀라 움찔했던 거라고 생각했다. 그가 문을 열려고 다시 시도할 때 아래에서 또다시 신음 소리가 들렸다. 처음 소리보다 더 끔찍했다. 순간 그가 가졌던 용기는 깨끗이 사라졌다. 문은 내버려 두고 황급히 계단으로 뛰어가 두려움에 숨을 헐떡이며 위로 올라갔다.

메논 마담과 동생들은 무척 애를 태우며 그가 돌아오길 기다리고 있었다. 퍼디낸드는 이 건물의 비밀을 알아내려는 모든 시도가 실패하고, 그 조사에 아무런 성과가 없자 지쳐서 탐색을 그만두기로 마음먹었다.

퍼디낸드가 방금 경험한 예사롭지 않은 모험을 이야기하자, 에밀리아와 줄리아는 차분하게 생각할 수 없을 정도로 무서워했다. 그들은 더욱 강렬한 감정에 짓눌려 후작이 기분 나빠할 거라는 걱정 따위는 사라졌고, 끔찍한 망상에 빠지게 하는 방에 더는 머물지 않기로 작정했다. 이 기묘하고 설명할 수 없는 여러 상황에 마담 역시 긴장되고 몹시 혼란스러웠다. 그래서 그들의 결정에 반대하지 않았다. 마담은 다음 날 후작 부인을 만나 최근에 일어난 일들을 자세하게 알리고 방을 바꿔 달라고 요청하기로 했다. 다만 그들은 뜻한 바가 있었기에, 숨겨진 문을 찾은 것이나 또 연이어 발생한 사건들에 대해서는 밝히지 않기로 했다.

마담은 계획한 대로 후작 부인을 만나 이야기했다. 후작 부인은 처음에는 아연해하며 듣다가, 점차 무심해지더니, 어린애들이 미신을 믿게 조장한다고 거드름을 피우며 마담을 책망했다. 부인은 그 사건들을 망상이라고 조롱하고, 성에 오는 방문객이 많아서 마담의 요청을 수락하기 어렵다고 말을 맺었다.

성에 방문객이 많다는 말은 사실이다. 메논 마담이 예전에 쓰던 방들만 비어 있었는데, 그 방들은 후작 부인의 오락을 위해 성대하게 준비 중이었다. 부인은 주변 사람의 편의를 위해 자신이 원하는 바를 희생하는 데 익숙하지 않았다. 그래서 신중하게 언급된 그 화제를 소홀히 대했다. 그것이 그녀에게 쾌락을 주는 새로운 계획을 망칠 수 있는데도 말이다.

하지만 에밀리아와 줄리아는 너무나 두려웠기 때문에 소심하게 가만히 있거나 쉽게 포기할 수 없었다. 그래서 그들이 처한 상황을 후작에게 설명하도록 퍼디낸드를 설득했다.

한편 버리자는 초조한 마음에 뜬눈으로 밤을 지새우고, 가슴 속에 타오르는 열정을 줄리아에게 명백히 드러낼 기회를 엿보며 노심초사했다. 그녀를 처음 본 순간 그의 안에서는 동경의 마음이 깨어났고, 그 후 그것은 더욱 애틋한 감정으로 원숙해졌다. 그는 갑자기 나폴리에 가야만 하는 사정이 생겨서 그녀를 향한 정열을 정식으로 표현하지 못하고 떠나야만 했었다. 가깝고 매우 소중한 친척인 로멜리 후작이 병환으로 위독했었기 때문이다. 그런데도 말없이 떠나기에는 너무 고통스러웠고, 그래서 그는 줄리아를 향한 감정을 멜로디로 알리려고 했다. 그것이 그녀가 들었던, 창 아래에서 들리던 달콤한 선율이었다.

버리자 백작이 나폴리에 도착했을 때 로멜리 후작은 아직 살아 있었다. 하지만 며칠 지나지 않아 그는 눈을 감았다. 버리자에게는 선조들이 방탕하게 쓰고 남은 약간의 유산을 남겼다.

버리자는 자신의 권리를 조율하느라 곧바로 시칠리아로 돌아올 수 없었다. 그가 돌아온 이유는 하나였다. 자기 사랑을 공표하는 것. 하지만 여기에는 뜻밖의 장애가 그를 기다리고 있었다. 후작 부인의 질투였다. 그녀는 신경을 곤두세우고 줄리아의 세심한 성품을 이용해 버리자가 엿보던 기회를 주지 않으려고 음모를 꾸몄다.

퍼디낸드는 후작에게 남쪽 건물에 관해 이야기할 때, 그들이 발견한 문에 관한 내용은 조심스럽게 언급하지 않았다. 후작은 한동안 음울하게 앉아 조용히 그 이야기를 들었다. 그러나 곧 이어 불쾌감을 드러냈고, 퍼디낸드가 그런 한심한 불안감에 담대함을 잃어버렸다고 꾸짖었다. 그 불안감은 겁 많은 사람들이 망상에 빠져 만들어 낸 것이라고 말했다.

"불안이란," 후작이 계속했다. "무력한 여자의 마음에 쉽게 자리를 잡는 것이고, 더욱 견실한 성품을 타고난 남자는 그것을 무시해야 하는 법이다. 덜떨어진 놈하고는! 이게 기껏 내가 너를 돌본 것에 대한 보상이냐? 나는 내 아들이 여자가 하는 한심한 이야기나 되풀이하는 꼴을 보려고 사는 게냐? 이성과 네 지각을 따르는 법을 배워라. 그래야 너는 내 관심을 받을 자격이 있다."

후작은 자리를 뜨려고 했고, 퍼디낸드는 이제 그 소리를 자신도 직접 들었다고 밝힐 필요성을 느꼈다.

"잠깐만요, 아버지," 그가 말했다. "방금 아버지께서 말씀하신 대로, 최근의 경우에는, 제 지각이 바로 제가 믿는 증거입니다. 제가 그 소리를 직접 들었고, 추호도 의심하지 않습니다."

후작은 충격을 받은 듯이 보였다. 퍼디낸드는 변화를 감지하고 그 문제를 더 강하게 어필했다. 돌연 후작은 진중한 표정을 짓고는 저녁에 자기 서재로 오라고 말했다.

퍼디낸드는 후작과 헤어진 후, 버리자를 만났다. 그는 무척 흥분한 듯 주랑을 서성거리고 있다가 퍼디낸드를 보고 다가왔다.

"난 가슴이 아프네." 버리자가 울적하게 말했다. "조언을 해주게. 잠깐 이 방으로 가세나. 방해받지 않고 대화를 나눌 수 있을 거네."

"내가 자네 동생 줄리아에게," 그는 의자에 털썩 주저앉으며 말했다. "얼마나 다정한 감정을 품고 있는지 자네도 잘 알 거네. 우리가 오랫동안 다져 온 신성한 우정의 힘을 빌려 자네가 내 열정을 호소할 기회를 만들어 주면 고맙겠네. 그녀는 민감하여 다른 감동은 잘 받지만, 사랑에는 둔감할까 걱정이라네. 나는 마음이 너무 초조해 견딜 수 없을 만큼 고통스러우니, 이제는 확신을 받아야 행복해질 수 있겠네. 나를 좀 도와주게."

"이번에는 자네 통찰력이 틀렸어." 퍼디낸드가 대답했다. "그렇지 않았다면 자네가 이렇게 불퉁거리는 고통은 지금쯤 사라졌겠지. 내가 한동안 봐 온 것을, 그러니까 줄리아가 자네를 꽤나 편애한다는 것을, 자네도 분명 발견했을 테니까."

"그런 듣기 좋은 말로 나에게 더 끔찍한 절망을 주지는 말게

나.” 버리자가 말했다. “그리고 치우친 우정 때문에 잘못 판단하지도 말고. 자네는 온화한 감정이 있어서 그렇게 느끼는 것일세. 자네는 내가 특별히 관심을 받을 자격이 있고, 또 그런 자질을 가졌다고 믿는가 본데, 에이, 이 사람아! 자네 자신을 기만하지는 말게나. 나라면 모를까!”

“정반대야.” 퍼디낸드가 대꾸했다. “자신을 속이는 건 바로 자네야. 아니 더 정확히 말하면, 자네를 동요시키는 열정의 그 미묘함 때문이지. 그건 자네가 진실을 보지 못하게 계속 방해할 걸세. 자네 행복이 걸린 진실 말이야. 나를 믿게. 내가 실없이 하는 소리가 아니야. 동생은 자네를 사랑하네.”

이 말에 버리자는 자리에서 벌떡 일어나 기쁨에 겨워 두 손을 맞잡았다.

“아, 정말 듣기 좋은 소리야!” 깊은 감격에 겨운 목소리로 그가 크게 말했다. “자네를 믿어도 될까! 자네 말이 맞는다면, 이 세상이 바로 낙원이야!”

그가 이렇게 감탄하는 동안, 줄리아는 그 방에 붙어 있는 서재에 있었다. 줄리아는 어떤 느낌이었을까, 쉽게 상상할 수 없으리라. 이 대화가 있던 방의 문은 반쯤 열려 있었다. 줄리아는 이 사랑 고백을 들으며 너무 기뻐 들썩이면서도 행여 들키지나 않을까 걱정되어 떨고 있었다. 서재를 가로질러 가면 주랑으로 향하는 문이 있었다. 발소리만 배신하지 않는다면, 어쩌면 그 문을 통해 아무도 모르게 달아날 수 있을 것이다. 하지만 그녀는 주랑으로 향하는 문까지 움직이는 것은 말할 것도 없이, 숨도 못 쉴 지경이었다. 그래서 어쩔 수 없이, 어떤 색깔의 언어로도 그릴 수 없는 이 무시무시한 곤궁에 빠져 그 자리에 그대로 있었다.

"아!" 버리자가 다시 입을 열었다. "내가 원하는 것이 이루어지길 간절히 바라네. 내가 자네를 정말로 믿어야 한다면, 자네 주장에 대한 근거를 제시해 보게."

"기꺼이 그러지." 퍼디낸드가 대답했다.

줄리아는 심장이 마구 뛰었다.

"자네가 로멜리 후작의 병환으로 갑자기 나폴리로 떠났을 때, 나는 줄리아의 행동을 유심히 보았네. 거기서 줄리아가 가슴에 느끼는 감정을 읽었지. 다음 날 아침 그녀는 전에 없이 불안한 모습이었네. 그 애의 그런 모습을 나는 본 적이 없었어. 줄리아는 사람들이 들어올 때마다 애절하게 보았고, 매번 또렷한 실망이 이어졌지. 저녁 식사에서는 자네가 떠났다는 얘기가 나오자 줄리아는 와인을 입으로 가져가다 흘려 버렸네. 그리고 저녁 내내 힘이 없고 우울해 있었지. 줄리아는 가슴을 짓누르는 감정을 숨기려고 해 보았지만 헛일이었네. 그때부터 그녀는 어떻게든 사람들에게서 벗어나려고 했어. 최근 그녀를 돋보이게 했던 발랄함은 더 이상 찾을 수 없었지. 줄리아는 혼자 떨어져 시름에 잠긴 듯했어. 나는 간간이 그녀가 호젓한 곳에서 노래하는 것을 들었네. 마음을 흔드는 가냘픈 곡이었지. 자네가 돌아오니 곧바로 눈에 띄게 변하더군. 지금은 발랄함을 되찾았어. 자네가 가까이 갈 때면 그녀는 살짝 당혹스러워하는 표정을 짓지. 그거면 내 주장이 사실이란 걸 충분히 증명하지 않는가!"

"아, 그런 말이라면 한없이 들어도 좋군!" 버리자가 한숨을 내쉬었다. "참 달콤한 말이야. 영혼을 위로하는 말이지. 그 말을 들으며 내가 그 이상을 원한다는 걸 잊어버릴 수 있으면 좋겠어. 그래! 퍼디낸드, 자초지종을 들어 보니 의심할 여지가 없군. 확신이 들면서, 마음에는 전에 없던 황홀감이 몰려오네. 아! 나를 그녀에게 데려가 주게. 내 가슴을 부풀게 하는 이 감정을 고백할 수 있게 말이야."

그들은 일어났다. 힘겹게 버티고 있던 줄리아도 당장이라도 발각될까 너무나 두려운 나머지 역시 일어나 살금살금 주랑 쪽으로 옮겨 갔다. 그녀의 발소리에 버리자 백작은 흠칫했다. 누군가가 그들의 대화를 엿들었을까 염려되어, 초조하게 그곳에 다른 사람이 있었는지 확인해 보려고 했다. 그는 곧장 서재로 돌진했고, 거기에는 줄리아가 있었다! 줄리아는 몹시 떨려서 몸을 가누기 위해 의자를 붙잡았다. 그녀는 창피해 어쩔 줄 몰라 하며 털썩 주저앉고, 옷으로 얼굴을 가렸다. 버리자는 당장 그녀의 발 앞에 몸을 낮추고, 의미심장한 침묵 속에 그녀의 손을 잡아 지긋이 입 맞추었다. 둘 다 너무 혼란스러워 말을 하지 못하고 약간의 시간이 흘렀다. 마침내 버리자는 목소리를 찾아 말문을 텄다.

"줄리아 양, 어, 이렇게 갑자기 들어와서 미안합니다. 뜻하지 않게 그렇게 되었습니다. 용서해 주시겠어요? 아니면 이것으로 당신을 향한 나의 동경은 끝이 난 건가요? 감히 내가 당신을 향해 가졌다고 믿는 존경의 마음, 내가 존재 그 자체보다도 값지게 생각하는 것 말입니다. 아, 나를 용서한다고 말해 주세요! 예상치 못했던 일 하나 때문에 내가 영원히 평안을 잃어버렸다고 믿게 내버려 두지 마세요."

"백작님의 평안함이 저의 감정에 달려 있다면," 줄리아가 떨리는 음성으로 말했다. "그 평안은 이미 안전합니다. 제가 느끼는 애정을 부정하고 싶어도 지금은 그렇게 할 수 없어요. 이제는 그걸 원치 않으니까요. 이 또한 고통스럽군요."

버리자는 고마움에 젖어 아직 잡고 있는 손에 눈물을 떨어뜨릴 수밖에 없었다.

"하지만 저의 조심스러운 처지를 이해해 주시고," 그녀는 일어나며 말을 이었다. "물러가게 허락해 주세요." 이렇게 말하고 줄리아는 서재를 떠났다. 버리자는 자기 소원에 대한 달콤한 확증을 안고 꼼짝 못 하게 내버려 둔 채.

퍼디낸드는 줄리아가 나타나 너무 놀라 괴로울 지경이었고, 아직 그것을 극복하지 못했다. 자신이 그녀를 혼돈에 빠뜨렸음을 익히 의식하고 있었다. 단지 사과만으로는, 그가 의도한 바는 아니었지만 참혹하게 깨 버린 마음의 평정이 회복되지 않으리라는 것을 알았다.

퍼디낸드는 무척 궁금해하며 후작을 만나기로 한 시간을 기다렸다. 후작이 그에게 서재로 오라고 지시할 때 감돌던 근엄한 기운이 인상에 깊이 남았다. 시간이 가까워지면서 기대감은 올라갔다. 모든 순간이 길게 머물러 있는 듯한 기분이 들었다. 얼마 후 그는 서재로 갔다. 오래지 않아 후작이 들어왔다. 후작의 태도에는 변함없이 냉기가 도는 근엄함이 있었다. 후작은 서재의 문을 잠그고 앉아 다음과 같이 이야기를 했다.

“나는 지금 너를 믿으려고 한다. 이 신뢰를 굳건히 지키기 위해서 너는 네 명예를 걸어야 할 게다. 이제껏 조심스럽게 감추어 왔던 비밀스러운 이야기를 하기 전에 네가 이 비밀을 죽을 때까지 지키겠노라고 맹세해야 한다. 네가 결단한 것을 지켜낼 자신이 없으면 지금 말하는 게 좋을 거다. 그래야 치욕을 당하는 일이 없을 테니까. 네가 맹세를 깼을 때는 그게 바로 필연적인 결과가 될 테니까. 반면에 네가 엄격하게 지켜 낼 수 있다고 자신하면, 이 조건에 동의하고, 내가 하려는 비밀을 들어라."

퍼디낸드는 이 서론에 오싹했다. 성급한 호기심은 잠시 붙잡아 두고, 이 조건을 받아들이고 비밀을 들어야 할지 망설였다. 마침내 퍼디낸드는 동의하겠다는 몸짓을 했다. 후작은 일어나 검집에서 검을 뺐다.

"여기에다 맹세해라." 후작은 아들에게 그것을 주며 말했다. "이제 내가 알려 주려는 것을 절대로 되풀이하지 않겠다고 이 신성한 명예의 증표에 대고 서약해라."

퍼디낸드는 검에 대고 맹세했다. 눈을 들어 하늘을 향하고 근엄하게 서약했다. 그러자 후작은 다시 자리에 앉고, 말을 이어 나갔다.

"한 세기 전에 이 성은 내 할아버지인 마찌니 가문의 3대 후작 빈센트 어르신의 소유였다. 당시 우리 가문과 캄포 가문 사이에는 뿌리 깊은 증오가 있었다. 이 원한이 어떻게 시작되었는지, 이 숙명적인 불화의 세부적인 내용은 말하지 않겠다만, 우리 가문은 힘이 있었고, 캄포 사람들은 시칠리아에서 누렸던 사회적 지위를 지킬 수 없었다. 그래서 그들은 평온한 안전을 찾아 외국으로 떠났다고만 말해 두자. 다시 원래 화제로 돌아와서, 할아버지는 그 원수 때문에 목숨이 위태롭다고 믿고 스파이들을 심어 놓았단다. 그의 일을 도와주면서 보호받고자 했던 강도 몇 명을 고용했지. 그들은 몇 주 동안 기회를 엿

보고 있다가 헨리 캄포를 잡아서 아무도 모르게 이 성으로 데리고 왔다. 그는 남쪽 건물의 폐쇄된 방에 한동안 갇혀 있다가, 거기서 죽었다. 어떻게 죽었는지는 내가 말하지 않으마. 그 계획은 빈틈없이 진행되었고, 비밀은 철두철미하게 지켜졌지. 그래서 그 집안사람들이 행방불명된 그의 흔적을 찾으려고 해 보았지만 허사였다. 우리 가족을 의심해도 증거가 없었지. 캄포 사람들은 오늘날까지도 그가 어떻게 죽었는지 모른단다. 내 아버지가 돌아가시기 오래전에 소문이 돌았지. 성의 남쪽 건물에 유령이 들렸다고. 나는 그걸 믿지 않았다. 그리고 그에 걸맞게 행동했고. 근데 어느 날 밤, 성내 사람들이 모두 잠자리에 들고 나 혼자 깨어 있었는데, 나는 그 막연한 주장에 대해 강렬하면서도 무서운 증거를 갖게 되었다. 지금도 그 생각만 하면 두려워 치가 떨린다. 할 수만 있다면 잊어버리고 싶다. 그때부터 나는 그쪽 건물에 가지 않았으니까. 그 건물들은 폐쇄되었고, 사실 나는 그 일로 인해 성에 거의 머물지 않게 되었지."

퍼디낸드는 말없이 불안에 떨며 이 이야기를 들었다. 그 방들을 뚫고 들어가 보려고 했던 무모함을 기억했다. 그가 보았던 불빛과 형체, 그리고 무엇보다도 타워 계단에서 그가 처했던 상황. 그 기억에 모든 신경이 곤두섰다. 회상 속의 공포는 현실의 그것과 별반 차이가 없었다.

후작은 딸들이 침실을 바꾸도록 허락했다. 그러나 퍼디낸드에게는, 그들의 요청을 승낙한 것은 단지 그들이 안심하고 지내도록 배려한 것이지 그 요청이 타당해서 그런 건 아니었다고 전하도록 지시했다. 따라서 그들은 예전에 쓰던 침실로 돌아갔고, 마담이 쓰던 큰 방만이 후작 부인을 위해 준비되었다. 부인은 후작에게 질책과 한탄을 뒤섞어 쏟아 내며 불만을 표시했다. 후작은 자신이 연약한 마음의 한심한 망상이라고 정의한 것에 대해 두 딸을 따로 나무랐고, 최근 그들이 겁을 먹었던 문제로 더는 성을 소란스럽게 하지 말라고 말했다. 딸들은 묵묵히 순종하며 이 질책을 들었다. 사실 자기들의 청원이 받아들여진 것에 대해 그저 즐거울 따름이었다.

퍼디낸드는 최근에 알게 된 내막을 곰곰이 되새겨 보다가 자신이 살인자의 후손이라는 사실을 깨닫고 충격을 받았다. 이 성에는 무고한 사람의 피가 흘려졌다. 벽 안에서는 아직 잠들지 못하는 영혼이 출몰했다. 영원한 안식을 가로막았던 그의 자손에게 큰 소리로 복수를 부르짖는 듯했다. 버리자는 퍼디낸드가 실의에 빠진 것을 감지했고, 그의 근심을 같이 나누게 해 달라고 간청했다. 여태껏 솔직하고 꾸밈이 없던 퍼디낸드는 이제 철저하게 속내를 숨겼다.

"내가 누설할 수 없는 것을 말해 달라고 하지 말게나." 퍼디낸드가 말했다. "이건 나에게 묻지 말아 달라고 부탁하는 걸세. 그리고 이것은 자네에게조차 설명할 수 없는 거라네."

버리자는 의아했지만 더는 그 화제를 언급하지 않았다.

줄리아는 버리자를 향한 자신의 마음을 들켜 버린 상황에 대단히 굴욕감을 느꼈다. 그러나 첫 충격이 가라앉으니 괴로움보다는 기쁜 감정이 밀려왔다. 최근 대화는 그녀가 사랑하는 사람을 향한 연정에 강렬한 색채를 더했다. 그의 수줍음, 그의 장점이 어떤 영향을 끼치는지 서서히 깨달았고, 그리고 비로소 마음에 확신을 얻었을 때는 끊임없이 희열이 흘렀다. 줄리아는, 버리자가 그녀를 발견했을 때 그의 몸짓에 그녀를 향한 열정의 세심함과 굳은 의지가 드러나는 것을 보았다. 그녀는 순수하고 아무것도 섞이지 않은 기쁨에 마음을 내어 주었다.

줄리아는 후작에게서 도서실로 오라는 호출을 받고 몽상적인 행복에서 깨어났다. 여느 때와는 다른 상황에 그녀는 마음을 졸이며 떨리는 궁금증을 안고 그 호출을 따랐다. 후작은 깊은 생각에 잠겨 방을 거닐고 있었다. 줄리아가 문을 닫으니 그제야 그녀를 알아보았다. 후작의 외모에서 풍기는 위압적인 엄격함에 그녀는 바짝 긴장했고 뭔가 의미심장한 안건에 대비해 마음의 준비를 했다.

그는 그녀 옆에 앉고는 잠시 말이 없었다. 얼마 후 찬찬히 그녀를 보면서 그는 말문을 열었다.

"딸아, 너에게 영광스러운 소식이 있어 너를 불렀다. 루오보 공작이 너에게 청혼을 했구나. 이런 근사한 결혼은 내가 기대했던 거 이상이다. 너는 격에 맞게 이 영예를 감사히 수락할 거고, 결혼 축하연을 준비해야 할 게다."

이 말은 죽음의 화살처럼 날아와 줄리아의 가슴에 박혔다. 그녀는 정지한 채 앉아 있었다. 망연자실하여 말할 힘도 없었다. 후작은 그녀가 당황스러워하는 것을 보았다. 그는 그 이유를 잘못 추측하며 말했다.

"이 일에 갑작스러운 면이 없잖아 있다. 하지만 영예로운 일에서 비롯된 이 기쁨이 너에게는 과분한 것이니, 여자의 보잘것없는 연약함 따위는 극복해야 한다. 다른 때라면 그런 것에 젖어 있을 수도 있겠지만, 이번은 아니다. 가서 마음을 가라앉혀라. 그리고," 그는 엄격한 어투로 계속했다. "네가 딴생각하고 있을 시간은 없다."

이 말에 줄리아는 지독한 망연자실의 상태에서 깨어났다.

"오, 아버지," 그녀는 그의 발 앞에 몸을 던지며 말했다. "제가 아버지 말씀을 죽는 것보다 따르기 어려운 곳으로 억지로 몰아가지 말아 주세요. 진정으로 아버지 말씀에 순종할 수 있다면……."

"그만둬." 후작이 말했다. "이런 가식적인, 버르장머리라고는 없구나."

"아버지, 용서해 주세요." 줄리아가 대답했다. "아, 제가 비통한 척하는 게 아니에요. 저는 공작을 사랑할 수 없어요."

"어서 가!" 후작은 딸의 말을 가로막았다. "유치하고 말도 안 되는 반대로 나를 화나게 하지 말고."

"아버지, 제 말 좀 들어 주세요." 줄리아는 눈물을 글썽이며 말했다. "딸이 괴로워하는 것을 불쌍히 여겨 주세요. 이제껏 한 번도 감히 아버지 말씀에 거역한 적이 없잖아요."

"이번에도 역시 거역하지 않을 거고." 후작이 말했다. "부와 명예 그리고 작위가 내 발 앞에 놓였는데, 어리석은 딸년이 사랑할 수 없다고 떼를 쓴다고, 좋은 것과 나쁜 것을 구별조차 못 하는 어린 자식 때문에 그걸 거절해야 할까! 그만두는 게 좋을 거다. 화를 돋우지 마라. 그렇지 않으면 내가 분별력을 잃고 회초리를 들지도 모르니까. 내 말 들어. 공작을 받아들여. 그걸 못하겠다면 이 성을 나가서 너 하고 싶은 대로 하면서 살든지."

이렇게 말하고 후작은 벌컥 문을 열고 나갔다. 무릎을 꿇고 울고 있던 줄리아는 바닥에 털썩 엎드렸다. 비통함에 그 충격이 더해지면서 그녀는 정신을 잃었다. 꽤 오랜 시간 그 상태로 있었다. 그녀가 정신을 차렸을 때는 비운의 기억이 다시 떠올랐고, 그것의 기세에 다시 압도될 지경이었다. 마침내 그녀는 바닥에서 일어나 침실로 향했다. 큰 주랑에 이르자 곧 버리자가 그곳으로 들어섰다. 줄리아는 너무 부들거려 더는 버틸 수가 없었고, 그래서 난간을 와락 움켜잡았다. 버리자는 전속으로 달려와 그녀가 쓰러지기 직전에 붙잡았다. 그녀의 얼굴에 나타난 창백한 고뇌에 그는 깜짝 놀라며 무슨 일인지 초조하게 물었다. 줄리아는 그저 하염없이 흘러넘치는 눈물로만 답할 수 있었다. 그녀는 그에게서 천천히 벗어나 비틀거리며 서재로 갔다. 버리자는 문까지 동행했지만 더는 따라가지 않았다. 그는 말없이 다정하게 그녀의 손에 입 맞추고, 놀라고 염려하며 물러갔다.

줄리아는 절망에 자신을 내어 주고 홀로 힘겨운 슬픔에 빠져 있었다. 지금과 같은 무시무시한 비운은 상상 속에서라도 마주친 적이 없었다. 설령 그녀에게 앞서 생긴 애정이 없었더라도 이 청혼은 혐오스러웠을 것이다. 그 애정이란 것이 그녀가 그에게—그녀의 존경을 한껏 받을 자격이 있고 그녀의 모든 애정에 보답해 주었던 그에게—마음을 주었을 당시에는 고통이었을 수도 있었겠지만.

루오보 공작은 후작과 성격이 매우 비슷했다. 권력에 대한 애착은 지배욕으로 나타났다. 권위의 가혹함이 누그러지게 하거나 권위를 자비로운 행위로 이끄는 온순함이나 관대함 따위는 없었다. 그는 포악성을 거침없이 드러내며 행동했고, 그것을 즐겼다. 두 번 결혼했었다. 그 불운한 여인들은 그의 지배를 받으며, 서서히 좀먹는 비통함의 손에 떨어진 희생양이 되었다. 그는 아들이 하나 있었는데, 몇 해 전에 아버지의 학대를 못 이겨 도망간 후로 소식이 없었다. 최근 축하연에서 공작은 줄리아를 보았다. 줄리아의 미모에 강한 인상을 받았고, 그리하여 지금 그녀에게 청혼하게 된 것이었다. 줄리아의 아버지는, 이 기회를 통해 자신이 바라던 욕망에 과분한 인연을 만들 것이라 기대하며, 기꺼이 청혼을 허락했고, 곧바로 서약으로 봉인했다.

줄리아는 그날 내내 서재에 틀어박혀 있었다. 마담과 에밀리아는 다정하게 애쓰며 그녀를 위로하려 했다. 저녁이 깊어 갈 무렵에는 퍼디낸드가 왔다. 버리자는 줄리아가 보이지 않는 것에 아연해하며 퍼디낸드에게 가서 그녀의 근심을 덜어 주고, 혹시 가능하다면 뭐가 문제인지 알아봐 달라고 부탁했었다. 동생을 심히 아끼는 퍼디낸드는 버리자의 말에 놀라며 즉각 그녀를 찾아온 것이었다. 줄리아는 울어서 눈이 부어 있었다. 얼굴은 그녀의 심리 상태를 또렷이 드러내고 있었다. 퍼디낸드는 아버지가 벌인 일에 대해 듣고 그녀만큼이나 심란해했다. 그는 사랑하는 동생이 자기가 좋아하는 친구와 결합할 것이라는 기대에 기뻐했었다. 하지만 지금은 아버지가 권위를 앞세워 가혹한 결정을 내렸고, 동화 같은 행복의 꿈은 날아가 버렸다. 그에게 가장 소중한 사람들의 평안은 깨졌다. 퍼디낸드는 오랫동안 풀이 죽어 말없이 앉아 있었다. 그러다가 마침내 그는 침울한 몽상에서 깨어나 줄리아에게 저녁 인사를 하고, 버리자에게로 돌아갔다. 버리자는 북쪽 홀에서 노심초사하며 그를 기다리고 있었다.

퍼디낸드는 버리자가 이 소식을 듣고 얼마나 낙심할까 염려되었다. 그래서 그는 이 끔찍한 사실을 돌려 말하려고 했다. 하지만 버리자는, 사랑이 경계하라고 가르쳐 준 사악한 기운을 재빨리 감지하고 즉시 진실로 달려들었다.

"전부 말해 보게." 버리자는 짐짓 단호한 어투로 말했다. "난 최악의 상황을 염두에 두고 있네."

퍼디낸드는 후작의 명령에 관해 이야기했다. 버리자는 진정 위로의 동력이 필요했건만, 이내 어떻게도 위로할 수 없는 비통함에 떨어졌다.

잠시 후 줄리아는 침실로 돌아왔다. 하지만 마음에 슬픔이 가득해 잠의 축복을 누릴 수가 없었다. 그녀는 정신이 산만하고 불안하여 일어나 조용히 창문을 열었다. 밤은 고요했다. 한 줄기 미풍조차도 바다의 해수면을 어지럽히지 않았다. 달은 모래사장으로 부드럽게 몰려오는 파도 위로 온화한 빛을 비추었다. 그 정경은 그녀의 기분을 담담하게 진정시켰다. 마음에 보드랍고 기분 좋은 음울함이 저절로 펴졌다. 그녀가 감회에 젖어 있는데, 멀리서 노 젓는 소리가 들렸다. 달빛을 받는 바다 위로 이내 작은 배 하나가 보였다. 노 젓는 소리는 멈추었고, (천국에서 흘러나오는 환상곡처럼) 화음을 이루는 엄숙한 선율이 밤의 고요 속에 은은히 다가왔다. 합창의 목소리는 이제 대기 중에 부풀어 올랐다가 아득히 희미해져 갔다. 줄리아는 이 선율을 들으며 성모 마리아를 향한 한밤의 성가가 떠올랐고, 가슴에 거룩한 감격이 일었다. 합창은 철썩거리는 엄숙한 노 젓는 소리에 맞춰 되풀이되었다. 은연중에 가슴 깊은 곳에서 황홀경의 탄식이 터져 나왔다. 그리고 다시 고요해졌다. 그녀가 들었던 신성한 멜로디에 요동치던 가슴은 차분해졌고, 그녀는 달콤한 잠에 들었다.

아침이 되어 줄리아는 선잠에 기운을 얻고 깨어났으나, 곧 슬픈 기억은 새롭게 기세를 몰아 되돌아왔다. 그녀는 역겨워 정신을 잃을 지경이었다. 그녀가 이 상태에 있을 때, 즉각 후작을 보러 오라는 전갈이 왔다. 그녀는 순종했고, 후작은 그녀에게 루오보 공작을 만날 채비를 하라고 지시했다. 공작은 그날 아침에 성을 방문하기로 되어 있었다. 후작은 줄리아에게 화려하게 차려입고 미소로 그를 맞으라고 명령했다. 줄리아는 말없이 따랐다. 줄리아는 아버지의 결단이 완강함을 보았다. 그녀는 물러나 가슴속 번민을 달래며 이 혐오스러운 만남을 준비했다.

시계는 정오를 알렸다. 트럼펫 소리가 울리며 루오보 공작이 성에 가까이 오는 것을 알렸다. 줄리아는 그 소리에 가슴이 철렁 내려앉았다. 그녀는 고달픈 감정에 압도되어 소파에 털썩 주저앉았다. 곧바로 후작으로부터 전갈이 왔고, 줄리아는 동요되었다. 그녀는 일어나 다정하게 에밀리아를 안았다. 그들은 잠시 함께 울었다. 곧이어 줄리아는 전심으로 용기를 내어 홀로 내려갔다. 그곳에서 후작을 만났다. 후작은 공작이 앉아 있는 살롱으로 그녀를 이끌었다. 그리고 잠깐 이야기를 나누고 물러갔다. 이 순간 줄리아의 감정은 그녀가 이제껏 경험했던 어떤 때보다 요동쳤다. 간혹 우리가 필사적인 절망에 처했을 때, 혹여 못난 슬픔으로 그것을 극복하려 해도 소용없을 때, 난데없이 미묘한 불굴의 기운이 솟아오르곤 한다. 줄리아는 이런 기운으로 마음에 평정을 회복했고, 타고난 기품을 되찾았다. 그녀는 잠시 어찌할 줄 모르다가 자신의 위험한 결단을 공작의 자비에 맡겨 보기로 했다. 이 혼약에 마음이 가지 않는 것을 그에게 고백하고 청혼을 취소해 달라고 간청해 보기로 했다.

루오보 공작은 짐짓 정중한 태도로 다가와 줄리아의 손을 잡고 옆에 앉았다. 그녀의 아름다움에 형식적이고 평범한 칭송을 늘어놓고는 직접 고백을 하기에 이르렀다. 줄리아는 한참 그것을 듣고 있다가, 그가 그녀의 의견을 들을 자세가 된 듯 보일 때 이야기를 꺼냈다.

“공작님, 공작님께서 저를 특별하게 대우하신 것을 잘 알고 있습니다. 제가 공작님께 되돌려 드릴 수 있는 감정이라고는 한스럽게도 공손한 감사의 마음뿐입니다. 저는 아버지의 명령으로 마음이 갈 수 없는 곳에 제 손을 건넸습니다. 제가 이렇게 고백하는 것은, 저는 공작님의 자비하심을 어떤 것보다 신뢰하기 때문입니다."

루오보 공작은 말이 없었다.

줄리아는 잠깐 멈추었다가 다시 말을 이었다. "공작님, 저를 이 고통스러운 상황에서 놓아주실 수 있는 분은 오직 공작님뿐입니다. 당신의 선하심과 공평하심에 호소합니다. 제가 어쩔 수 없이 이렇게 행동하는 것을 용서해 주실 것으로 믿고, 제 호소가 헛되지 않기를 빕니다."

공작은 난감해했고, 자존심에 상처받아 얼굴이 붉어졌다. 그는 가슴속에 부풀어 오르는 감정을 억누르려고 안간힘을 쓰는 듯했다.

"줄리아 양, 나는 아주 다른 대답을 기대했었소." 그가 말했다. "루오보 공작의 구혼이 값어치가 없게 되리라고는 상상도 못 했으니까. 하지만 당신에게는 이미 나에 대한 애정이 없다고 하니, 후작이 우리가 서로 맺은 언약에서 나를 풀어 주면, 나도 당신을 기꺼이 더 좋은 정인에게 보내 주겠소."

"죄송합니다, 공작님." 줄리아가 말했다. "저 때문에……."

"나는 쉽게 속는 사람이 아니오, 줄리아 양." 공작이 그녀의 말을 끊었다. "당신의 행동을 보니, 앞서 다른 인연이 있었음이 틀림없소. 당신처럼 어린 숙녀가 그런 상황에 있다는 게 범상한 일은 아니지만, 나에게는 분명 당신의 선택을 나무랄 권한이 없소. 그럼, 좋은 아침 되시오." 그는 살짝 고개를 숙이고 방을 나갔다.

줄리아는 새로운 번민에 빠졌다. 공작이 그녀와 나눈 대화를 아버지께 알리면 아버지는 노여워할 것이고, 줄리아는 그 노여움이 두려웠다. 그녀는 이제 공작의 성품을 제대로 판단했고, 그를 신뢰한 것이 후회스러웠다.

루오보 공작은 줄리아를 떠나 후작에게로 갔다. 그리고 몇 시간 동안 머물며 그와 대화를 나누었다. 공작이 성을 떠나자, 후작은 딸을 불러 분노를 쏟아 냈다. 잔혹하게 협박하고, 표독스럽게 모욕을 주었다. 애정이 없다는 말에 모질게 비웃었고, 그녀의 불순종에 몸서리치게 앙갚음을 해 주겠노라고 질책했다. 줄리아는 그의 앞에 있는 게 너무나 불안했다. 혼란스러워 벌벌 떨며 서서 한마디 대꾸할 여력도 없이 후작의 비난을 들었다. 마침내 후작은 오늘부터 사흘째 되는 날에 결혼식이 거행될 것이라고 선언했다. 그가 방을 나가자, 줄리아는 하염없이 눈물을 흘리며 안도감을 찾았고, 혼절은 피할 수 있었다.

줄리아는 그날 그 시간 이후로 에밀리아와 함께 서재에 머물러 있었다. 다시 밤이 되었고, 줄리아는 평안을 되찾지 못했다. 그녀는 에밀리아가 떠난 후에도 한참 앉아 있었다. 고통의 기억이 되살아나는 것을 덮으려고 그녀는 좋아하는 작가를 골랐다. 한때 손에 땀을 쥐게 했던 페이지를 읽으며 그 감동을 되살려내고 싶었다. 그녀는 자신의 상황과 비슷한 애틋한 서글픔이 담긴 어느 구절을 보게 되었고, 흐르던 눈물은 멈추었다. 슬픔은 이내 걱정으로 변했다. 여태껏 성은 쥐 죽은 듯 고요했다. 나지막이 주랑을 휩쓰는 바람 소리만 간간이 들릴 뿐이었다. 이때 방문 가까이에서 발소리가 나는 듯하더니, 금세 다시 조용해졌다. 줄리아는 바람 소리에 착각했다고 믿었다. 하지만 다음 순간 그녀가 잘못 들은 게 아니라는 걸 확인했다. 분명 주랑에서 몇 사람이 낮게 속삭이고 있었기 때문이다. 그녀는 공포에 사로잡혔다. 비통함에 빠져 이미 정신이 흐릿해져 있었는데, 이제 그 흐릿한 정신마저 놓아 버렸다. 이내 밖에서 조용히 그녀의 이름을 부르는 소리가 들렸다. 문이 열렸다. 퍼디낸드였다.

줄리아는 외마디 비명을 지르고 정신을 잃었다. 그녀가 정신을 차렸을 때는 퍼디낸드와 버리자가 그녀를 부축하고 있었다. 버리자는 그녀를 보기 위해 조용하고 안전한 시간에 아무도 모르게 온 것이었다. 버리자는 절망 속에나 할 수 있음 직한 제안을 하나 했다.

"권력을 남용하는 아버지의 권위로부터 도망가요." 버리자가 말했다. "자연이 우리에게 허락한 선택의 자유를 누립시다. 내가 가진 희망의 절박한 상황을 핑계 삼아 이렇게 뻔뻔한 제안을 하는 겁니다. 내가 오직 당신만을 위해서 살게 해 주세요. 당신을 파멸로부터 구할 도구가 되게 해 줘요. 아, 줄리아 양, 당신은 말이 없군요. 이렇게 제안하면서 내가 신뢰를 잃어버렸는지도 모르겠군요. 최근까지 나는 신뢰를 가졌다고 자부했는데. 나는 조용히 운명을 받아들이겠어요. 그리고 내일은, 내 마음에 번민의 얼룩만 남기는 이 현장에서 벗어나겠어요."

줄리아는 그저 눈물로만 말할 수 있었다. 가슴속에서는 강인하고 치열한 여러 감정이 서로 부딪히며 그녀의 발언 능력을 억눌렀다. 퍼디낸드는 버리자의 제안을 거들었다.

"줄리아, 지금 네가 처한 비참함을 말해 봐야 소용없어." 퍼디낸드가 말했다. "나는 네가 야망에, 더욱 혐오스러운 욕망에 희생되도록 내버려 둘 만큼 그렇게 무기력하게 너를 사랑하지는 않아. 나는 버리자를 내 친구라고 말하는 게 자랑스럽다. 이제는 지체하지 말고 그를 가족으로 맞이하게 해 주렴. 나는 그걸 바란다. 어떻게 이보다 더 확실히 내가 그의 성품을 보증할 수 있겠니. 버리자는 너를 받아 줄 수 있는 아량을 가졌어. 네가 가진 것만큼이나 고결하고 포용력 있는 아량을 가졌지. 나를 믿으렴."

"아, 그만두세요." 줄리아가 말했다. "그 성품이 얼마나 값진 것인지 잘 알고 있어요. 저는 오빠의 애정이나 그분의 호의를 절대 잊지 못할 거예요. 두 분은 매우 관대하게 저의 불행에 관심 가져 주셨으니까요."

줄리아는 말을 멈추고 조용히 망설였다. 그녀는 감정이 섬세했기 때문에 가슴을 뜨겁게 달구는 결단을 두고 망설였다. 버리자와 함께 도망간다면, 하나의 불행을 피할지언정 또 다른 불행과 마주하게 될 것이다. 당장은 그녀를 넘보는 이 끔찍한 운명에서는 벗어나겠지만, 아마도 그녀는 생명보다 소중하게 여기는 깨끗한 평판을 분명 망치게 될 것이다. 줄리아 같은 사람은 명예에 대한 자긍심이 각별하다. 그래서 그 두려움 때문에 그녀는 다른 가능성을 모두 물리치고 결혼에 대한 제 뜻을 고통스러운 미결 상태로 둘 수 있었다. 줄리아는 깊게 한숨을 내쉬며 변함없이 침묵했다. 그녀가 내심 조용히 번뇌하고 있음이 얼굴에 드러났다. 버리자는 그것을 보고 염려했다.

"오, 줄리아!" 버리자가 말했다. "나를 이 무시무시한 불안에서 해방시켜 주세요. 말을 해 봐요. 왜 말이 없는지 설명해 줘요."

줄리아는 애처롭게 그를 보았다. 입술이 움직였지만 아무 소리도 나오지 않았다. 그가 거듭 질문을 되풀이하자, 그녀는 손을 저으며 의자에 깊숙이 앉았다. 혼절한 것은 아니었다. 그저 망연자실한 상태에 있었다. 불안감은 그대로 있었다. 줄리아는 이미 번뇌하며 지친 마음으로 이 질문의 중요성을 가늠하면서 잠시 이성의 끈을 놓았다.

버리자는 말로 표현할 수 없이 괴로워하는 그녀를 붙잡고 있었고, 퍼디낸드는 헛되이 그녀의 이름을 반복해 불렀다. 줄리아는 마침내 깊은 한숨을 내쉬며 몸을 추스르고, 마치 꿈에서 깨어난 사람처럼 주변을 둘러보았다. 버리자는 진심으로 신께 감사했다.

"당신이 괜찮은지 말해 봐요." 버리자가 말했다. "정말 괜찮기를 바랍니다. 당신이 쉬도록 우리가 가는 게 좋겠어요."

"줄리아," 퍼디낸드가 말했다. "네가 원하는 것만 생각하고, 나머지는 나에게 맡겨 둬. 나를 믿고, 네가 지금 초조해하는 의심은 던져 버리렴."

"오빠," 줄리아가 단호하게 말했다. "오빠가 베풀어 준 친절에 어떻게 감사해야 할까요?"

"감사하다면," 퍼디낸드가 말했다. "네가 진정 원하는 것을 하렴. 그게 나에 대한 감사야. 분명히 말하지만, 무엇이든지 네가 행복할 수 있는 거라면 나도 그것으로 가장 행복할 거다. 편협한 교육 때문에 네가 비참해질 필요는 없어. 네 인생을 행복하게 할지 불행하게 할지 선택해야 한다면, 그건 온전히 너의 몫이라는 걸 명심하렴."

"잠시 그 문제는 미뤄 둡시다." 버리자가 줄리아를 향해 말했다. "당신은 휴식이 필요해요. 내 이기적인 생각 때문에 계속해서 당신을 잡고 있을 수는 없어요. 내일 밤 이 시간에 다시 올게요. 그때 와서 나에게 주어진 숙명을 받을게요. 그렇게 하게 해 주세요."

줄리아가 그 요청에 동의하자, 버리자와 퍼디낸드는 서재에서 나갔다. 그들은 널찍한 주랑으로 들어서면서 앞 시야를 가로막고 있는 벽에 불빛이 비치는 것을 보고 놀랐다. 불빛은 뒷계단으로 통하는 문에서부터 나온 듯했다. 그들이 쫓아가 보았지만, 불빛은 눈 깜짝할 사이에 사라졌고, 계단에는 어떤 미동도 없었다. 그들은 혹시 그들이 줄리아를 방문한 것을 누가 엿본 게 아닐까 염려했다. 이 상황에 다소 경계하면서 거기에서 헤어져 각자 방으로 갔다.

줄리아는 불안한 생각에 잠을 설치다가 아침을 맞았다. 그녀 앞에 놓인 결정은 운명의 갈림길에 놓인 것이었다. 줄리아는 버리자가 자기 마음에 끼치는 영향력을 의식했다. 그것을 신뢰하며 한쪽으로 치우친 결정을 하게 될까 걱정되었다. 남자와 눈이 맞아 야반도주한다는 수치스러운 생각에 움츠러들었다. 하지만 이것을 피할 수 있는 다른 방법은 보이지 않았다. 상상하기에는 너무나도 무시무시한 운명에 부딪힐 수밖에 없었다.

다음 날 밤, 기대감으로 인해 시간이 길게만 느껴졌던 버리자는 성내 사람들이 하루 일을 마치고 쉬러 들어갔을 때 퍼디낸드와 함께 서재로 갔다. 줄리아는 지난밤 그들이 떠난 후로 한시도 쉴 수 없었고, 여전히 괴로워하며 그들을 맞았다. 볼에는 건강한 환한 기색이 사라지고 대신 침울한 초조함이 깃들어 있었다. 아름다운 면모는 약해졌으나 흥미로움이 더했다. 줄리아는 버리자의 간절한 요청에 답하지 않았지만, 눈물 어린 미소를 연하게 지으며 그에게 손을 내밀고 옷으로 얼굴을 가렸다.

"이것을 행복의 서약으로 알겠어요." 버리자가 크게 말했다. "하지만, 하지만 목소리로 이 선물을 확인시켜 주세요."

"제가 이 굴욕스러운 처지에 있어도 당신이 저를 천하게 여기지 않으신다면," 줄리아가 말했다. "당신에게 이 손을 맡기겠어요."

"이 굴욕을 통해 나는 당신을 더욱 존경할 겁니다, 내 사랑. (이제 당신을 이 다정한 이름으로 부를 겁니다.) 이미 그 존경이 극에 달해 그게 가능할지 모르겠지만. 당신을 더 존경할 수는 없기에 내가 가진 생각만 더욱 강해질 겁니다. 당신을 향한 감사의 마음. 당신이 행복하도록 정성을 다해 관심을 가지며 일평생 배려하도록 노력할게요." 버리자는 황홀경에 젖은 목소리로 계속했다. "이 축복의 순간에 마음속으로라도 당신을 내 아내라고 소리 지르게 해 주세요. 이 순간부터는 모든 슬픔의 기운이 사라지게 할 겁니다. 내가 당신의 눈물을 닦아 줄게요." 그는 입술을 줄리아의 볼에 지긋이 댔다. "다시는 눈물이 흐르게 하지 않겠어요."

퍼디낸드는 번민에 싸인 줄리아의 영혼을 달래려고, 버리자의 세심함에 더해, 이 청혼에 대한 자기 생각을 말했고, 줄리아는 점차 평안을 찾아갔다.

그들은 이제 탈출 계획을 세웠다. 내일모레면 공작과의 결혼식이 거행될 예정이었기 때문에 허투루 보낼 시간이 없었다. 그래서 그들은 그 계획이 무엇이든지 간에 다음 날 밤에 행동에 옮기기로 결의했다. 그러나 흥분 단계를 지나 세부 내용을 짚어 가다 보니 이것을 실행하는 것이 쉽지 않다는 것을 깨달았다. 성의 열쇠들은 로버트가 관리했다. 로버트는 후작의 충직한 종으로, 밤에는 그의 침실에 있는 철제 금고에 열쇠를 보관했다. 어떤 술수를 써서 그것을 손에 넣는 것은 불가능해 보였다. 로버트는 오랫동안 후작을 섬겨 왔고, 그래서 퍼디낸드는 그의 정직성을 함부로 시험하기가 두려웠다. 그렇게 하는 것이 위험해 보였으나 다른 방도를 찾을 수가 없었다. 그래서 실낱같은 희망을 품고 시도해 보기로 했다. 그들은 열쇠를 손에 넣으면 일단 줄리아의 서재로 다시 모여서 모두 함께 해안으로 가고, 그곳에 대기 시켜 놓은 배를 타고 칼라브리아 맞은편 해안으로 이동해서, 거기서 방해받을 염려 없이 결혼식을 치르기로 계획을 세웠다. 하지만 퍼디낸드는 이 일에 모습을 드러내지 않는 게 안전해 보였다. 그래서 그는 동생이 배에 오르는 것을 보고 곧장 성으로 돌아오기로 했다. 이렇게 계획을 세우고, 그들은 각자 흩어져 다음 날 밤에, 버리자와 줄리아의 운명을 결정할 밤에, 다시 만나기로 했다.

줄리아는 퍼디낸드의 오빠다운 친절에 마음이 누그러졌고, 버리자가 준 달콤한 확신 덕분에 이제 잠이 들 수 있었다. 날이 밝아오면서 그녀는 상쾌하게 눈을 떴고 꽤 기운을 얻었다. 그녀는 필요한 옷 몇 벌을 고르고 여행 준비를 했다. 에밀리아와 메논 마담에게는 알리지 않았다. 그것은 신중을 기울이기 위해서라고 줄리아는 스스로를 정당화했다. 그들의 신실함과 애정에는 의심이 없었지만, 그녀의 도피가 드러났을 때 그들이 모욕당하는 걸 원치 않았다.

그 사이 성은 혼돈의 무대였다. 거대한 결혼식 준비에 모든 시선이 쏠렸고, 모두 다 손을 바삐 움직였다. 후작 부인은 모든 일을 감독했다. 부인은 민첩하게 행동하며 자신에게 이 혼인이 얼마나 기쁜 일인지 공공연하게 떠들었고, 자기가 개입하지 않고는 일이 순조롭게 진행되지 않을 거라는 의구심이 일게 했다. 그리하여 줄리아는 야망과 금지된 애정의 공동 희생양이 되었다.

시간이 무겁게 지나가면서 줄리아는 조금씩 평정을 잃어 갔다. 밤이 다가오자 오빠가 로버트를 설득했을까 하는 걱정이 커지면서 점점 고통스러웠다. 새로운 여러 감정에 가슴이 눌리고 영혼이 압도되었다. 에밀리아에게 굿 나이트 인사를 했을 때는 이게 언니를 마지막으로 보는 것이라는 생각이 들었다. 연이어 떠오르는 난폭하고 무서운 예감과 더불어, 언니와 떨어져 있어야 할 거리, 자신이 마주하게 될 위험에 관한 생각으로 정신이 혼란스럽고 눈에서는 눈물이 솟구쳤다. 줄리아는 애써 감정이 드러나지 않게 했다. 마담을 향해서도 가슴속 정 깊은 작별 인사를 건넸다. 마침내 줄리아는 후작이 침실로 물러나고, 줄지어 있는 여러 개의 객실 문이 닫히는 소리를 들었다. 사방이 완전히 조용해질 때까지, 점차 부산함이 가라앉고 차분해지는 변화에, 줄리아는 몸을 떨며 신경을 집중했다.

줄리아는 이제 퍼디낸드와 버리자가 나타나면 함께 떠날 채비를 했다. 주랑에서 그들의 발소리가 들리는지 귀를 기울였다. 성의 시계가 자정이 되었음을 알렸다. 시계 종소리에 건물이 흔들리는 듯했다. 줄리아는 심장에 전율이 흐르는 것을 느꼈다. "네 소리를 듣는 것도 이게 마지막이구나." 그녀는 한숨을 내쉬었다. 죽음의 정적이 이어졌다. 그녀는 계속 귀를 기울였으나 아무 소리도 들리지 않았다. 말로 표현할 수 없는 초조함 속에 한참을 그렇게 앉아 있었다. 시계는 15분 간격으로 울렸다. 소리가 들릴 때마다 그녀는 더욱더 두려웠다. 마침내 시계는 1시가 되었음을 알렸다. 그 소리는 공허했고, 그녀의 희망에는 먹구름이 들었다. 버리자도, 퍼디낸드도 나타나지 않았다. 줄리아는 두려움과 실망에 정신이 혼미해지고 있었다. 두 시간 동안 기대감으로 긴장을 늦추지 않았던 그녀는 이제 자포자기 상태에 이르렀다. 조용히 서재의 문을 열고 주랑을 보았다. 모든 것이 쓸쓸하고 조용했다. 로버트가 그들의 계획에 도움을 주지 않기로 한 모양이었다. 어쩌면 그가 배신하여 후작에게 알렸을 수도 있었다. 줄리아는 씁쓸한 상상에 기운이 빠지고 어지러운 절망 속에 소파에 몸을 던졌다. 바로 그때 주랑에서 소리가 났다. 그녀는 그 소리에 집중하며 벌떡 일어나 앉았다. 서재 문이 조용히 열리고 퍼디낸드가 들어왔다.

"어서 가자, 줄리아." 그가 말했다. "열쇠는 받았어. 허비할 시간이 없어. 우리가 지체된 것은 어떻게 할 수가 없었어. 근데 지금 설명할 시간이 없어."

줄리아는 거의 쓰러질 듯하며 퍼디낸드에게 손을 건넸다. 버리자는 간단히 감사 인사를 하고 뒤를 따랐다. 그들은 마담의 침실을 지나, 소리 나지 않게 주랑을 살금살금 걸어서, 홀로 내려갔다. 홀을 가로질러 문으로 향했고, 문을 열고 들어가, 여러 복도를 지나, 성의 외진 곳에 다다랐다. 거기에는 내밀한 문이 하나 있었는데, 열려 있었다. 퍼디낸드는 여러 열쇠를 가지고 있었다. 그들은 그 홀을 나와 문을 잠갔고, 계단으로 난 좁은 통로를 통해 나아갔다.

그들은 통로를 내려갔다. 아직 계단 끝에 닿기 전에 그들은 위쪽 문에서 소란스러운 소리가 나는 것을 들었다. 그리고 이내 여러 사람의 목소리가 들렸다. 줄리아는 바닥에 발이 닿는 것을 거의 느끼지 못했고, 퍼디낸드는 그들을 가로막고 있는 문을 열려고 몸을 날렸다. 퍼디낸드는 여러 번 시도 끝에 마침내 맞는 열쇠를 찾았으나, 자물쇠는 녹이 슬어 열쇠가 돌아가지 않았다. 지금 걱정할 시간이 없었다. 소란스러운 소리가 점차 크게 들렸다. 사람들이 문을 억지로 열려고 하는 듯했다. 버리자와 퍼디낸드는 열쇠를 돌리려 해 보았지만 소용없었다. 위쪽에서 갑자기 무언가 부서지는 소리가 났고, 마침내 문이 열린 것이 분명했다. 그들은 다시 한번 필사적으로 시도했다. 그러다 그만 열쇠가 부러져 버렸다. 지치고 긴장한 탓에 줄리아는 정신을 잃었다. 퍼디낸드는 그녀를 부축하고, 버리자는 그녀를 진정시키려고 애써 보았지만, 그리 나아지지 않았다. 돌연 소란스럽던 소리가 멈추었다. 그 소리가 다시 날까 두려워하며 그들은 귀를 세웠다. 하지만 놀랍게도 조용함은 깨지지 않았다. 이제 한숨 돌리며 탈출의 성공 가능성을 다시 생각해 볼 기회가 주어졌다. 후작에게서는 어떤 자비도 기대할 수 없었기 때문이다. 버리자는 위쪽 문에 있던 사람들이 갔는지 확인하기 위해 통로를 올라가기 시작했다. 몇 걸음 가기 전에 그 소리는 다시 시작되었고, 더욱 요란스러웠다. 그는 즉각 내려왔다. 통로를 막고 있는 문을 필사적으로 밀었더니 움직이는 듯했다. 퍼디낸드가 한 번 더 힘을 썼고, 비로소 문이 확 열렸다. 이제 사람들이 계단을 내려오는 소리가 들렸다. 그들은 지체할 시간이 없었다. 문밖으로 들어서자 침실처럼 보이는 방이 있었고, 세 개의 복도가 나왔다. 그들은 곧바로 가장 가까운 복도를 택했다. 그 복도에는 또 다른 문이 가로막고 있었다. 퍼디낸드가 열쇠를 시도해 보는 동안 그들은 기다려야만 했다.

"서둘러요," 줄리아가 말했다. "그렇지 않으면 우리는 끝장이에요. 아, 이를 어쩌나, 이 자물쇠는 너무 녹이 슬었네!"

"가만, 들어 봐!" 퍼디낸드가 말했다.

그들은 불현듯, 전에 감지하지 못했던 불안감을 느꼈다. 쫓아오던 사람들의 소리가 멈추었던 것이다. 다시 사방이 조용했다. 아마 추적자들이 실수로 길을 잘못 들었을 것이다. 그들은 등불을 가려서 이 상황을 잘 활용하기로 하고, 퍼디낸드가 옷으로 등을 덮었다. 문이 열리고, 그들은 들어갔다. 그곳은 너무 복잡하게 얽혀 있었다. 그들은 당혹스러워하며 길을 찾으려고 둘러보았지만 헛수고였다. 간간이 멈춰 서서 소리가 나는지 귀를 기울였고, 간간이 무시무시한 소리가 들리는 듯한 착각에 빠졌다. 마침내 그들은 퍼디낸드가 알고 있던, 숲으로 통하는 문까지 곧바로 이어진 통로로 들어섰다. 길이 명확해지자 그들은 안도하며 금세 자유를 얻을 수 있는 지점에 다다랐다.

퍼디낸드는 열쇠를 돌렸고, 문이 열렸다. 잿빛 새벽을 마주하며 그들은 더할 나위 없이 기뻤다.

"줄리아, 이제는 안전해요." 버리자가 말했다. "나는 행복합니다."

순간 우렁찬 목소리가 부르짖었다. “이 나쁜 놈아, 이걸 받아라. 네 배신의 대가다!”

그 순간 버리자는 몸으로 검을 받았고, 깊이 탄식하며 땅에 쓰러졌다. 줄리아는 외마디 비명을 지르고 정신을 잃었다. 퍼디낸드는 암살자를 향해 검을 드리웠다. 그의 모습은 등불에 희미하게 드러났다. 아버지! 퍼디낸드의 손에서 검은 떨어졌고, 그는 번민에 싸여 뒤로 물러섰다. 그는 순식간에 후작의 하인들에게 둘러싸였고, 붙잡혔다. 후작은 그의 머리에 대고 이 대가를 치를 것이라 호통치며 그를 성내 지하 감옥에 가두어 놓도록 지시했다. 해안에서 버리자 백작을 기다리고 있던 백작의 하인들은 시끄러운 소리를 듣고 즉각 이곳으로 달려왔다. 그리고 그들의 소중한 주인이 피투성이가 된 채 움직이지 않는 것을 보았다. 그들은 큰 소리로 통곡하며 피를 흘리는 백작을, 그를 위해 미리 준비해 놓았던 배에 태워 당장 이탈리아로 떠났다.

줄리아는 정신을 차리고 보니 작은 방에 있었다. 어떻게 그곳으로 오게 되었는지 기억이 없었다. 그녀의 시녀는 옆에서 울고 있었다. 줄리아는 기억이 되돌아오자, 슬픔이 강하게 몰려왔고, 이전에 느꼈던 어떤 고통보다 힘들었다. 그녀가 처한 상황을 또렷이 이해하게 되면서 비참함은 더했다. 생명이 없는 버리자는 그의 사람들이 와서 데려갔고, 퍼디낸드는 후작의 명령으로 감옥에 처박혔다. 줄리아는 자신 또한 외진 방에 갇혀 있으며, 내일모레•가 되면 성의 채플로 이동해 아버지의 야망과 루오보 공작의 터무니없는 사랑에 희생되어야 할 운명이라는 걸 알게 되었다.

불운은 날로 커 가면서 저항의 힘을 굴복시켰고, 줄리아는 혼돈의 상태로 빠져들었다. 음식을 가져다주는 시녀를 제외하고는 누구도 그녀에게 가까이 갈 수 없었다. 에밀리아는 줄리아가 혼자 있고 싶어 한다는 그럴듯한 말에 충격을 받았지만, 동생이 고통받는 것에 진실로 마음 졸이며 그녀를 보게 해 달라고 간청했다. 하지만 거절당했을 뿐만 아니라 심하게 질책받아야 했고, 그래서 감히 다시는 요청하지 못했다.

한편 퍼디낸드는 지하 감옥의 암흑 속에서 비통한 과거의 기억과 미래에 대한 참혹한 예감에 절망하고 있었다. 거칠고 잔인한 다혈질 성격을 지닌 후작의 분노를, 자기 영지에서는 누군가를 살릴 수도 있고 죽일 수도 있는 무한한 권력을 주는 그의 사회적 지위를 생각하자니 퍼디낸드는 전율이 오싹 흘렀다. 하지만 자기중심의 걱정은 이내 더 고결한 슬픔에 자리를 내어 주었다. 퍼디낸드는 버리자의 운명과 줄리아의 고난을 서글퍼했다. 그들의 계획이 실패한 것은 로버트가 변절했기 때문이

• 원문에는 "내일모레"로 표현되어 있으나, 문맥상으로는 내일이 더 적합하다.

라고 퍼디낸드는 생각했다. 하지만 로버트는 퍼디낸드가 원하는 바를 분명 성심성의껏 들었고, 줄리아의 의도에도 아량 있는 관심을 보였었다. 탈주하기로 한 날 밤 그는 퍼디낸드에게 열쇠를 건네주었고, 퍼디낸드는 그것을 받아 들고 곧바로 버리자의 방으로 갔다. 그들은 시계가 1시를 알릴 때까지 거기 있었다. 이따금 밖에서 누군가 조용히 움직이는 소리가 나는 것을 들으며 성내 사람 몇몇이 아직 잠자리에 들지 않았음을 알 수 있었다. 그것은 후작이 경계를 서도록 고용한 사람들이 내는 소리임이 틀림없었다. 그들은 너무나 충직하게 감시하며 도망자들을 놓치지 않았다. 퍼디낸드가 공용 출입구를 통해 탈출을 시도했다면 아마 성공했을 수도 있었겠지만, 너무 조심하는 바람에 그 목적을 이룰 수 없었다. 로버트는 대문 열쇠와 뜰의 열쇠를 가지고 있었고, 후작은 그들이 계획한 출발 장소가 어딘지 명확히 알 수 있었다. 그래서 그들이 성공을 기뻐했을 바로 그 순간, 희망이 무너진 것이었다.

후작 부인이 버리자의 운명에 대해 알게 되었을 때, 질투의 분노는 연민의 감정으로 수그러들었다. 원한은 해소되었다. 이제 그녀는 한 젊은이의 수난을 애석해할 수 있었다. 한때 그 젊은이의 매력에 가슴이 뛰었고, 또 가슴이 뛰었던 만큼이나 그의 정숙함으로 인해 좌절해야 했었다. 후작 부인은 아직 열정이 살아 있었고, 이성적으로 생각할 수 없었다. 줄리아는 뜻하지 않게 이 비운의 원인이 되었다. 그래서 후작 부인은 힘없는 줄리아에게 분노를 쏟아 냈다. 부인은 비상하게 권력을 활용했다. 그녀는 후작이 야망의 목표를 이루기 위해 물불을 가리지 않도록, 그가 실망한 것에 복수하는 것을 절대 멈추지 않도록 그의 분노를 부추겼다. 하지만 그녀의 계략은 의도했던 것보다 훨씬 더 큰 결과를 낳았다. 그녀는 정인情人을 향한 경쟁자만 제거하려고 했으나, 그 앙갚음을 하면서 자기 정인을 희생시키는 꼴이 되어 버렸다.

4장

드디어 결혼식 날 아침이 되었다. 줄리아는 두려움에 떨고, 후작은 조바심을 내며 기다리던 아침이었다. 결혼식은 장엄하게 거행될 예정이었다. 그 장엄함은 이 혼례가 후작에게 얼마나 큰 기쁨인지 잘 드러낼 것이다. 성은 이전에 보았던 어떤 것보다도 월등히 웅장한 양식으로 꾸며졌다. 이웃 귀족들은 화려한 무도회와 만찬으로 마무리되는 연회에 초대되었고, 후작이 베푸는 관대함에 참여하고자 하는 모든 이에게 대문은 활짝 열렸다. 이른 시각에 루오보 공작은 수많은 수하를 거느리고 성으로 들어왔다. 퍼디낸드는 단호하고 교활한 후작에 의해 여전히 지하 감옥에 갇혀 있었다. 그는 그곳에 앉아, 위 마당에서 말발굽이 크게 덜거덕거리는 소리와 마차 바퀴가 구르는 소리, 루오보 공작이 입성하면서 나는 온갖 떠들썩한 소리를 들었다. 퍼디낸드 또한 이 야단법석의 이유를 잘 알고 있었다. 그때 자신이 처형될 거라는 소름 돋는 말이 그의 귀를 습격했고,

선고받은 죄수가 느낄 법한 감정이 그의 안에서 깨어났다. 정신을 차렸을 때는, 후작이 하객들에게 어떤 말로 아들이 보이지 않음을 설명할지 궁금해졌다. 하지만 그는 시칠리아 사람들의 무심한 성격을 익히 알고 있었고, 무슨 이야기를 꾸며 대든 그들은 쉽게 믿을 게 뻔했다. 설령 진실을 안다 해도 그것을 드러내 그들 앞에 펼쳐진 축제를 망치지는 않을 것이다.

후작과 부인은 외부 홀에서 공작을 맞아 살롱으로 안내했다. 루오보 공작은 살롱에서 그를 위해 준비된 간식을 들고, 채플로 향했다. 후작은 줄리아를 제단으로 이끌기 위해 물러갔다. 에밀리아는 채플 문에 서 있으라는 지시를 받았다. 그곳에는 신부神父와 수많은 무리가 이미 모여 있었다. 후작 부인은 계속해서 요동치는 열정의 먹잇감이 되었고, 자신의 계략이 점차 완성되어감에 흥분하고 있었다. 하지만 그녀를 기다리는 것은 좌절이었다. 그것은 그녀가 가진 사악함과 자부심의 위업을 단숨에 뭉개 버릴 것이다. 후작은 줄리아가 갇혀 있는 방에 들어섰다. 그곳에는 아무도 없었다! 그는 경악하고 분개하여 이성을 잃을 지경이었다. 성내 하인들은 즉각 소집되었고, 그는 줄리아의 도주에 관해 물었다. 후작은 비통해하며 격분했기 때문에 하인들은 대답할 기회를 찾지 못했다. 더욱이 그들은 줄리아의 시녀가 아침 내내 보이지 않았다는 것 말고는 달리 아는 바가 없었다. 감옥에는 후작 부인이 전날 밤에 보냈던 신부 드레스와 에밀리아에게 쓴 편지만 남아 있었다. 편지에는 이렇게 쓰여 있었다.

“사랑하는 언니, 잘 있어. 지금 앞에 놓은 잔인한 운명에서 도망가는 이 비참한 동생은 다시 보지 못할 거야. 이보다 더 끔찍한 운명은 만날 수 없지. 언니, 행복하든 불행하든, 희망이 있든 절망하든, 어떤 상황에서도 연민과 동정으로 나를 기억해 줘. 사랑하는 언니, 잘 있어! 언니는 영원히 내 가슴속에 있을 거야. 언니가 내 불행의 동반자가 되지 않길 바랄게!”

후작이 이 편지를 읽고 있을 때, 후작 부인은 줄리아가 거역해서 지체되는 것으로 추측하고 그 방으로 쫓아 들어왔다. 그녀는 성내 모든 거주 구역을 수색하라고 지시하고, 자신도 동참했다. 얼마 후 이 소식은 채플로 전해졌다. 모든 일이 혼란에 빠졌다. 의식을 집전하려던 신부는 제단에서 내려왔고, 사람들은 살롱으로 돌아갔다.

에밀리아는 줄리아의 편지를 읽으며 감정이 솟구쳐 오르는 것을 감출 수 없었다. 하지만 그것 때문에 그녀가 이 일에 관여되었을 거라는, 이 편지는 그녀가 이미 알고 있는 사실을 숨기려고 쓰였을 거라는 의심에서 벗어날 수 있었다.

후작은 하인들에게 마구간에서 가장 날쌘 말을 타고 도망자들을 찾아 섬을 샅샅이 수색하라고 명령하며 그들을 즉각 여러 방향으로 내보냈다. 이렇게 진력을 쏟고 다소 차분해지자 후작은 줄리아가 어떤 방법으로 탈주했을까 궁리해 보기 시작했다. 줄리아는 성의 구석진 곳 작은 방에 갇혀 있었다. 시녀와 후작의 충복인 로버트 말고는 누구도 그곳에 갈 수 없었다. 리셋조차도 로버트가 동행하지 않으면 감히 들어가지 못했다. 열쇠는 그들이 결정적으로 붙잡힌 날 밤 이후로 로버트 방에 일정하게 보관되었다. 열쇠 없이는 탈출하는 것이 불가능했다. 안뜰을 향해 있는 침실의 창은 쇠창살이 둘러 있고, 빗장이 채워져 있으며, 땅에서 상당히 높이 위치해 있었다. 그녀가 믿고 도움을 받은 사람이 누구일까? 어디로 가서 숨을 작정이었을까? 앞서 그녀의 도주를 도왔던 사람들이 또다시 도움을 주는 것은 단연코 불가능했다. 심지어 조언조차 해 줄 수 없었다. 퍼디낸드는 감옥에 갇혀 있어 그녀와 교류할 방법이 없었다. 버리자는 생명이 없는 채로 배에 실려 곧장 이탈리아로 떠났다.

후작은 열쇠를 보관하고 있던 로버트를 엄중하게 심문했다. 로버트는 간결하고 일관되게 결백을 주장했다. 하지만 후작은 로버트의 도움 없이 줄리아가 탈출하는 것은 불가능하다고 믿었고, 그가 사실을 실토할 때까지 감옥이 가두라고 명령했다.

줄리아가 이렇게 도망가 버리자 공작은 자존심에 심한 상처를 입었다. 이로써 줄리아는 그녀가 가진 혐오감이 얼마나 깊었는지 보여 주었고, 공작의 거절로 야기된 수치스러운 상황을 끝내 버렸다. 후작은 앞서 줄리아가 도망가려고 해서 붙잡아

가두어 두었다는 사실을 조심스레 숨겨 왔었다. 그러나 진실은 이제 확연히 드러났고 못마땅한 골칫거리가 되어 나타났다. 후작의 기만에 폭발한 루오보 공작은 거만하고 신랄한 독설로 분노를 쏟아 냈고, 이 절망스러운 일로 속이 뒤집힌 후작은 속에서 솟구치는 격렬한 충동을 가만히 억누르고만 있을 기분이 아니었다. 후작은 표독스럽게 반박했고, 양측의 친구들이 끼어들어 진정시키지 않았다면 그 결과는 심각했을 것이다. 얼마 후, 논쟁을 벌였던 이들은 화해했고, 서로 힘을 합쳐 끝까지 줄리아를 추적하기로 합의했다. 또 그녀를 찾으면 지체 없이 결혼식을 속개하기로 했다. 이것은 공작의 성격에 맞는 조처였다. 그의 다혈질은 실망으로 인해 불이 붙었고, 거부당하면서 더욱 공고해졌다. 그리고 이제 장애의 힘에 맞서야 했다. 더 세심한 마음을 가진 사람이라면 성찰을 통해 타고난 성향을 극복하려 했겠지만, 그는 폭력성만 더해졌다.

어머니처럼 줄리아를 사랑했던 메논 마담은 성에서 일어나는 모든 일에 관심을 가지고 지켜보았다. 마담은 후작이 딸에게 가한 잔인한 운명을 애통해했다. 그렇지만 줄리아가 탈출해 이 운명을 피했다는 것을 알고도 마냥 기뻐할 수만은 없었다. 마담은 제자가 안전할까 걱정하며 안절부절못했다. 누군가의 안녕을 염려하며 잃어버렸던 침착함을 되찾는 것은 쉽지 않았다.

후작 부인은 내심 오랫동안 메논 마담을 증오해 왔다. 마담의 정숙함으로 인해 부인의 사악함은 조용히 비난받아 왔다. 이 대조적인 성향에 후작 부인은 반감이 쌓여서 폭발할 지경이었다. 그녀는 마담의 태도를 강하게 통제할 수 있는 덕행의 위엄이 없었기 때문에 자신이 경멸하는 것을 두려워해야만 했다. 부인의 의식은 서로 피장파장이라고—자기만 마담을 혐오하는 것이 아니라 마담 또한 자기를 혐오한다고—속닥거렸다. 이제 그녀는 마담의 도도한 정직성을 짓누를 기회를 잡은 것에 흐뭇해했다. 부인은 퍼디낸드가 아버지의 명령을 어긴 것은 마담이 부추긴 것이고, 마담은 또한 이 도주를 도왔다고 그럴듯하게 확신했다. 이 치욕스러운 사건에 대해 마담을 비난했고, 마담의 처신을 질책하라고 후작을 자극했다. 하지만 메논 마담의 정직성은 무난히 의심받지 않을 터였다. 마담은 비방에 대해 구차히 변명하지 않았고, 더 이상 잡고 있을 가치가 없는 직책은 그만두고 당장 성을 떠나고 싶어 했다. 그렇게 하는 것은 후작의 방침에 맞지 않았을 것이다. 그는 마담에게 당분간 성에 계속 머물러 달라고 설득하며 많은 것을 양보해야만 했다.

줄리아가 도주했다는 소식은 마침내 퍼디낸드의 귀에 닿았다. 그는 이 사건으로 놀랐고, 또 그만큼 기뻤다. 그는 잠시 자신이 처한 상황은 잊고 오직 줄리아의 탈출만 생각했다. 어쩌면 그녀는 도움이 필요했었을 것이다. 그러나 그는 갇혀 있었기 때문에 도와줄 수 없었다. 이리 생각하니 이내 슬픔이 몇

겹이 되어 되돌아왔다.

줄리아를 추격했던 하인들은 만족할 만한 정보를 찾지 못하고 성으로 돌아왔다. 아무런 성과 없이 몇 주가 흘렀지만, 공작은 계속 추격을 완강하게 밀어붙였다. 나폴리로, 버리자 백작의 토지가 있는 몇 곳으로 밀사들을 보냈지만, 쓸만한 정보 하나 없이 돌아왔다. 버리자 백작은 시칠리아를 향해 나폴리를 떠난 후로 아무런 소식이 없었다.

이렇게 탐문이 계속되는 동안, 마찌니 성에는 또 다른 소동이 일었다. 버리자와 줄리아가 필사적으로 희망을 찾으려고 했던 날 밤, 그 소란이 가라앉고 사방이 고요해졌을 때였다. 하인 하나가 침실로 돌아가는 길에 큰 계단의 창문 앞을 지나가게 되었는데, 남쪽 건물에서 일찍이 주의를 끌었던 여닫이 창문 사이로 불빛이 가물거렸던 것이다. 그는 거기에 멈춰 서서 관찰했다. 불빛은 사라졌다가 이내 다시 나타났다. 그는 앞서 이 건물에서 일어났던 불가사의한 상황이 떠올랐고, 호기심에 자극받아 이 현상을 같이 보려고 동료 하인들을 깨웠다.

그들은 말없이 전율을 느끼며 주시했다. 불빛이 사라지더니 곧이어 남쪽 타워에 있는 작은 문이 열리는 것이 보였다. 앞에 등을 든 한 형체가 나오더니, 성벽을 따라 미끄러져 가다가, 금세 시야에서 사라졌다. 그들은 공포에서 정신을 차리고, 서둘러 침실로 돌아가, 최근 발생한 의아한 사건들을 곱씹어 보았다. 그들은 이것이 전에 줄리아 아가씨가 보았다던 형체라는 걸 의심하지 않았다. 메논 마담의 침실이 갑자기 바뀐 것도 그냥 무심하게 지나치지는 않았었으나, 이제 그들은 마담이 무엇 때문에 방을 바꾸게 되었는지를 더는 의심하지 않았다. 건물의 이 부분에서 일어났던 기이한 여러 상황을 모아 보았고, 그것들을 이번 일과 비교하면서 미신적 두려움은 더욱 확고해졌다. 그래서 많은 하인들은 두려움이 극에 달해 후작을 섬기는 일을 그만두기로 마음먹었다.

하인들이 갑자기 떠나겠다고 하자 후작은 아연해하며 그 이유를 물었고, 실상을 알게 되었다. 후작은 이 사실에 충격을 받고, 이 소문이 나돌면서 나타날 수 있는 악영향을 가능한 한 차단하기로 작정했다. 그렇게 하기 위해서는 하인들의 마음을 진정시키고, 일을 그만두지 못하게 해야 했다. 후작은 한심한 걱정을 조장하고 있다고 하인들을 꾸짖고, 이 추측이 헛됨을 증명하기 위해 그들이 무서워하는 구역으로 같이 가 보겠다고 했다. 어두워지면 북쪽 홀에 모두 모이라고 명령했다. 에밀리아와 메논 마담은 이 조처에 놀라며, 어떻게 결말이 나는지 차분히 기다리며 지켜보았다.

하인들은 후작의 지시에 따라 밤이 되자 북쪽 홀로 모여들었다. 남쪽 건물에 퍼져 있는 황량한 기운과 오랜 세월 동안 폐쇄되어 있었던 환경은 경외감을 자아내기 마련이지만, 잠들지 못하는 유령이 산다고 굳건히 믿는 이 사람들은 두려움에 질려 있었다.

후작은 손에 그 건물 열쇠를 들고 나타났다. 사람들은 하나같이 흥분되어 심장이 두근거렸다. 후작은 로버트에게 횃불을 들고 앞장서라고 명했다. 나머지 하인들은 뒤따르게 하고, 후작은 앞으로 나아갔다. 한 쌍의 철문이 열리고, 정원을 통해 남쪽 건물 대문으로 향했다. 정원의 인도는 길게 자란 풀로 무성했다. 대문에 이르렀을 때는 그 자물쇠가 쉽게 열리지 않아 애를 먹었다. 수년 동안 열린 적이 없어 녹이 슬어 있었다.

자물쇠를 열려고 꾸물거리는 동안 모두 가만히 기다리며 입술을 꾹 닫고 있었다. 비로소 자물쇠는 굴복했고, 수년 동안 통행이 없었던 문이 열리자 돌쩌귀가 무겁게 끼익 소리를 냈다. 검은 대리석 홀이 드러났다. 일찍이 퍼디낸드가 지나갔던 홀이었다.

"자 이제, 너희가 말했던 유령이 나타나겠지." 후작은 문에 들어서면서 비꼬듯 크게 말했다. "그걸 물리치지 못하면 일을 그만둘 생각을 해라. 나와 같이 사는 사람들은 적어도 이런 영적 공격을 막을 수 있는 용기와 능력이 있어야 하니까. 사실 내가 우려하는 바는 적이 나타나지 않을 거라는 거지. 그렇다면 너희의 용맹함을 시험해 볼 수도 없을 테니까."

아무도 감히 대답하지 못했다. 그들은 말없이 두려워하며 후작을 따랐다. 후작은 큰 계단을 올라가 주랑으로 들어섰다.

"저 문을 열어라." 왼편에 있는 문을 가리키며 후작이 말했다.

로버트는 열쇠를 끼웠다. 하지만 손이 너무나 떨려서 열쇠를 돌릴 수가 없었다.

"유령 군대가 와도 맞설 수 있는 친구가 여기 있지." 후작이 소리를 실렀나. "앤서니, 네가 열쇠를 들고 내 용맹을 보여 줘라."

"죄송합니다만, 후작님." 앤서니가 대답했다. "저는 평생 자물쇠를 쉽게 열어 본 적이 없습니다. 하지만 여기 그레고리는 잘할 겁니다."

"아닙니다, 후작님." 그레고리가 말했다. "괜찮으시다면, 여기 리차드가 잘합니다."

"저리 비켜라." 후작이 말했다. "겁쟁이들 같으니라고. 부끄러운 줄 알아라. 내가 하겠다."

후작은 이렇게 말하고 열쇠를 돌렸다. 그가 달려들었지만, 문은 굴복하지 않았다. 손으로 밀면 흔들리기만 할 뿐이었다. 마치 반대편에서 누군가 문을 잡고 있는 듯했다. 후작은 아연해하며 여러 번 시도해 보았지만, 꼼짝하지 않았다. 그러자 후작은 하인들에게 문을 부숴 버리라고 명령했다. 그들은 모두 하나같이 뒤로 물러나며 소리를 질렀다.

"제발 그만하십시오, 후작님. 여기서 유령을 보지 않았으니 저희는 의심이 풀렸습니다. 이제 돌아가게 해 주십시오."

"이제는 내가 의심을 풀어야 할 차례다." 후작이 대꾸했다. "내가 만족할 때까지 너희 중 누구도 움직일 생각 마라. 저 문을 열어라."

"후작님!"

"그만, 내 명령에 토 달지 마." 후작은 근엄한 표정을 지으며 말했다. "나를 우습게 보다니, 용납할 수 없다."

그들은 앞으로 걸음을 옮기고 문을 힘껏 밀었다. 문 반대편으로부터 돌연 퉁 소리가 크게 났다. 그 소리는 텅 빈 방들에 메아리쳤다! 남자들이 화들짝 놀라며 뒤로 물러나 허둥지둥 계단으로 내려갔다. 이때 후작의 불호령이 떨어졌고, 그들은 공포에 벌렁거리는 심장을 안고 되돌아왔다.

"내 말을 잘 들어라." 후작이 말했다. "그리고 남자답게 행동해." 손가락으로 멀리 있는 문을 가리키며, "저기 문을 통하면, 다른 방을 거쳐 이 공간으로 나올 것이다. 문을 열어라. 그 소리가 어디서 났는지 알아내겠다."

하인들은 이 결정에 충격을 받고 후작에게 더는 가지 말자고 다시 한번 간곡히 요청했다. 후작은 복종을 끌어내기 위해 자신의 권위를 총동원해야만 했다. 문이 열렸다. 몇 계단을 내려가니 좁고 긴 복도가 나왔다. 복도를 따라가니 주랑이 나왔고, 주랑 끝에는 뒷계단이 있었다. 주랑에는 여러 개의 문이 있었는데, 후작은 그중 하나를 열었다. 넓은 공간이 나타났다. 부식되고 변색된 벽은 그곳이 오랫동안 폐쇄되어 있었음을 음울하게 증명하고 있었다.

그들은 고상하고 귀족적인 방들이 있는 긴 스위트룸을 가로질러 갔다. 역시 똑같이 황폐된 상태였다. 마침내 그들은 그 소리가 들렸던 방에 이르렀다.

"로버트, 불을 들고 앞장서라." 그들이 문에 가까이 오자 후작이 말했다.

"이것이 열쇠입니다." 로버트는 부들거리면서도 후작의 말에 복종했고, 다른 하인들은 조용히 그 뒤를 따랐다. 그들은 소리가 나는지 보려고 문에서 잠깐 멈추었으나, 반대편은 조용하기만 했다. 문이 열렸고, 아치형 천장의 커다란 방이 모습을 드러냈다. 그들이 지나온 것들과 비슷하게 생긴 방이었다. 그들은 주위를 둘러보다가 불안을 일으켰던 원인을 단숨에 발견했다. 천장 일부가 썩어서 떨어지고 있었다. 파손된 부분에서 돌과 폐기물이 주랑의 문으로 떨어지며 통로를 막고 있었다. 그들을 공포로 몰아넣었던 소리가 어디에서 난 것인지 자명해졌다. 그들이 문을 열려고 힘을 쓰자, 문을 막고 느슨하게 쌓여 있던 돌들이 흔들리다 무너지며 바닥으로 굴러떨어졌다.

그들은 그곳을 살펴보고 뒷계단으로 돌아가 계단을 내려갔다. 긴 통로의 굽이진 곳을 몇 군데 지나자 다시 대리석 홀로 오게 되었다.

"자, 어떻게 생각하느냐?" 후작이 말했다. "이 성벽에서 출몰한 사악한 유령이 무엇이냐? 이제는 한심한 유령을 믿으려거든 조심해라. 나처럼 부끄러움을 무릅쓰고 너희 어리석음을 깨우쳐 주는 주인을 만나기가 쉽지 않을 테니 말이다."

그들은 후작의 선함을 인정하며, 자신들이 의심한 것은 잘못이라고 공언하고, 더는 수색하지 말자고 요청했다.

"한 톨의 의심도 남겨 둬서는 안 되지." 후작이 대답했다. "또다시 비슷한 실수를 해서는 안 되니까. 나를 따라와라. 이 건물 구석구석을 보여 주마."

후작은 이렇게 말하고는 그들을 남쪽 타워로 이끌었다. 그들이 두려워하는 형체가 나타난 곳이 바로 이 건물이었다. 그들은 더 이상 의심스럽다고는 말하지 않았으나, 마음에는 여전히 공포심이 강하게 작동했고, 그래서 미련 없이 수색을 그만두었을 것이다.

"누가 이 타워를 수색해 보겠느냐?" 후작은 부서진 계단을 가리키며 말했다. "나야, 한낱 인간인지라 모험하기가 두렵다마는, 너희는 육체가 없는 유령과 교섭을 나누는 사람들이라 그들과 소통하는 데 문제가 없겠지. 어쩌면 전에 유령이 지나갔을 법한 이곳을 너희는 걱정 없이 갈 수 있을 거다."

하인들은 이 꾸지람에 움츠러들었고, 말이 없었다.

후작은 오른편에 있는 문으로 돌아서며 그 문을 열라고 지시했다. 그것은 정원으로 통하는 문이었고, 하인들은 그곳에서 그 형체가 보였다는 걸 알고 있었다. 문이 열리자 후작이 말했다.

"저 바닥에 있는 문을 들어 올려라. 지하로 내려가자."

"무슨 바닥 문 말씀입니까, 후작님?" 로버트가 불안해하며 말했다. "저는 아무것도 보이지 않는데요."

후작이 손가락으로 가리키자, 로버트는 위 계단에서 떨어진 돌들에 가려 잘 보이지 않던 문을 발견했다. 로버트가 막 돌을 치우려던 참에 후작은 홀연 돌아서며 말했다.

"이 정도면 내가 너희의 우둔함을 충분히 받아 주었다. 이제는 지치는구나. 너희가 진실을 받아들일 능력이 있다면, 지금쯤은 이 건물 어느 곳에도 초자연적인 존재가 산다고 믿지는 않을 거다. 그럴 능력이 없다면 이 수색을 계속해 봐야 소용이 없겠지. 로버트, 그 잡동사니를 치우느라 애쓸 필요 없다. 여기서 그만두자."

하인들은 기꺼이 그 말에 따랐다. 후작은 여러 개의 문을 잠그고, 열쇠를 가지고 성의 거주 구역으로 돌아왔다.

줄리아에 대한 탐문은 아직껏 성과가 없었다. 후작의 폭군 기질은 최근에 있었던 짜증스러운 일로 더욱 심해졌고, 주변 사람들을 숨 막히게 했다. 줄리아를 찾을 가능성이 약해지면서 에밀리아가 동생의 도주를 도왔다는 의혹이 짙어졌고, 후작은 에밀리아를 부당하게 의심하며 가혹하게 대했다. 에밀리아는 결백이 입증되거나 동생을 찾을 때까지 침실을 떠나지 말라는 명령을 받았다. 메논 마담은 그녀를 진심으로 위로해 주었다. 그것은 그녀의 짓눌린 가슴에 유일한 안식이 되었다. 에밀리아는 날이 갈수록 줄리아가 더욱 걱정되었다. 동생이 안전할까 불안하여 마음을 종잡을 수 없었다. 줄리아가 믿을 만한 사람이나 보호받을 수 있는 장소가 있는지 에밀리아는 알 수 없었다. 그렇다 보니 최악의 상황을 추측할 뿐이었다.

어느 날 에밀리아는 암울한 상념에 잠겨 침실 창가에 앉아 있었다. 그녀는 남자가 말을 타고 전속력으로 성으로 달려오는 것을 보았다. 두려움과 기대로 심장이 두근거렸다. 남자가 황급히 오는 걸 보니 줄리아에 대한 소식을 가지고 오는 듯했다. 에밀리아는 후작의 명령을 지킬 수 없었고, 그가 무슨 소식을 가지고 오는지 알아보려고 홀로 뛰어갔다. 그녀의 추측이 맞았다. 그녀가 보았던 남자는 후작의 첩자였다. 그는 줄리아가 마렌티노 숲속 오두막에 숨어 있다는 정보를 가지고 왔다. 후작은 이 보고를 받고 기뻐하며 그 남자에게 풍족하게 보상해 주었다. 후작은 또한 줄리아가 젊은 기사와 함께 있다는 것도 알게 되었다. 그 상황에 그는 아연실색했다. 그가 알기로는 줄리아가 의지할 수 있는 사람은 버리자 백작뿐이었기 때문이다. 그런데 버리자 백작은 그의 검을 맞고 쓰러지지 않았던가! 후작은 즉각 하인들을 모아 그 메신저와 함께 마렌티노 숲으로 보냈다. 죽는 한이 있어도 줄리아나 기사가 도망가지 못하게 하라고 지시했다.

이 소식을 들은 루오보 공작은 후작에게 수색 팀에 합류하게 해 달라고 요청했다. 그는 하인 여러 명을 대동하고 무장한 채 당장 그 원정에 올랐다. 계획한 일의 목적을 이루지 못하느니 어떤 위험을 무릅쓰고라도 극단의 행동을 취해 보기로 결단했다. 그는 얼마 되지 않아 후작의 사람들을 따라잡았고, 그들은 함께 전속력으로 질주했다. 마렌티노 숲은 마찌니 성에서 십여 킬로미터 떨어져 있었다. 그들이 숲의 가장자리에 들어섰을 때는 해가 저물고 있었다. 나무 이파리들이 무성해 주변이 더욱 어두웠다. 그들은 조심스럽게 나아가야만 했다. 오두막에 닿았을 때는 어둠이 짙게 깔려 있어서 나무들 사이로 반짝이는 불빛을 보고 오두막을 찾을 수 있었다. 공작은 그의 무리를 약간 먼 곳에서 기다리게 하고, 말에서 내려 하인 한 명만 데리고 오두막으로 다가갔다. 오두막에 이르자, 그는 멈춰 서서 창을 통해 안을 들여다보았다. 농부 복장의 남자와 여자가 저녁 테이블에 앉아 있었다. 그들은 진심을 담아 서로 이야기를 나누고 있었다. 공작은 줄리아에 대해 더 알아낼 수 있길 바라며 그들의 대화에 귀를 기울였다. 그들은 한 여자의 미모를 칭찬하고 있었는데, 공작은 그녀가 줄리아라고 의심치 않았다. 여자는 그 기사를 많이 칭송했다.

"그는 고결한 마음을 가졌어요." 여자가 말했다. "외모로 보건대, 어떤 훌륭한 가문의 사람일 거예요."

"아니, 숙녀도 남자 못지않게 좋지." 그녀의 말동무가 말했다. "나는 팔레르모에 가 봤는데, 훌륭한 가문 사람들이 어떤지 잘 알거든. 만약 숙녀가 그중 하나가 아니라면, 다시는 내 말 믿지 않아도 돼. 가여운 분 같으니라고. 얼마나 힘들게 버티고 있는지! 그녀를 볼 때마다 가슴이 아리네."

잠시 그들은 말이 없었다. 공작은 문을 노크했다. 문을 연 남자에게 그 오두막에 있는 숙녀와 기사에 관해 물었다. 남자는 오두막에는 그들 외 다른 사람은 없다고 분명히 말했다. 공작은 그가 수소문하는 사람들이 그곳에 숨어 있는 걸 안다고 주장했다. 남자가 완강하게 부인하자 공작은 신호를 보냈고, 그의 무리가 다가와 오두막을 에워쌌다. 이 상황에 기가 눌린 농부는 공작이 묘사한 숙녀와 기사가 그곳에 잠깐 숨어 있었노라고 실토했다. 하지만 지금은 떠났다고 했다.

끝말이 의심스러웠던 공작은 부하들에게 오두막과 근처 숲을 수색하라고 명령했다. 수색은 실망스럽게 끝이 났다. 하지만 공작은 도망자들의 정보를 최대한 캐낼 작정이었다. 그래서 당장 죽일 것 같은 험악한 분위기를 만들며 그들이 아는 것을 모두 털어놓으라고 윽박질렀다.

농부는 이렇게 답했다. 한 주 전, 폭풍이 몰아치는 칠흑 같은 밤에, 두 사람이 오두막에 나타나 잠시 머물게 해 달라고 했다. 수행원은 없었지만, 상류층 사람들이 변장한 듯 보였다. 그들은 대접받은 것에 대해 충분히 보상해 주었고, 공작이 도착하기 한두 시간 전에 오두막을 떠났다.

공작은 그들이 어느 길로 갔는지 물었고, 대답을 듣고는 다시 말에 올라 추격을 재개했다. 길은 숲을 관통해 십여 킬로미터 계속되었다. 사방이 어두웠다. 산적을 만날 수 있어 이 여정이 위험해졌다. 날이 밝아 올 때쯤에야 그들은 숲을 빠져나와 황량한 산악 지역으로 들어갔다. 수 킬로를 달리면서도 농막이나 사람 하나 보지 못했다. 땅을 일구었던 흔적도 없었다. 그들의 말굽 소리뿐, 아무 소리도 들리지 않았다. 바람은 산 위에 솟아오른 짙은 숲을 통과하며 으르렁거렸다. 맞게 추격하고 있는지 분명하지 않았지만, 공작은 굴하지 않고 계속하리라 다짐했다.

얼마 후 그들은 한 오두막에 다다랐다. 공작은 탐문을 반복했고, 만족스러운 정보를 얻었다. 그가 묘사한 두 사람이 두 시간 전에 그곳에서 잠깐 식사를 하고 떠났다는 것이었다. 그들도 같은 이유로 거기에 잠깐 머물러야만 했다. 그곳의 유일한 식량인 빵과 우유가 앞에 놓였다. 이 소박한 음식마저도 배고픔을 달랠 만큼 충분하지 않았다. 만약 그랬다면 부하들도 만족했으리라.

성급히 요기를 때우고 도망자들이 갔다는 길을 따라 다시 출발했다. 그 시골 마을은 좀 더 개화된 면이 있었다. 언덕은 옥수수, 포도원, 올리브 나무, 오디 농장으로 꾸며져 있었고, 울창하게 그늘진 계곡은 곳곳에서 반짝이는 시냇물이 굽이져 흐르며 빛을 발했다. 시내를 따라 반쯤 보이는 오두막들이 이곳저곳에 옹기종기 모여 있었다. 한 수도원의 타워가 눈에 들어왔다. 수도원은 그들을 둘러싼 우거진 나무들 위로 솟아 있었다. 그 여행자들이 지나가는 그곳의 거친 황무지는, 그 풍경에 또렷하고 그림 같은 배경이 되었다.

공작은 도중에 만난 여러 사람에게 물어보았고, 계속 전진할 수 있도록 용기를 주는 답을 얻었다. 정오가 되어서 휴식하기 위해 어느 마을에서 멈추었다. 거기서 공작은 줄리아에 대한 정보를 얻지 못했고, 어느 길로 가야 할지 혼란에 빠졌다. 그러나 얼마 후 그가 이미 들어선 길을 계속 가기로 결정했고, 그리하여 다시 길을 나섰다. 그들은 수 킬로를 달리면서, 쓸만한 정보를 가진 사람을 만나지 못했다. 급기야 절망하기 시작했다. 산 그림자는 길어졌고, 날이 어두워지며 하루가 지고 있음을 알렸다. 공작이 높은 언덕의 정상에 이르니 아래 평원에서 두 사람이 말을 타고 이동하는 것이 보였다. 그중 한 사람은 여성 복장인 것이 눈에 띄었다. 인상착의로 보건대 줄리아가 틀림없다고 공작은 생각했다. 공작이 그들을 주의 깊게 살펴보고 있는데, 그들이 언덕 쪽을 보더니 돌연 소스라치게 충격을 받은 듯 전속력으로 평원을 내달리기 시작했다. 공작은 그들이 그가 추격하는 사람들이라고 확신했다. 그래서 몇몇 부하에게 그들을 추격하라고 명령하고, 자기도 말에 박차를 가했다. 그가 평원에 이르기 전에 도망자들은 급격히 경사진 언덕을 돌아 시야에서 사라졌다. 공작은 계속 선신했고, 그보다 제법 앞서 있던 무리가 비로소 언덕에 닿았을 때는 두 사람은 사라지고 없었다. 흔적도 찾을 수 없었다. 그들은 높게 솟은 두 황량한 산 사이로 난 협곡으로 들어섰다. 오른편에서는 급한 경사를 따라 개울물이 줄줄 흘러내렸고, 그 소리는 묵직하게 울리며 그곳의 근엄한 고요를 깼다. 이제 해거름의 그림자가 짙어졌다. 주변 정경은 곧 어둠에 묻혔다. 하지만 공작은 강렬하고 성급한 격정에 사로잡혀 이런 환경 변화에 개의치 않았다. 공작은 시칠리아의 광야에 종종 강도 떼가 출몰한다는 사실을 알고 있었으나 그와 함께 있는 무리의 수가 우세하여 두렵지 않았다. 하지만 부하들은 생각이 달랐다. 어둠이 짙어지자 많은 이에게는 용맹과는 어울리지 않는 감정이 들었다. 그들은 덤불을 주시하고 그곳에 살인자가 숨어 있을 거라 믿으며 긴장했다. 그래서 이 길을 그만 가자고 공작을 설득했다. 그들이 올바른 경로에 있는지도 확실치 않다고 말하며 넓은 평원으로 가자고 권했다. 하지만 도망자를 찾는 데 혈안이 된 공작은 그 목표물을 쉽게 포기하지 않을 터였고, 이내 그 논란을 억눌렀다. 그들은 계속 전진했으나 사람이라고는 그림자도 볼 수 없었다.

이제는 달이 떠올랐다. 날은 어두워져 주변 사물들은 잘 보이지 않았다. 전망은 컴컴하고 광막했으며 사람이 사는 주거지는 눈에 띄지 않았다. 그들은 도망자의 자취를 완전히 잃어버렸다. 척박하고 미개한 시골구석에서 혼란에 빠졌다. 그들의 유일한 관심은 너무나 절망적인 이 상황에서 빠져나가는 것이었다. 그들은 행여 도적의 소굴에서 나는 소리가 들리지 않을까 걸음걸음마다 신경을 곧추세우고 귀를 기울였다. 그러나 헛수고였다. 간간이 산들 사이에서 울리는 낮고 공허한 바람 소리뿐, 누구도 밤의 정적을 깨지 않았다.

조용히 주의하며 나아가는데, 멀리 바위들 사이로 빛이 깜박이는 것을 보았다. 이 산중에 출몰한다고 알려진 도적 떼에게서 나는 것일지도 몰라 공작은 다가가야 할지 망설였다. 그가 주저하는 사이 불빛은 사라졌다. 하지만 몇 걸음 가지 않아 빛은 다시 돌아왔다. 공작은 이제 그 빛이 동굴 입구에서 나는 것이라는 것을 발견했다. 그것은 돌출된 바위와 덤불들을 밝게 비추고 있었다.

공작은 말에서 내려 두 부하를 데리고 동굴을 향해 소리 나지 않게 천천히 움직였다. 나머지 부하들은 멀리 두었다. 그가 가까워지자, 많은 사람이 떠들썩하게 술잔치를 하는 소리가 들렸다. 불현듯 그 소란스러움이 멈추고, 맑고 씩씩한 목소리가 다음 구절을 노래했다.

노래

신께 바칠 풍미 깊은 술을 가득 부어라
바쿠스 신을 위해 반짝이는 컵을 채워라
모든 사람의 눈에서는 그가 주는 기쁨이 춤을 추리라
기분 나쁜 미래는 내쫓아 버려라!
환상으로 불붙은 두뇌에
마술 같은 환희가 스며드나니.
친목의 열정으로 심장이 달아오르고
노래와 웃음소리가 넘치는구나.
그때는 우리의 영혼을 통통 튀게 하는 빛이 흐르고
우리 눈앞에서는 쾌락이 떠다니리라.
신께서 기쁨의 좋은 감정을 주시리라
맑은 정신을 가진 사람들은 알 수 없는 감정을.

마지막 구절은 큰 합창으로 반복되었다. 공작은 이것을 들으며 기가 막혔다! 이런 미개한 황야에서 이렇게 즐거운 사교 모임이 이루어지다니, 현실이라기보다는 마법의 세계 같아 보였다. 노래에 함유된 표현은 도적 부류의 남자들이 갖추기에는 너무 섬세했다. 그게 아니었다면 공작은 조금도 망설이지 않고 이들이 도적 떼라고 단언했을 것이다.

공작은 동굴 전체를 볼 수 있었다. 그는 잘못 판단했다고 확신이 드는 순간 더욱 놀랄 따름이었다. 불빛에 드러난 걸 보니 도적들은 동굴의 가장 후미진 곳에 돌로 만들어진 울퉁불퉁한 테이블에 둘러앉아 있었다. 테이블에는 음식이 차려져 있고, 그들은 즐거움과 흥분의 도가니에서 대단히 자족하고 있었다. 남자들은 흉포함과 사교성이 묘하게 뒤섞인 모양새를 띠고 있었다. 공작은 이 도둑들을 보자니, 지식이 개화되기 전이나 호화로움이 그들을 유순하게 만들기 전의 초기 로마인들을 보는 듯했다. 하지만 그는 그걸 깊이 생각하고 있을 여유가 없었다. 그의 위험 감각은 도망갈 수 있을 때 도망가라는 신호를 보냈다. 공작이 자리를 뜨려고 돌아서려던 차에 동굴 입구에서 풀을 뜯고 있는, 안장을 얹은 말 두 마리가 눈에 들어왔다. 그 말들이 줄리아와 그녀의 동반자의 것이라는 생각이 번쩍 들었다. 그는 망설이다가 이윽고 잠시 더 머물기로 마음먹고 도둑들의 대화에 귀를 기울였다. 대화에서 의혹을 해결할 실마리를 찾을 수 있길 바랐다. 그들은 한동안 주흥에 젖어 떠들었고, 흥에 겨워 그들의 여러 업적을 주절댔다. 또 그들이 도적질했던 몇몇 사람들의 행동을 매우 익살스럽게 흉내 내고 야만스럽게 비웃으며 묘사했다. 폭소와 환호가 큰 소리로 터져 나오고, 그 소리로 동굴은 왕왕거렸다. 그들은 그렇게 야단법석을 떨며 신이 나 있었다. 그러다 그중 하나가 최근에 도적질한 약탈품이 허접한 것임을 깨닫고 욕설을 퍼부었다. 그러나 숙녀의 미모는 칭송했고, 그들은 그것이 특별히 흥미를 돋우는 사안이라도 되는 양 하나같이 목소리를 낮추었다. 공작은 그 말에 관심이 쏠렸다. 그들이 줄리아에 대해서 말하고 있음이 분명했다. 충동적인 직감으로 공작은 검을 빼 들었으나 적의 수를 상기하며 울분을 억눌렀다. 부하들을 불러올 생각으로 동굴로부터 돌아서려는 차에, 그가 든 검의 칼날이 불빛을 받아 번득였고, 한 도적이 그것을 보았다. 도적은 자리에서 벌떡 일어났다. 동지들도 소스라치게 놀라 순식간에 일어나며 공작을 발견했다. 그들은 크게 소리를 지르며 동굴 입구 쪽으로 몰려갔다. 공작은 도망가려고 애써 보았으나 도적 둘이 근처에서 풀을 뜯고 있던 말에 올라타 금세 그를 따라잡아 붙잡았다. 공작의 복장과 태도는 그가 범상한 사람이 아님을 나타냈다. 그들은 약탈 거리가 생겼다고 좋아하며 그를 동굴 쪽으로 밀쳤다. 그곳에는 그들의 동지들이 기다리고 있었다. 공작은 도적 떼 두목을 보았다. 아들! 공작은 어떤 느낌이었을까. 몇 해 전, 모질게 가혹한 아버지를 피해 성을 나가 버렸던, 그 후 아무 소식도 듣지 못했던, 그 아들이었다.

아들은 스스로 도적 떼의 두목이 되었다. 그때껏 맛보지 못한 자유에 기분이 좋았고, 이 새로운 상황이 부여한 권력으로 인해 그는 이 문란하고 방종한 삶의 방식에 더더욱 애착을 갖게 되었다. 이렇게 결속된 삶을 살다 보니 결국 자신의 사회적 지위는 그저 답답한 무언가가 되었다. 죽음이 이 결속을 끊을 때까지 그는 결코 이 삶을 포기하지 않겠다고 다짐했다. 이 사건은 아주 오래된 일처럼 느껴졌고, 그래서 그는 그것을 거의 염두에 두지 않았다. 만약 어쩔 수 없는 상황이 생긴다면, 그는 발각될 위험을 버리고 원래 신분으로 돌아가든지, 아니면 지금 하는 일을 한낱 장난으로 치부할 수 있으리라 의심치 않았다. 이 장난은 두어 번 자선을 베풀면 손쉽게 용서받을 수 있을 것이다. 그는 권력을 이용해 비난을 피할 수 있다는 걸 알았다. 이 나라 사람들은 암암리에 복종이 생활화되어 있었고, 감히 귀족의 행동을 자세히 뜯어보는 경우는 거의 없었다.

아들은 아버지를 알아보고 그리 기쁘지는 않았지만, 그를 인정하고 더는 능욕당하지 않도록 보호했다.

공작은 이 너그러운 호의가 가슴에 와닿지 않았다. 아버지의 정이 있어야 할 자리에는 분노가 들어찼다. 자식을 발견하고도 오직 자기 자존심만 생각했고, 한껏 욕설을 퍼부으며 자식의 행동으로 인해 생긴 노여움을 거침없이 드러냈다. 도적들이 공작에게 명령하자 공작은 맹비난을 쏟아 냈고, 열 받은 도적들은 그의 경거망동을 즉각 처벌해야 한다고 겁박했다. 리카르도의 권위로도 그들을 진정시키기가 쉽지 않았다.

공작은 아들에게 지금의 삶을 단념하라고 설득하며 위협하다가, 나중에는 애원했으나, 소용없는 일이었다. 권력을 손에 쥔 리카르도는 공작의 위협에 비웃음을 터트렸고, 그가 애원할 때는 관심을 끊었다. 아버지는 그 시도를 포기해야만 했다. 공작은 거만하고 격렬하게, 리카르도가 자기 친구인 숙녀와 기사를 약탈하고 숨겨 놓았다고 공격했다. 그리고 줄리아를 묘사하며 그녀를 풀어 주면 크게 보상하겠노라고 제안했다. 리카르도는 그 사실을 부인했다. 이에 공작은 너무나 격앙되어 아들의 가슴에 꽂을 생각으로 검을 꺼냈다. 그를 에워싸고 있던 도적들은 칼집에서 검을 반쯤 꺼내고는, 공작의 팔을 붙잡아 그의 위협적인 행동을 제지했다. 아버지의 운명은 이제 아들의 말에 달려 있었다. 리카르도는 손을 들었다가 바로 내려놓고 돌아섰다. 도둑들은 무기를 집에 넣고 뒤로 물러났다.

리카르도는 공작이 묘사한 사람들에 대해서는 전혀 모른다고 진지하게 맹세했고, 마침내 공작은 그 주장이 사실이라고 믿었다. 그리고 동굴을 떠나 부하들에게로 돌아갔다. 참혹하게 수치스러운 환경 속에서 아들을 발견하면서 공작의 다혈질 기질은 깨어나 들썩거렸다. 그럼에도 정작 상처를 입은 것은 그의 도덕성이 아니라 자존심이었다. 공작은 아들이 죽기를 바랐다. 사악의 능욕에서 아들을 구하기 위해서라기보다는 수치스러움에서 공작 자신을 구하기 위해서 그랬다. 아들을 교화시킬 방법은 없었다. 이 시점에서 무력을 써서 시도하는 것은 지극히 무모한 짓이 되었을 것이다. 공작의 부하들은 비록 수는 많았으나 제대로 훈련받지 못했기 때문에, 잔인하고 기민한 도적의 무력에 희생되었을 것이다.

공작은 머릿속이 어수선한 상태로, 격렬하고 고통스럽게 갈등하며 추격을 계속했다. 줄리아의 흔적은 완전히 잃어버렸고, 공작은 부하들이 필요한 음식을 얻고 밤을 지낼 수 있는 쉼터가 될 만한 마을을 찾아야 했다. 하지만 이 상황에서 그것을 찾을 가능성은 희박해 보였다.

5장

밤이 깊어 가며 날씨가 험악해졌다. 공허한 바람은 산을 휩쓸며 모질고 차갑게 불어 댔다. 구름은 빠르게 달의 얼굴을 가렸고, 루오보 공작과 부하들은 빈번히 암흑 속에 묻히곤 했다. 그들은 몇 시간 동안 낙담한 채 말없이 계속 이동하다가, 초목이 우거진 곳에서 홀연히 자정 기도 시간을 알리는 수도원의 종소리를 듣고는 떠들썩해졌다. 그 소리에 심장이 뛰었다. 그 소리가 어디서 나는지 찾으려고 애썼으나, 멀리 가지 않아 강풍이 불어 소리가 멀어져 버렸다. 그들은 어쩔 수 없이 추측에 의지한 채 불안하게 길을 찾아 나설 수밖에 없었다.

수도원으로 가는 길이라고 판단한 길을 따라가는데, 약간 뒤에 다시 종소리가 바람을 타고 들려왔다. 길을 잘못 든 것이었다. 한참을 고생하고 방황한 후, 그들은 노곤함을 이겨 내고 음침한 큰 건물의 대문 앞에 섰다. 종소리는 멎었고, 사방은 고요했다. 달빛은 구름 사이로 나와 건물을 비추었고, 그곳이 그들이 찾던 수도원이라는 확신을 주었다. 공작은 손수 대문을 요란하게 두드렸다.

몇 분이 지났다. 아무도 나타나지 않았고, 공작은 다시 문을 두드렸다. 얼마 지나지 않아 안에서 발소리가 들리더니, 대문이 열리고, 홀쭉한 형체가 바들거리며 모습을 드러냈다. 공작은 안으로 들어가게 해 달라고 요청했으나 거절되었고, 성스러운 기도 시간에 수도회에서 소란을 피운다는 야단을 들었다. 그러자 공작은 자기 신분을 드러내고, 그가 오늘 밤 거처를 요청했다고 수도원장에게 알리도록 수사에게 명령했다. 수사는 속임수라 의심하고 도둑에 대한 걱정으로 더욱 완강하게 거절하며 수도회는 기도 중이라고 재차 상기시켰다. 수사가 문을 닫으려던 찰나에 공작은 허기짐과 피로를 더 이상 견딜 수 없었던지라 그를 밀치고 뜰 안으로 들어갔다. 공작은 직접 원장을 만날 작정이었다. 얼마 가지 않았을 때 크고 떠들썩한 술잔치에서 터져 나오는 여러 목소리와 웃음소리가 들렸다. 후작은 몇 개의 통로를 거쳐 어느 문에 다다랐고, 문틈으로는 불빛이 보였다. 잠시 가만히 서서 안에서 나는 환락과 노래의 시끌벅적한 소리를 들었다. 그는 너무나 경악해서 정신을 차릴 수가 없을 지경이었다!

공작이 문을 열었다. 훤히 불을 밝힌 커다란 방에는 직위에 따라 차려입은 수사의 무리가 테이블에 둥그렇게 앉아 있었고,

테이블 위에는 와인과 과일이 어수선하게 널려 있었다. 동료들과는 확연히 다른 복장을 갖춘 수도원장은 테이블 상석에 있었다. 그는 큼지막한 와인 잔을 입으로 들어 올리다가 난데없이 공작이 들어오자 “폭력과 혼란”이라고 울부짖었다. 공작의 출현으로 그들은 긴장했고, 그리 많이 취하지 않은 몇몇은 자리에서 벌떡 일어났다. 손에서 잔을 놓쳐 버린 원장은 준엄함을 되찾으려 안간힘을 썼으나, 그의 불그레한 얼굴색은 도움을 주지 않았다. 공작은, 술에 취해 혀가 꼬부라지고 간간이 딸꾹질로 장단을 맞추는 소리의 질책을 들었다. 공작은 자기 지위와 곤궁한 사정을 설명하고, 일행이 하룻밤 묵게 해 달라고 부탁했다. 원장은 방문객의 특별함을 이해하게 되면서 얼굴에 긴장이 풀리고 반가운 환영의 미소가 그려졌다. 그러고는 공작의 손을 잡고 이끌어 자기 옆자리에 앉혔다.

테이블은 이내 호사스러운 음식으로 채워졌다. 공작의 부하들을 들어오게 하고 보살펴 주라는 지시가 내려졌다. 공작은 훌륭한 여러 와인으로 융숭한 대접을 받았고, 얼마 후 수도원의 환대에 한껏 기분이 좋아져서 그를 위해 준비된 방으로 물러났다. 원장은 어떤 예의도 차릴 수 없는 상태가 되어 있었다.

다시 날이 밝았고, 공작은 금욕적 종교의 포용 원칙에 매우 흡족해하며 출발했다. 그는, 삶의 좋은 것들을 즐기는 일은 하늘에 감사를 표현하는 분명한 방식이라는 말을 들었다. 시칠리아 수도원의 담장 안에서는 그 가르침과 관습이 한결같이 잘 지켜지는 듯했다.

루오보 공작은 이제 어느 길로 가야 할지 몰랐다. 추격 대상이 어느 쪽으로 갔는지 전혀 실마리가 없었다. 그러나 아직 희망은 살아 있었고, 그에게 버텨 보라고 다그치고 있었다. 그는 해안에서 그리 멀지 않은 곳에 있었다. 어쩌면 도망자들이 이탈리아로 탈출할 요량으로 해안으로 갔을 거라는 생각이 들었다. 그래서 바다 쪽으로 이동해서 해안을 따라 전진하기로 했다.

공작은 식사하기 위해 멈춘 집에서, 그가 묘사한 것과 비슷한 두 사람이 한 시간 전에 거기에 잠깐 머물다 떠났는데 몹시 서두르는 것처럼 보였다는 사실을 알게 되었다. 그들은 해안으로 향하는 길로 들었고, 따라서 그들이 배를 탈 계획이라는 것은 공작에게 자명해 보였다. 공작은 앞에 놓인 식사를 미처 끝내지도 않고 당장 말에 올라 추격을 속개했다.

가다가 우연히 만난 사람들에게 물어보니 한동안 긍정적인 대답이 돌아왔다. 그러나 시간이 지나면서 공작은 불확실성에 혼란스러웠고, 분별 있는 판단보다는 운에 기댄 채 자신이 선택한 방향으로 몇 시간째 이동했다.

저녁이 되어 가면서 앞이 잘 보이지 않았다. 희망이 흔들렸다. 수평선을 덮고 있는 무겁고 자욱한 구름으로 어스름이 짙어졌다. 대기는 묵직한 소리를 내며 폭풍우가 오리라 예고했다. 이제 멀리서 천둥이 으르렁거렸고, 한층 부풀어 오른 구름은 더욱 어두워졌다. 공작과 부하들은 히스가 무성한, 음울한 야생의 황야에 있었다. 머물 만한 곳을 찾아 주변을 둘러보았지만 허사였다. 황량한 정경은 사방으로 끝없이 펼쳐져 있었다. 여하튼 그들은 말이 달릴 수 있는 한 열심히 말을 몰았다. 얼마 후, 부하 하나가 황무지의 끝자락에서 저택을 발견했고, 그들은 곧바로 그쪽으로 향했다.

강한 비바람이 그들을 덮쳤다. 그들이 저택에 닿은 순간 우렁찬 천둥이 머리 위에서 내리치며 건축물을 뒤흔드는 듯했다. 오래된 저택에 이르러서 보니, 그 저택은 완전히 버려진 듯했다. 군데군데가 썩어서 무너지고 있었다. 건축물은 장엄한 자태가 도드라져 주변 풍경과는 잘 어울리지 않았다. 이에 공작은 다소 의아했으나 주인이 왜 이곳을 떠났는지 이해할 수 있을 것 같았다. 투박하고 황량한 야생의 모습만이 눈에 들어왔기 때문이다.

폭풍우는 점점 거세지며 이 거처에 억류되어 밤을 지낼 수밖에 없도록 공작을 몰아붙였다. 공작과 일행이 자리를 잡은 홀은 몰락과 쓸쓸함의 흔적이 곳곳에서 보였다. 대리석 바닥은 여러 곳이 부서져 있었고, 벽은 부식되어 떨어지고 있었다. 높이 있는 부서진 유리창 주변으로는 풀들이 길게 자라 고독한 실바람에 흐느적거렸다. 공작은 호기심이 일어 저택의 후미진 곳을 탐험해 보았다. 홀을 벗어나 건물의 외진 부분으로 연결된 복도로 발걸음을 옮겼다. 음울한 묵상에 잠겨 있는 널찍한 아파트들을 통과해 배회하다가 웅장함의 잔재를 보며 때때로 멈춰 서서 의아해했다.

저택은 들쑥날쑥하고 드넓었다. 구조가 복잡해 공작은 어리둥절해했다. 돌아오는 길을 찾으려 하다 보니 더욱 난감해졌다. 마침내 어느 문에 이르렀고, 그는 그게 처음 홀을 빠져나왔던 문이라고 믿었다. 문을 여니 널찍한 곳이 나왔고, 흐릿한 달빛에 보니 그곳이 회랑인지 채플인지 홀인지 분간하기가 어려웠다. 그곳은 아치형으로 길게 이어졌고, 끝에는 큰 철문이 있었다. 철문을 지나니 탁 트인 야외가 나타났다.

시퍼렇고 묵직한 번개가 이곳저곳에서 번쩍이고, 아울러 광활한 둥근 하늘을 찢는 듯한 천둥소리가 들렸다. 공작은 그곳의 음침한 정세에 전율을 느끼며 엉겁결에 부하들을 불렀다. 그의 음성은 그곳을 통해 왕왕거리는 메아리만 대답할 뿐, 아련하게 사라져 버렸다. 달은 이제 구름 뒤로 내려앉으며 그를 칠흑 같은 암흑 속에 묻었다.

공작은 다시 크게 불렀고, 이윽고 발소리가 가까워지는 것을 들었다. 부하들이 나타났기 때문에 그는 잠시 불안감을 내려놓았다. 하지만 폭풍은 아직 요란했고, 맹렬하게 유황빛을 번득이는 풍경은 불안을 당장 사라지게 하지는 못했다. 공작은 그 상태로 밤을 보내야 한다고 마음을 다독이며 그가 있는 곳에 불을 피우라고 명령했다. 그들은 힘겹게 불을 피울 수 있었다. 공작은 그 앞 바닥에 털썩 주저앉아, 전날 밤 수도원에서 제대로 절제하지 못했던 음식을 여기서는 절제해 보려고 했다. 하지만 몹시 다행스럽게도, 공작보다 선견지명이 있었던 부하들은 수도원에서 주는 음식을 망설임 없이 풍족하게 받아왔고, 이제 그것들을 주머니에서 꺼내 바닥에 늘어놓았다. 공작은 먼저 먹고 마시고, 나머지를 부하들에게 내주었다. 부하들에게 문에서 교대로 경계를 서도록 지시하고, 그는 옷으로 몸을 감싸며 잠을 청했다.

밤은 별다른 일 없이 지나갔다. 아침은 상쾌하고 선명하게 떠올랐다. 오목한 하늘은 구름 한 점 없이 깨끗했다. 야생 히스마저도 최근 비에 생기를 얻고, 주변에 미소 지으며, 아침 바람에 향기를 실어 보냈다.

공작은 아침 활력을 받아 힘을 얻고 저택을 나와 다시 길에 올랐다. 도망자들에 대한 소식은 얻을 길이 없었다. 정오쯤 되어 그는 아름답고 서정적인 시골 마을에 이르렀고, 험악한 절벽의 꼭대기에 올라 아래에 펼쳐진 그림 같은 전경을 보며 쉬었다. 바위들 사이로 깊이 감춰져 있는 어둑한 외딴 협곡이 보였다. 그 아래로는 호수가 있었다. 호수의 맑은 가슴은 깎아지른 절벽과 그 위로 쑥 내밀고 있는 그림자들의 멋진 화려함을 드러냈다.

그러나 곧이어, 움직임이 없는 자연의 아름다움에서 더 흥미로운 대상으로 시선이 옮겨 갔다. 두 사람을 보았기 때문이다. 공작은 일찍이 평원에서 쫓았던 자들과 같은 자들임을 즉각 알아챘다. 그들은 호숫가에 앉아 있었다. 바위 밑동에 있는 키가 큰 나무의 그늘 풀밭에서 음식을 펼쳐 놓고 먹고 있는 듯했다. 근처에는 말 두 마리가 풀을 뜯고 있었다. 공작은 그 숙녀에게서 줄리아의 외모와 몸가짐을 보았고, 그 장면에 심장이 뛰었다. 그들은 공작이 서 있는 절벽 쪽으로 등을 돌리고 앉아 있었다. 그래서 공작은 들키지 않고 그들을 관찰할 수 있었다. 그들은 이제 그의 손안에 있는 거나 다름없었다. 그러나 문제는 어떻게 이 바위들을 내려가느냐였다. 엄청난 높이와 울퉁불퉁한 경사면은 내려가는 게 불가능해 보였다. 그는 매의 눈으로 그들을 뜯어보다가, 마침내 바위가 우묵한 곳에서 좁고 굽이진 통로 같은 것을 보게 되었다. 그는 그 길로 내려갔고, 몇몇 부하도 그를 따라 절벽을 내려갔다. 발소리에 발각되지 않도록 조용히 발걸음을 옮겼다. 그들이 바닥에 닿자 곧 숙녀가 알아차렸다. 그녀는 바위들 틈새로 도망쳤고, 공작의 부하들은 곧바로 뒤를 쫓았다. 기사는 미처 도망가지 못하고 검을 꺼내 공작의 맹렬한 습격에 응했다.

결투는 양쪽 모두 힘과 기술을 쏟아부으며 몇 분간 계속되다가, 공작이 적의 칼끝에 찔려 쓰러졌다. 기사는 도망치려 하다가, 이내 어여쁜 도망자를 데리고 나타난 공작의 부하들에게 붙잡혔다. 하지만 공작은 크게 실망했고 격분했다. 그 숙녀는 낯선 사람이었다! 양편 모두 경악하지 않을 수 없었으나 그들이 느끼는 감정은 서로 정반대였다. 기가 막힌 공작은 강하게 분노해했고, 실망하며 씁쓸해했다. 반면에 숙녀는 뜻밖에 풀려나게 되어 기뻐하며 유순해졌다.

숙녀는 시칠리아 귀족의 어린 딸이었다. 귀족 아버지는 탐욕이나 혹은 어떤 필요에 따라 그녀를 수도원에 헌신해 버렸다. 그녀는 절박한 운명을 피해 오랫동안 정을 나누었던 애인과 함께 도망가고 있었다. 남자의 유일한 흠이라고는 그가 태생적으로 하층민이라는 것이었는데, 심지어 그녀 아버지의 눈에도 그렇게 보였다. 그들은 이탈리아로 건너가기 위해 지금 해안으로 향하고 있었다. 거기 교회에서 그들은 이미 마음에 확신이 선 이 인연에 공인받을 계획이었다. 그 기사는 그곳에 친구들이 있었고, 그들의 도움으로 안전한 은신처를 찾을 수 있으리라 기대했다.

공작은 상처가 크지 않았다. 처음에 일었던 분노가 가라앉자 그들을 풀어 주었다. 숙녀와 기사는 추격자들을 허망한 노력과 절망의 고뇌 속에 남겨 둔 채, 두려움은 내려놓고 기분 좋게 나아갔다. 공작은 다시 말에 올랐다. 자신이 좀 쉴 수 있는 집을 찾으라고 부하 둘을 먼저 보내고, 마찌니 성을 향해 터벅터벅 길을 갔다.

얼마 가지 않아 공작은, 낙담하며 처음 혼란에 빠졌을 때 놓쳐 버린 가능성 하나가 떠올랐다. 그것은 그가 줄리아를 잡으리라는 희망을 품었던 이유에 근본적인 영향을 미쳤고, 그래서 앞으로 어떻게 해야 할지 다시 고민하게 되었다. 어쩌면 그 숙녀와 기사는 그가 일찍이 평원에서 쫓았던 도망자들일 수 있었다. 그러나 오두막에 숨어 있던 도망자는 아닐 수 있었다. 그렇다면 그들이 한동안 쫓았던 사람은 아마 줄리아였을 것이다. 이렇게 추론하다 보니 희망이 깨어나는 듯하다가, 금세 다시 무너졌다. 이 추론을 확인해 줄 수 있는 사람은 다시 불러올 수 없는 곳에 있었기 때문이다. 줄리아가 도주한 흔적을 찾지 못한 채 추격을 계속하는 것은 어리석은 짓이었다. 어쩔 수 없이 공작은 그가 성을 떠날 때보다 더 무지하고 절망적인 상태로 후작에게로 돌아가야만 했다. 그가 먼저 파송한 부하들이 찾은 마을에 이르렀을 때는 상처의 고통이 심해졌고, 다행히 약간의 치료를 받을 수 있었다. 여러모로 불편하여 그는 여기서 휴식을 취해야만 했다. 몸의 고통만큼이나 마음의 고뇌도 있었다. 그의 성품을 강하게 짓누르는 충동적인 격정이 일고 격앙되어 몸에 심하게 영향을 주었다. 그리고 그것은 위험한 결과로 이어지며 생사를 위협하게 되었다. 상처는 마음의 번민으로 더욱 악화되었고, 쉽게 심각한 증세로 번질 수 있는 열이 나면서 생명을 위태롭게 했다.

6장

마찌니 성은 여전히 혼돈과 참담의 상태에 있었다. 공작이 오랫동안 돌아오지 않자, 후작은 날이 갈수록 조급해지고 답답해졌다. 그래서 하인들을 마렌티노 숲으로 보내 어찌 된 일인지 알아보게 했다. 그들은 그곳에는 줄리아도, 루오보 공작도 부하들도 없다는 정보를 가지고 돌아왔다. 후작은, 공작이 쫓아오는 것을 알고 딸이 오두막에서 달아났다고 결론 내리며, 공작이 계속해서 추격하고 있을 거라 믿었다. 퍼디낸드는 슬픔과 근심에 싸여 그대로 감옥에 갇혀 있었고, 후작의 완강함은 누그러지지 않았다. 그를 풀어 주면, 곧장 줄리아를 뒤따라가 그녀가 아버지 말을 따르지 않도록 더욱더 부추기며 도울 것이라 후작은 우려했다.

감옥은 쓸쓸히 정적이 흘렀다. 그곳에서 퍼디낸드는 암울하게 힘없이 한탄하며 최근 불상사에 대해 곰곰이 되짚어 보았다. 머릿속에 불현듯 버리자가, 살해당한 버리자가 떠올랐고,

그것은 어떻게든 강인함을 되찾으려고 애쓰던 그의 마음을 짓눌렀다. 줄리아, 사랑스러운 동생, 보호받지 못한, 친구 하나 없는 동생, 그녀를 위해 그가 마음 아파하는 지금 이 순간에도, 그녀는 인간에게 끔찍한 고통 속에 침전하고 있을 것이다. 그는 한때 서로 사랑하는 두 사람이 결합하면 더없이 행복할 것만 같던 꿈같은 계획을 세웠다. 그 계획은 지난 행복에 대한 즐거운 환상과 더불어 상상 속을 떠다녔다. 그것이 발하는 광채는 상대적으로, 지금 앞에 놓인 모호하고 암울한 전망을 더욱 도드라지게 했다.

그러다 의외의 사건이 하나 발생했다. 그 사건은, 친숙한 사물로부터 종종 생각이 멀어지게 했다. 그것은 매우 강렬했지만, 그나마 고통은 덜했다. 어느 날 밤, 퍼디낸드는 누워서 음울하게 낙담하며 지난날을 돌아보고 있었다. 그때 나직이 불길한 소리가 나며 그곳의 정적을 깼다. 간간이 공허한 한숨 소리가 울렸다. 누군가 심히 번민하며 한숨을 내뱉는 듯했다. 퍼디낸드는 너무나 두려운 마음에 그 소리가 안에서 나는지 밖에서 나는지 확신할 수 없었다. 감옥을 둘러보았지만, 칠흑 같은 어둠을 뚫고 모습을 드러낸 것은 없었다. 퍼디낸드가 심히 놀라며 귀를 기울이자, 그 소리는 더욱 공허하고 구슬픈 소리로 다시 들렸다. 이제 그는 내심 두려움에 사로잡혔고, 이성을 잃을 지경이었다. 그는 자리에서 벌떡 일어났다. 옆에 누가 있는지 팔을 뻗어 벽을 따라가며 더듬어 볼 작정이었다. 그곳에는 아무도 없었다. 그러나 어떤 특정 지점에 이르자, 그 소리가 홀연 더욱 또렷하게 들렸다. 그는 크게 소리 내어 그곳에 누가 있는지 불러 보았다. 하지만 대답은 없었다. 이내 사방은 고요해졌다. 그는 잠시 다시 소리가 들리는지 귀를 기울이다, 잠을 자려고 누웠다. 다음 날 퍼디낸드는 음식을 가져온 남자에게 자신이 들었던 것을 말하고 그 소리가 무슨 소리인지 물었다. 하인은 소스라치게 놀라는 듯했으나 그 상황을 이해할 수 있는 어떤 정보도 주지 못했다. 그러다 감옥이 남쪽 건물에 근접해 있다고 말했고, 순간 퍼디낸드는 앞서 후작이 했던 끔찍한 이야기가 뇌리를 스쳤다. 퍼디낸드는 자신이, 살해당한 델라 캄포의 떠돌아다니는 유령이 내뱉는 신음 소리를 들은 것이라고 믿어 의심치 않았다. 이렇게 확신하니 전율이 흐르며 신경이 곤두섰다. 하지만 그가 후작에게 했던 맹세를 기억하며 아무 말 하지 않았다. 그럼에도 그는 감옥에서 홀로 또 하룻밤을 보낼 자신이 없었다. 그곳에 살해당한 사람의 유령이, 원한에 사무친 유령이 나타난다면, 그는 공포로 질식해 죽을 것만 같았다.

퍼디낸드는 보통 정신력이 강인하여 미신 따위에는 흔들리지 않았다. 하지만 이번 경우는 정황상 연관성이 매우 강해 보여 어떤 의심조차 끼어들지 못했다. 그는 사용하지 않는 남쪽 건물에서 이상하고 불쾌한 소리가 나는 것을 직접 들었다. 아버지한테 그쪽 건물과 관련된 끔찍한 비밀을 들었고, 그 비밀은 명예를 걸고, 심지어 생명을 바쳐서라도 지키기로 약속했었다. 아버지는 또한 자신도 그곳에서 등골이 송연해지지 않고는 떠올릴 수 없는 광경을 보았노라고 고백했었다. 그래서 성의 그 구역을 폐쇄하게 되었노라고 했다. 이 모든 기억은 퍼디낸드가 결코 무시할 수 없는, 너무나 명백한 일련의 증거가 되었다. 죽은 자의 영혼이 살인자의 후손에게 원한을 갚기 위해 이번만은 이 땅에 되돌아오도록 허가되었음이 틀림없었다.

이렇게 확신하자니 끔찍한 공포가 몰려왔다. 인간의 어떤 걱정도 일으킬 수 없는 공포였다. 그래서 퍼디낸드는 피터에게 가능하다면 자정이 지날 때까지 감옥에 같이 있어 달라고 설득해 볼 요량이었다. 한없이 충직한 피터는 뇌물을 받고 탈출을 도와서 후작이 분노하게 하지는 않을 테지만, 퍼디낸드의 간청을 들어주었다. 퍼디낸드는 조마조마한 기대감을 안고 하루를 보냈다. 밤이 되자 피터는 다시 감옥으로 왔다. 피터는 그렇게 친절을 베풀면서, 예견하지 못한 위험에 자신을 노출하고 있었다. 그가 죄수 옆에 앉았을 때, 죄수는 너무나 쉽게 그를 때려눕히고 도망갈 수 있었고, 그렇게 되면 그는 후작의 노염에 생명을 내놓아야 할 판이었기 때문이다. 퍼디낸드의 선한 인간성은 그를 지켜 주었다. 퍼디낸드는 순간 이 기회를 활용할 수 있겠다고 생각했으나, 이 순진한 남자를 파멸로 모는 것에 모멸

감을 느꼈고, 그래서 그 생각을 머릿속에서 몰아냈다.

전날 밤 신음 소리가 들렸던 시각에 가까워지자, 용기보다 더 진한 우정을 지닌 피터는 무서워하며 몸서리쳤다. 그는 퍼디낸드에게 여러 기괴한 사건에 대해 털어놓았다. 그저 동료 하인들의 달궈진 상상 속에서나 존재하는 것들이었지만, 그들은 그것을 기정사실로 받아들였다. 덧붙여 줄리아가 도주를 계획했던 날 밤, 남쪽 타워에서 보았던 불빛과 형체 이야기도 빼놓지 않았다. 피터는 두려움과 놀람을 한층 심화시키며 그 상황을 장식했다. 그 일로 사람들이 얼마나 섬뜩했고, 후작은 하인들의 두려움을 비웃으며 연이어 어떻게 처신했었는지, 그러면서도 그들을 안심시키기 위해 짐짓 생색내며 그 공포의 근원인 건물을 정식으로 살펴보게 했던 일을 묘사하며 이야기를 마무리 지었다. 그리고 열리지 않던 문에서의 야릇한 경험과 그 안에서 들리던 소리, 무너진 천장을 발견하게 된 것을 말했다. 하지만 그나 다른 하인 누구도 그 소리나 혼란을 일으킨 그것이 그곳에서 나왔다고는 믿지 않았다. 그는 말을 이었다. "그러니까, 주인님, 그 문은 그저 한 곳만 막고 있는 듯 보였습죠. 근데 소리는, 오, 주여! 정말로 그 소리는 잊을 수가 없습죠! 그건 돌들이 만들 수 있는 소리보다 천 배는 컸으니까요."

퍼디낸드는 이 이야기를 들으며 말없이 경탄했다! 묘사된 기이한 사건에 경탄한 것이 아니라, 후작의 뻔뻔함과 경솔함에 경탄한 것이었다. 후작은 이리하여 하인들이 탐색하도록 그 참혹한 장소를 공개했다. 상처받은 영혼이 살고 있음을 후작은 이미 경험을 통해 알고 있던 곳, 여태껏 조심스럽게 그가 사람들의 시선과 호기심으로부터 숨겨 왔던 곳, 그리고 수년 동안 그 자신조차도 감히 들어가지 못했던 곳을 공개했다. 피터는 말을 이어 가려 하다가 이내 공허한 신음 소리에 말을 멈추었다. 소리는 바닥 아래에서 나는 것 같았다.

"어이쿠 하느님!" 피터가 한탄했다.

퍼디낸드는 바짝 긴장하며 귀를 기울였다. 신음 소리는 더욱 길고 끔찍하게 다시 들렸다. 피터는 자리에서 벌떡 일어나더니 램프를 낚아채 감옥 밖으로 튀어 나갔다. 완전 암흑 속에 남겨진 퍼디낸드는 문으로 따라갔다. 기겁한 피터는 문을 닫았고, 그것을 잠그려고 멈칫거리지는 않았다. 문에는 밖에서만 열릴 수 있는 자물쇠가 채워진 듯했다. 이렇게 감옥에 갇힌 퍼디낸드가 어떤 기분이었는지는 상상할 필요도 없으리라. 그 밤의 두려움은, 그것이 무엇이든지 간에, 그 혼자 감당해야만 했다. 하지만 시간이 가면서 그는 절망 속에서 용기를 되찾는 듯했다. 소리는 거의 한 시간 동안 이따금 되풀이되었다. 그러고는 정적이 찾아왔고, 남은 밤 시간은 내내 고요했다. 유령이 나타나 그를 놀라게 하는 일도 없었다. 비로소 그는 걱정과 경계를 늦추고, 잠이 들었다.

다음 날 아침, 피터는 감옥으로 다시 갔다. 무슨 일이 벌어졌을지 알 길이 없었지만, 매우 이상한 무슨 일이 있었을 것이라 예감했다. 혹시 살인이 났다거나 아니면 젊은 주인이 불가사의하게 사라졌을 수도 있었다. 이런 황당한 불안에 휩싸인 그는 감히 혼자 갈 수 없어 몇몇 하인에게 두려움을 토로하고 문까지 같이 가 달라고 설득했다. 그들이 함께 가는데, 피터는 불현듯 전날 밤 놀라서 뛰어나오며 문을 잠그지 않았다는 사실이 떠올랐고, 기적 같은 일 없이도 죄수가 도망가 버리지 않았을까 이제 불안했다. 그는 황급히 문으로 갔고, 문이 잠겨 있는 것을 보고 소스라치게 놀랐다. 그는 즉각 이것은 초자연적인 힘이 한 일이라 여겼다. 그가 큰 소리로 부르니 안에서 대답하는 목소리가 들렸다. 터무니없이 공포에 빠진 피터는 그것이 퍼디낸드의 음성이라는 것을 깨닫지 못했다. 퍼디낸드가 도망가지 않았으리라고는 상상할 수도 없었기 때문에 그것이 전날 밤에 들었던 그 존재의 소리라고 믿었다. 피터는 화들짝 문에서 물러나 동료들과 큰 홀로 달아났다. 그들이 홀에 소란스럽게 등장하자, 많은 사람이 다가왔고, 그중에는 후작도 있었다. 후작은 곧, 전날 밤 사건에 대한 장황한 설명을 듣고, 왜 이렇게 야단법석인지 그 이유를 알게 되었다. 상황을 파악한 후작은 험악한 눈빛을 띠며 피터의 경솔함을 엄하게 꾸짖는 것과 동시에 이렇게 그의 평정을 깨 버린 다른 하인들의 불충함을 질책했다. 그는 앞서 그들이 겁에 질려 있을 때 자신이 수치를 무릅쓰고 그것을 해소하기 위해 그들에게 조사할 기회를 준 것과 그 결과가 어땠는지를 상기시켰다. 그러고는 그렇게 관대하게 대했건만 계속 주제넘게 나선다면 앞으로는 더욱 엄하게 다스릴 것이라 단호하게 말했다. 만약 누구라도 또다시 말도 안 되는 불안감을 조성하고 근거 없는 소문을 돌게 하여 성내 평온을 깨뜨린다면, 누구든지 처음 걸리는 사람은 가혹하게 벌을 받고 자신의 영토에서 추방될 것이라 공언하며 그는 마무리했다. 후작의 꾸지람에 하인들은 움츠러들었고, 아무 소리도 내지 못했다. 후작이 말했다. "횃불을 가져와라. 감옥으로 가자. 내가 단번에 너희가 찍소리도 못 하게 만들어 주겠다."

하인들은 후작의 지시를 따라 그와 함께 지하 감옥으로 내려갔다. 감옥 앞에 도착한 후작은 즉시 문을 활짝 열었고, 하인들은 놀라며 눈이 동글해졌다. 퍼디낸드! 그는 아버지가 출입구에 나타나자 화들짝 놀랐다. 후작은 가혹한 눈빛으로 그를 노려보았고, 그는 완벽하게 이해했다. 후작은 하인들에게 돌아서며 부르짖었다.

"자, 보이느냐? 내 아들이다. 내가 직접 이곳에 둔 아들. 네가 불렀을 때 대답했던 그 목소리. 너는 그걸 알 수 없는 소리로 바꿔 버렸지. 퍼디낸드, 내 말이 사실임을 밝혀라."

퍼디낸드는 그렇게 했다.

"어젯밤에 어떤 무시무시한 망령이 네 앞에 나타났느냐?" 후작은 그대로 퍼디낸드를 빤히 보며 말을 이었다. "이놈들이 만족하도록 그것이 어떻게 생겼는지 말해 봐라. 이놈들은 뭔가 경이로운 것이 없이는 살 수 없으니까 말이다."

"아무것도 보지 못했습니다, 아버지." 퍼디낸드는 후작의 심중을 꿰뚫어 보며 대답했다.

후작은 하인들을 보며 크게 소리쳤다. "좋다, 너희의 바보 같은 행동을 관대하게 용서하는 것은 이번이 마지막이다."

후작은 여기서 말을 멈추었다. 그는 하인들 앞에서, 피터가 묘사한 밤에 났던 소리에 관해서는 퍼디낸드에게 묻지 않으려고 말을 삼갔다. 후작은 분노와 의심을 머금은 시선으로 퍼디낸드를 노려보며 감옥을 나왔다. 아들이 무서워서 뜻하지 않게, 자신이 알려준 비밀을 피터에게 일부 누설했으리라 의심했었다. 그래서 후작은 전날 밤 상황에 관해 관심이 없는 듯하며 교묘하게 피터를 캐물었다. 그에게서 퍼디낸드가 지조 있게 비밀을 발설하지 않았다는 것과 같은 대답을 듣고는, 후작은 고통스러운 불안감을 떨쳐 버렸다.

이날 밤은 조용히 지나갔다. 소리가 나거나 무언가 나타나 퍼디낸드의 평온을 깨지 않았다. 다음 날 후작은 아들의 힘겨움을 경감시켜 주는 게 좋겠다고 생각하고, 지하 감옥에서 쇠창살을 두른 방으로 아들을 옮겼다. 그래도 그곳에는 햇빛이 들어왔다.

한편 불화를 심화시키는 사건이 하나 일어났는데, 이 일로 인해 에밀리아는 자신에게 마지막 남은 위안이었던 메논 마담의 조언과 위로를 다시는 받지 못할 지경에 이르렀다. 마침내 후작 부인은 버리자 백작을 향한 열정이 식었고, 현재 생활도 지겨워졌다. 그리하여 삼시 성에 머물고 있던 젊은 이탈리아 기사에게 추파를 던졌다. 기사는 용맹한 기운이 너무나 팔팔한 나머지 숙녀가 헛되이 연모하게 모른 체할 수는 없었다. 후작은 다른 열정에 정신이 팔려 있었던 까닭에 아내의 부정을 눈치채지 못했다. 아내는 언변이 뛰어나, 항상 덕행과 순수한 자유의 거짓 그림자 아래 자신의 비행을 감추었다. 그러다 그 은밀해야 할 관계를 메논 마담에게 들키고 말았다. 마담은 어느 날 오크 응접실에 책을 두고 갔다가 그것을 되찾으러 돌아갔었다. 아파트의 문을 열면서 기사가 열정적으로 탄식하는 소리를 들었다. 안으로 들어가니, 기사는 어쩔 줄 몰라 하며 후작 부인의 발 앞에서 일어났다. 후작 부인은 마담을 날카롭게 노려보며 자리에서 일어났다. 마담은 자기가 본 것에 충격을 받아 즉시 물러났고, 그 비밀은—후작이 알게 되면 가장 근본적으로 마음의 평정을 해칠 수 있는 그 장면은—가슴속에 묻었다. 후작 부인은 메논 마담의 아량 있는 처신에 대해 몰랐고, 그녀가 이것을 복수의 기회로 삼지 않을까 의심했다. 자신의 비행이 알려지면 절대 안 되는 곳에서 마담이 폭로하지 않을까 미심쩍어했다. 후작 부인은 들통나면 어쩌나 하는 두려움으로 끊임없이 죄책감에 시달렸다. 그래서 부인은 그 순간부터는 자신이 온 신경을 쏟고 있는 그 여자를 어떻게 성 밖으로 내보낼까 궁리하는 데 집중했다. 그건 어려운 일이 아니었다. 마담은 감각이 섬세해서 이내 부인의 속내를 알아차렸고, 자신의 타고난 품격에 부당한 대우를 받으며 살고 싶지는 않았다. 마담은 성을 떠나기로 결심했다. 하지만 마담은, 설령 상대가 능력자라 할지라도 득을 보고 싶지는 않았다. 그래서 후작 부인에게서 자신에게로 승리의 잔을 옮길 수 있는 이 사안에 대해서는 침묵하기로 마음을 굳혔다. 후작은 마담이 떠나기로 했다는 소식을 듣고 그 진짜 이유를 물었으나, 마담은 실제 이유를 밝히지 않았고, 그를 의혹과 실망 속에 남겨 두었다.

에밀리아는 이 계획을 듣고, 너무나 괴로워했다. 마담은 거의 결심을 뒤집을 뻔했다. 에밀리아는 눈물과 간청으로 슬픔의 에너지를 꾸밈없이 쏟아 냈다. 마담이 떠나면 에밀리아는 하나뿐인 친구를 잃게 되었다. 또한 그 우정의 가치를 너무나 잘 알았기에 감정의 동요 없이, 애절하게 슬퍼하지 않고는 마담을 떠나보낼 수 없었다. 마담은 그들 어머니와 연관된 기억에 애착이 강했던 까닭에 딸들의 교육을 맡게 되었고, 그들의 붙임성 있는 성품에 한결같이 모성애와 다름없는 애정을 갖게 되었다.

에밀리아와 줄리아를 생각해서 한동안 성에 머물렀으나, 이제는 부정할 수 없는, 엄청난 영향력을 지닌 상황이 벌어졌다. 그녀는 수입이 적었기에 그 섬 외진 곳에 있는 고향으로 돌아가, 그곳 수녀원에 거처를 마련할 계획이었다.

에밀리아는 마담이 떠날 시간이 다가오는 것을 점점 더 고통스럽게 지켜보았다. 그들은 서로를 위해 서글퍼하며 서로의 마음에 경의를 표했다. 마침내 마지막 벗이 떠나자, 에밀리아는 황량한 아파트들을 정처 없이 배회했다. 그곳은 그녀가 동생 줄리아와 속닥거리기도 하고, 비슷한 환경을 경험한 사람만이 알 수 있는 고뇌에 대해 다정한 선생님으로부터 위안과 동정을 받기도 했던 곳이었다.

마담은 무거운 마음으로 여정에 올랐다. 깊은 애정을 나누었던 대상에서, 오랫동안 가슴속에 자리 잡았던 환경과 책무에서 멀어지니, 뭔가 잘해 보겠다는 동기도, 관심도 사라지는 듯했다. 세상은 광활하고 암울한 사막 같았다. 그녀를 다정하게 맞아 주는 이는 없었다. 그녀가 다가오는 것을 보며 미소를 밝히는 얼굴 하나 없었다. 그녀가 칼리니를 떠난 건 수년 전 일이었다. 그곳에 있던 몇 안 되는 친구는 그사이 죽음에 쓸려 갔다. 미래는 암울해 보였다. 그럼에도 불구하고, 열심히 노력하면서 엄격하고 정직하게 살려고 애썼던 지난 수년을 돌아보며 기운을 내고 희망을 키웠다.

그러다 마담은 줄리아의 불확실한 운명을 생각하자니 한숨이 절로 나왔다. 그 걱정은 이루 말할 수 없었다. 난폭하고 소름 돋는 장면들이 상상 속에 떠올랐다. 환상은 장면을 만들었고, 마담은 그것에 어두운색을 입혔다. 그녀가 그린 무시무시한 형상은 그 주변에 드리운 어스레함에 둘러싸여 더욱 도드라져 보였다.

7장

날이 저물어 갈 즈음, 메논 마담은 산중에 있는 작은 마을에 다다랐다. 그곳에서 밤을 지낼 계획이었다. 저녁은 더할 나위 없이 멋있었다. 주변 풍경이 서정적으로 아름다워 마담은 산책하러 나갔다. 약간 멀리 떨어진 우거진 밤나무 숲 사이로 꼬리를 감추는 굽이진 시내를 따라 걸었다. 주변에 서글픈 어둠을 드리운 거무스레한 나뭇잎들 사이로 기우는 해가 빛을 발했고, 해거름의 색상은 지금 그녀의 심경에 꼭 맞는 풍경을 자아냈다. 마담은 그늘에 들었다. 그녀는 주변 환경에 영향을 받으며 점차 기분 좋은 은은한 울적함에 빠져들었고, 아무 생각 없이 발걸음을 옮겼다. 어두침침한 그늘 속으로 뻗어 가는 시냇물을 따라 그대로 걸었다. 풍경은 햇빛을 받아 다시 밝아졌고, 그 정경이 너무나 다채롭고 숭엄해서 발걸음을 멈추고 짜릿하며 즐거운 경이로움에 잠겼다. 울퉁불퉁 못생긴 바위들은 반원의 형태로 튀어나와 있었고, 그 환상적인 모양새는 조물주의 가장 숭엄하고 예술적인 취향을 드러냈다. 여기 조물주의 웅장함은 보는 이의 마음을 뜨겁게 달궜다. 마담은 감동하여 오싹함을 느꼈고, 가파르게 솟은 절벽은 그녀가 만지자 현실 같지 않은 암울함으로 그늘을 드리웠다. 동굴은 어둡게 찡그린 얼굴을 하고 있었다. 툭 튀어나온 절벽은 더욱 아찔한 장면을 연출했고, 어수선하게 매달려 있는 관목은 묵직하게 웅얼거리는 강풍에 흐느적거렸다. 마담은 그 전경을 보며 경외감이 일었고, 생각은 자연스럽게 '자연에서 자연의 조물주로' 향했다. 석양빛에 바위는 색감을 더했고, 우둘투둘한 물길을 따라 흐르다 저 멀리 움푹 떨어지는 절벽들 사이로 사라져 가는 냇물은 반짝거렸다. 멀리 조잘거리는 소리를 듣고 있자니, 바위들 사이로 유유하고 감미로운 목소리가 들렸다. 목소리는 우울한 표현을 담아 노래를 불렀다. 그녀는 모든 신경이 그것에 쏠렸고 심장이 멎는 듯했다. 노래의 음조는 부풀어 올랐다가 바위들 사이로 선명하면서도 애달픈 메아리를 울리며 사라졌다. 바위들이 되풀이하는 메아리는 마음을 홀리는 것 같았다. 마담은 이렇게 달콤하게 노래 부르는 이를 찾아 두리번거리다 약간 떨어진 곳에 시골 처녀가 축 늘어진 단풍나무 그늘 아래 살짝 튀어나온 바위에 앉아 있는 것을 보았다. 마담은 서서히 그곳으로 발걸음을 옮겼다. 그녀가 거의 다다랐을 때, 노래 요정은 발소리를 듣고 깜짝 놀라 소리를 멈추고, 낯선 사람을 보고는 자리를 뜨려고 했다. 마담은 그녀를 불러 멈추게 하고, 가까이 갔다.

시골 처녀로 가장한 이 여자에게서 줄리아의 이목구비를 알아봤을 때 마담이 느꼈던 감정을 어찌 말로 표현할 수 있을까!

줄리아는 돌연 옛 기억을 떠올리며 눈빛이 밝아졌고, 기쁨에 겨워 마담의 품에 안겼다. 흥분이 가라앉자, 줄리아는 퍼디낸드와 에밀리아에 관해 묻고, 대답을 들었다. 그리고는 마담을 자신의 은신처로 안내했다. 그곳은 절벽 산들로 둘러싸인 깊은 계곡에, 동떨어져 있는 오두막이었다. 가파른 절벽은 결코 인적이 닿을 수 없을 듯이 보였다. 그곳은 너무나 외딴곳이었다. 마담은 순간 줄리아가 오랫동안 발견되지 않았던 까닭을 깨달았고, 그녀가 어떻게 이렇게 깊숙한 곳을 찾았을까 궁금해졌다. 그러다 마담은 걱정스레 줄리아를 보았다. 줄리아의 얼굴에서는 더 이상 생기 있고 명랑한 미소를 찾을 수 없었다. 마담은 줄리아를 바라보며 한숨을 내쉬었다. 그 변화의 원인은 분명해 보였다. 줄리아는 그 한숨을 이해하고 눈물로써 그에 답했다. 그녀는 말없이 서글퍼하며 마담의 손에 입술을 대었다. 줄리아의 뺨은 붉은빛으로 물들었다. 줄리아는 마침내 안정을 되찾으며 말했다.

"하고 싶은 말이 많아요, 마담. 설명하고 싶은 것도 많고요. 그래서 다시 마담에게 인정받고 싶어요. 제가 일찍이 자부심을 가졌던 그 인정 말이에요. 제 신세가 비참해서가 아니라 제가 마담도 모르게 도망 나왔기 때문이에요. 그것을 마담에게 털어놓을 수 없었어요. 그러면 이 수치스러운 일에 마담을 끌어들이게 되니까요."

"그래 알겠다, 얘야. 그 얘기는 그만하자꾸나." 마담이 대답했다. "나는 네가 잘했다고 생각했다. 네가 처한 상황에 마음이 아팠거든. 어떻게 도주할 수 있었는지, 그리고 그간 어떻게 지냈는지나 말해 보렴."

줄리아는 끓어오르는 감정을 추스르는 듯 잠시 가만히 있다가 이야기를 풀어놓았다.

"제 평온한 삶에 극히 치명적이었던 그날 밤 비밀에 대해 이미 잘 알고 계실 거예요. 그것을 기억하자니 괴로움을 숨길 수가 없어요. 그분을 애도하면서도 제가 왜 그것을 숨겨야 할까요. 그분의 고결한 성품은 마땅히 전심으로 존경받고 너무나도 훌륭해 저의 하찮은 칭송으로는 충분히 칭송할 수도 없어요. 죽음으로 이 고통스러운 나날이 끝날 때까지 그분 생각은 계속될 거예요."

줄리아는 목소리가 떨리더니 말을 멈추었다. 잠시 후 다시 말을 이었다.

"마담이 잘 알고 있는 장면을 다시 고통스럽게 떠올리고 싶지 않아요. 더 관심이 갈 만한 이야기를 할게요. 제가 갇혀 있을 때, 캐터리나가 시중을 들었어요. 캐터리나는 충성스러운 하녀였어요. 그녀의 친절로 제가 탈출할 수 있었답니다. 캐터리나는 애인이 있었는데, 성내 하인이었어요. 그가 도와주어서 제가 자유를 찾았어요. 카알로가 나를 지키다가 잠이 들었던 날 밤, 니콜로는 그의 침실로 숨어들어 감옥 열쇠를 훔쳤어요. 그전에 그는 이미 줄사다리를 준비해 놓았고요. 아! 나는 그때 감정을 절대 잊을 수가 없어요. 그 밤, 정적의 시간에, 다음 날이면 희생당할 운명이었는데, 감옥 문 자물쇠가 열리는 소리가 들리고 절반의 자유가 찾아오다니! 캐터리나를 따라 살롱으로 가는데 손발이 부들거려 힘들었어요. 테라스 가까이에 낮게 있는 유리창은 우리가 목적을 이루기에 안성맞춤이었죠. 우리는 테라스까지 어렵지 않게 갔어요. 거기에는 니콜로가 줄사다리를 가지고 기다리고 있었어요. 니콜로가 줄사다리를 땅에 고정시켰고, 우리는 흉벽 위로 올라가 재빨리 다른 쪽으로 미끄러져 내려갔어요. 우리가 올라갔다 내려가는 동안 그가 그쪽에서 줄사다리를 잡고 있었어요. 나는 금세 자유의 공기를 마셨어요. 하지만 다시 잡힐까 봐 너무 무서워 아직 탈출의 기쁨을 만끽하지는 못했죠. 제 계획은 충직한 캐터리나의 고향으로 가는 거였어요. 캐터리나는 그곳에서 부모님의 오두막을 은신처 삼을 수 있을 거라고 했거든요. 캐터리나 부모님은 전에 뵌 적이 없어서 저의 출신을 밝히지 않기로 했어요. 캐터리나가 말하기를 이곳은 후작이 전혀 알 수 없을 거라고 했죠. 후작은 캐터리나를 앞서 나폴리에서 겨우 한두 달 고용했었는데 그녀 부모에 대해서는 수소문하지 않았었거든요. 그 마을은 성에서 수십 킬로 떨어져 있다고 했어요. 그래도 그녀는 그 길을 잘 알고 있었죠. 성벽 밑에서 우리는 니콜로와 헤어지고, 니콜로는 의심을 사지 않기 위해 성으로 돌아갔어요. 위험이 낮아지면 그의 애인 캐터리나를 찾아 파리니로 올 계획이었죠. 나는 수 없이 감사 인사를 하고, 헤어지면서 작은 다이아몬드 십자가를 그에게 주었어요. 내가 결혼 장식품으로 받은 보석 중에서 이럴 때 쓰려고 챙겨 온 거였어요."

8장

“우리는 그 벽에서 1킬로쯤 떨어졌을 때 멈추고, 마담이 지금 보고 있는 옷으로 갈아입었어요. 내가 입고 있었던 옷은 묵직한 돌에 묶어 캐터리나가 아몬드 숲 근처 시내에 던져 버렸고요. 마담이 물이 졸졸 흐르는 소리를 즐겨 듣곤 하던 곳이었어요. 이 여정 내내 피로와 고난을 견디며 나는 거의 모든 구간을 걸었어요. 다른 때였다면 아마 지쳐 버렸을 거예요. 하지만 마음에는 오직 위험을 피해야 한다는 생각뿐이었고, 그보다 덜 힘든 일은 무시했어요. 우리는 오두막에 안전하게 도착했어요. 파리니의 마을에서 약간 떨어져 있었지요. 캐터리나 부모님은 의아해하면서도 다정하게 맞아 주셨고요. 그러고는 내가 계속 다른 사람인 양 연기를 하는 것이 무의미하고 심지어는 위험할 수도 있겠다는 생각이 들었어요. 캐터리나 어머니는 내가 상류층에 속한 것이 분명하다고 믿었거든요. 나는 그녀의 눈빛에서 놀람과 경의를 읽었어요. 그래서 비밀을 감추어 그녀가 궁금한 것을 캐거나 혹은 분별해서 알아채도록 내버려 두는 것보다는 사실을 털어놓고 신뢰를 얻는 게 더 중요하다고 판단했어요. 그래서 내 신분과 걱정을 솔직히 말하고, 도움과 애정의 확신을 받았어요. 그리고 앞으로의 안전을 위해, 이 깊숙한 곳으로 옮겼고요. 우리가 지금 머무는 오두막은 캐터리나의 여동생 소유예요. 그녀는 신실해서 여태껏 믿고 의지할 수 있었어요. 그렇다고 여기에 걱정이 없는 건 아니에요. 며칠 전에 여기서 겨우 2킬로 정도 떨어진 마씨 근처에서 수상스럽게 보이는 사람들이 말을 타고 지나가는 것이 목격되었거든요."

이렇게 줄리아는 말을 마쳤다. 마담은 놀라고 안타까워하며 귀를 기울였고, 그 감정이 그대로 눈빛에 드러났다. 마담은 이야기 끝에 언급된 상황을 염려했다. 마담은 루오보 공작이 감행한 추격에 관해 이야기했고, 줄리아가 묘사한 그 수상한 사람들이 바로 그들이라고 믿어 의심치 않았다. 그래서 마담은 당장 이곳을 떠나야 한다고 진지하게 조언했다. 변장을 하고 세인트 오거스틴 수도원으로 같이 가자고 했다. 그곳에서 은신처를 찾을 수 있을 거고, 설령 그 은신처가 발각되더라도 교회의 당회장이 그녀를 보호해 줄 거라고 덧붙였다. 줄리아는 기꺼이 이 제안을 받아들였다. 마담은 그녀의 하인과 말이 있는 마을에서 숙박해야 해서 다음 날 새벽에 다시 오두막에 오기로 하고, 줄리아는 여기서 기다리고 있기로 했다. 마담은 애틋하게 작별 인사를 했다. 마담은 어쩔 수 없이 휴식을 취하러 떠나야 했고, 줄리아는 그것을 이해했지만, 마음은 무겁게 내려앉았다.

날이 밝자 마담은 일어났다. 이 여행을 위해 고용된 하인들은 줄리아가 누구인지 몰랐다. 그래서 그들이라면 전혀 염려할 필요가 없었다. 마담은 해가 뜨기 전에 오두막에 닿았다. 하인들은 약간 뒤처져 오고 있었다. 마담은 문을 두드렸고, 아무런 대답이 없자 심장이 철렁했다. 다시 두드렸지만, 여전히 조용하기만 했다. 새벽의 잿빛 어스름 속에 여닫이창으로는 아무것도 보이지 않았다. 마침내 마담은 문을 열었다. 오두막에는 아무도 없었다. 마담은 표현할 수 없는 놀람과 걱정에 휩싸였다. 안쪽에 있는 작은 방으로 갔다. 그곳에는 줄리아의 옷이 일부 놓여 있었고, 침대에는 누군가 잠을 잔 흔적이 없었다. 마담이 걱정했던 것이 조금씩 분명해지고, 확인되었다. 그녀가 계속 이곳저곳을 살펴보는데, 돌연 오두막 문에서 발소리가 들리고, 이내 사람들이 들어왔다. 줄리아에 대한 걱정보다는 이제 자신의 안전을 염려해야 할 지경이었다. 마담은 이 상황에서 자신을 드러낼지 그대로 있을지 망설이고 있을 때 줄리아가 모습을 드러냈고, 비로소 그 망설임에서 벗어날 수 있었다.

전날 밤 줄리아는 마담을 마을까지 배웅하고 돌아와 파리니에 있는 오두막으로 갔다. 그간 도움을 주었던 신실한 친구들에게 그들이 베푼 친절에 대한 감사 인사도 없이 떠나고 싶지 않았고, 앞으로의 계획도 나누었다. 그들은 그 시골집에서 몇 시간이라도 머물다 가라고 요청했다. 줄리아는 그곳에서 잠을 자고 이제 마담을 만나러 온 것이었다.

그들은 말을 세워 둔 곳으로 서둘렀고, 곧 여정을 시작했다. 그림 같은 시골 풍경을 바라보며 수 킬로를 말없이 사색에 잠겨 이동했다. 그 정경은 강렬하고 다양한 색상으로 물들어 있었다. 언덕으로는 가을 햇살이 흘러내리며 그 정경에 생동감 있는 멋스러운 효과를 입혔다. 수확을 앞둔 풍성한 포도원이 시야에 들어왔다. 자줏빛 포도알들은 주변을 둘러싸고 있는 진녹색 나뭇잎들 사이로 반짝였다. 그 풍경은 찬란하게 빛을 발했다.

그들은 이제 깊은 골짜기로 내려갔다. 골짜기는 현실이라기보다는 환상적인 주술에 걸려 있는 정경 같아 보였다. 골짜기 밑으로는 깨끗한 시냇물이 콸콸 흘렀고, 시냇가는 빽빽이 들어선 오렌지와 레몬 나무가 장식하고 있었다. 줄리아는 조용히 자족하며 그 풍경을 훑어보았다. 그러다 불현듯 한 형체가 시선에 잡혔고, 그녀는 뜻밖의 충격을 받아 그 감정의 흐름이 끊어졌다. 그녀는 뒤 언덕 비탈을 구불구불 내려오는 기병대 무리를 보았다. 그들의 속도가 심상치 않았기에 줄리아는 말을 채근하며 몰았다. 메논 마담은 뒤를 돌아보고는 그들이 쫓아

오고 있다고 확신했다. 머지않아 그 남자들은 약간 떨어진 어두운 숲에서 홀연히 나타났다. 그들이 가까이 오자 줄리아는 너무나 지치고 무서워 숨도 제대로 쉬지 못하고, 말에서 흘러내리고 있었다. 추격자 중 한 명이 그녀의 팔을 붙잡아 땅에 떨어지는 것을 막았다. 이내 마담도 남자의 무리에 따라잡혔다. 그들은 줄리아가 정신을 차리자 그녀를 붙들어 묶고, 그들이 내려오던 언덕으로 방향을 돌렸다. 줄리아는 적의 손아귀로 넘겨지는 자신을 보며 얼마나 무서웠을까. 그녀의 마음속 고뇌는 오직 상상할 수밖에 없으리라. 마담은 그녀를 둘러싼 무리에서 후작의 부하는 찾을 수 없었다. 따라서 그들은 루오보 공작의 부하임이 틀림없었다.

몇 시간을 여행한 후, 그들은 큰 도로에서 벗어나 좁고 구불구불한 협곡으로 접어들었다. 높은 나무들이 우거져 햇빛이 거의 들지 않는 곳이었다. 그곳의 암울함은 아름다운 장면을 연출했다. 줄리아는 그곳으로 들어서며 전율을 느꼈다. 줄지어 선 나무들 사이로 약간 떨어진 곳에, 폐허가 된 커다란 저택을 보고 감정이 고조되었다. 저택은 주변이 침침하게 그늘져 있어서 약간만 보였다. 하지만 그녀가 가까이 가자 황폐되고 붕괴되어 가는 건물의 외양이 점차 드러났고, 줄리아의 가슴에는 전에 겪어 보지 못한 공포가 몰려왔다. 담쟁이덩굴이 무성한 무너진 성가퀴는 그곳의 추락한 위엄을 또렷이 나타냈다. 산산이 부서져 공허한 창틀은 황폐함을 전시했고, 문간에 높게 웃자란 잡초는 그곳에 얼마나 오래전에 인간의 발이 다녀갔는지 말하는 듯했다. 그곳은 그저 폭력과 파멸의 목적에 합당한 듯 보였다. 저택 게이트에 멈추자, 비참한 포로들은 너무나 무서워 제대로 숨도 쉬지 못할 지경이었다. 그들은 말에서 내려져 건물 안으로 끌려갔다. 그곳은 한때 침실이었던 것처럼 보였으나 더 이상 그 이름값을 하지 못했다. 근위대는 영주가 도착할 때까지 그들을 여기에 붙잡아 두라는 지시를 받았다고 말했다. 그곳은 영주가 집결지로 지정한 곳이었다. 영주는 몇 시간 안에 그들과 합류할 예정이었다. 이 시간은 줄리아와 마담에게 참기 어려운 고난의 시간이었다. 빈번한 실망으로 짜증이 극에 달한 루오보 공작의 광분을 알기에 줄리아는 극심한 공포에 시달렸다. 그가 선택한 이곳은 외딴곳이라 그가 원한다면 어떤 폭력도 행사할 수 있었다. 줄리아는 처음으로 아버지의 성을 떠나온 것을 후회했다. 마담은 그녀를 위해 눈물을 지었지만, 줄리아는 달리 위로할 방법이 없었다.

날이 저물었다. 공작은 모습을 드러내지 않았다. 줄리아의 운명은 위태로운 미지의 상태에 매달려 있었다. 얼마 후 줄리아는 그들이 있는 방의 창을 통해 나무들 사이로 횃불이 번득이는 것을 보았다. 곧이어 덜걱거리는 말발굽 소리가 들렸고, 줄리아는 공작이 오는 것이라 확신했다. 줄리아는 그 소리에 심장이 철렁했다. 팔로 마담의 목을 감싸 안으며 그녀는 절망감에 자포자기 심정이 되었다. 몇몇 남자는 들어와 영주가 도착했음을 알리고, 그녀를 일으켜 세웠다. 그때까지 조용하기만 했던 그곳은 이내 소란스러워졌다. 돌연 불빛이 번득이자 충격적으로 끔찍한 건물의 외면이 더욱 적나라하게 드러났다. 줄리아는 창문으로 뛰어갔다. 아래 뜰과 같은 곳에서는 무리의 남자들이 말에서 내리고 있었다. 횃불은 군데군데 비추었고, 줄리아가 공작을 찾으려고 초조하게 두리번거리는 사이 그들은 모두 저택 안으로 들어왔다. 줄리아는 뒤섞여 어수선한 여러 목소리에 귀를 기울였다. 소리는 바로 아랫방에서 나고 있었다. 마치 어떤 중대한 사안을 논의하는 것처럼 이내 목소리들은 나지막이 소곤거렸다. 잠시 그녀는 계속된 두려움 속에 앉아 있었다. 그리고 침실로 향하는 발소리가 들렸다. 홀연히 횃불 빛이 나타나 벽을 비췄다.

"몹쓸 년! 내가 드디어 너를 잡았구나!" 한 기사가 방으로 들어오면서 소리쳤다. 그는 줄리아와 맞닥뜨리자 발걸음을 멈추었다. 그리고 밖에 서 있는 남자들을 향해 말했다. "이 사람들이 너희가 잡은 도망자들이냐?"

"그렇습니다, 영주님."

"그렇다면 너희는 속았어. 나를 잘못 안내한 거라고. 이 처자는 내 딸이 아니다."

줄리아는 방에 들어온 사람이 낯선 사람이라는 것을 깨닫지 못하고 공포로 인해 질식해 죽을 지경이었는데, 이 말을 듣자 가슴에 예기치 못했던 진실과 기쁨의 광명이 비치는 듯했다. 이 낯선 이는 전에 루오보 공작이 줄리아로 착각했던 예쁜 도망자의 아버지인 무라니 후작이었다. 마담은 이제 앞으로 나아와 상황을 설명했다.

이 귀족이 고용한 악당들은 줄리아가 눈에 띄게 도주하는 모습을 잘못 해석했고, 그녀가 바로 그들이 추적하는 목표물이라고 믿었었다. 그리하여 줄리아는 이 불필요한 고난을 겪게 된 것이었다. 그러나 지금은 얼떨결에 자유를 얻게 되어 너무 기뻤고, 이 기쁨은, 이게 가능할지 모르겠지만, 그녀가 앞서 느꼈던 공포를 능가했다. 무라니 후작은 마담과 줄리아에게 능력껏 보상해 주겠다고 하면서, 그들을 즉각 다시 큰길로 안내하고 안전하게 밤을 보낼 수 있는 곳까지 호위해 주겠다고 제안했다. 그들은 감사해하며 이 제안을 기꺼이 받아들였다. 비록 허기지고 피곤하고 지쳐서 기운은 없었지만, 그들은 흐뭇이 말에 올랐고, 횃불을 따라 그 저택을 나섰다. 그리고 몇 시간을 이동하여 작은 마을에 다다랐다. 그들은 음식과 휴식이 절실히 필요했고, 그곳에서 잠자리를 구했다. 그들을 호위했던 무리는 수색을 계속하기 위해 여기서 헤어졌다.

마담과 줄리아는 새벽과 함께 일어났다. 공작의 부하들을 만날까 두려워하며 여행을 속개했다. 정오가 되어 그들은 아줄리아에 도착했다. 아줄리아는 세인트 오거스틴 대성당, 대수도원에서 단지 2, 3킬로 떨어진 곳이었다. 마담은 먼 친척 되는 수도원장 신부에게 원하는 바를 글로 써서 보냈고, 곧이어 호의적인 답변이 왔다. 그날 저녁에 그들은 대성당으로 갔다. 줄리아는 추격의 두려움에서 벗어나 너무 안도하며, 하늘을 향해 감사 기도를 올리고, 헌신함으로써 자신의 서러움을 진정시키려고 애썼다. 수도원장은 아버지처럼 정감 있게, 수녀들은 형식적인 친절로 그녀를 맞아 주었다. 줄리아는 이런 환경에서 그리고 주변 모든 사물의 고요한 모습에서 안정을 찾았고, 잠자리에 들어서는 밤새 평온한 숙면을 했다.

줄리아는 지금 상황에서 마음을 즐겁게 하는 매우 참신한 것과 관심이 가는 매우 중대한 문제를 생각하게 되었다. 심신이 쇠약해진 그녀는 그곳 사람들의 수심 어린 태도와 잔잔한 수도원 생활에 쉽게 적응했다. 한적한 회랑과 높은 아치형 복도를 한가로이 걷는 게 좋았다. 복도는 성스러운 고요를 은은히 퍼트리며 수수한 웅장함 속으로 길게 뻗어 있었다. 수녀들과 이야기 나누는 것도 즐거웠고, 그중 여럿은 특히나 사랑스러웠다. 그들의 행동거지에는 격조 있는 상냥함이 있었고, 그것은 거부할 수 없는 매력이 되었다. 그들의 모습에 어려 있는 아련한 음울함은 심리 상태를 드러냈고, 줄리아는 그것을 보며 연민과 경의가 섞인 느낌을 받았다. 수녀들은 자매라는 정감 있는 호칭을 썼고, 그녀를 진심으로 따뜻하게 대했다. 그들은 어떻게 따스함을 표현해야 하는지, 그리고 그것이 어떤 영향을 끼치는지 잘 알았다. 그들은 줄리아가 그들 공동체의 일원이 되길 바라고 있었다.

갈피를 잡지 못했던 줄리아의 마음은, 위안을 주는 마담과 부지런한 수녀들과 그곳의 차분함과 신성함을 통해 조금씩 안정을 찾아갔다. 그러나 모든 노력에도 불구하고 버리자에 대한 기억은 문득문득 강렬하게 떠올라 그녀의 의지를 뒤흔들었고, 잠시 절망에 빠뜨렸다.

줄리아는 헌신한 자매 중에 유독 한 사람이 눈에 띄었다. 그녀는 남다르게 헌신적이었는데, 얼굴에는 서글픔이 어려 있었고, 병환으로 힘이 없어 보였다. 줄리아는 그 수녀에 대해 알고 싶었고, 강한 연민을 느꼈다. 수녀는 줄리아를 동정하며 각별히 배려했고, 끊임없이 친절을 베풀었다. 그 행위는 정확하게 묘사할 수는 없지만, 그 마음은 쉬이 이해되고 느낄 수 있는 그런 친절이었다. 줄리아는 그녀와 대화를 나눌 때면, 그녀의 아름다운—수수하면서 부드럽게 빛나는, 체념이 깃들고 신앙으로 승화된—얼굴에 드리운 범상치 않은 실의에 대해 가능한 한 조심스럽게 물어보려 했다.

한편 루오보 공작은 상처에서 덧난 열 때문에 몇 주간 꼼짝할 수 없었다. 마침내 마찌니 성에 돌아왔을 때는 짜증이 한층 더 쌓여 있었다.

마찌니 후작은 공작이 돌아온 것을 보고는 그가 거만하게 줄리아를 찾아오겠다고 큰소리치면서 분투했던 것이 물거품이 되었음을 알게 되었다. 후작은 난폭한 성품을 감추지 못했고, 용맹과 분별력이 없다고 공작을 업신여기며 비난했다. 공작은 이에 상응하여 즉각 쏘아붙였다. 야망을 지닌 후작이 이내 뜻을 굽히고 그 조악한 다혈질의 순간적 흥분을 가라앉히지 않았다면, 그리고 그 인신공격의 강도를 누그러뜨리지 않았다면, 이 충돌은 치명적인 결과를 가져왔을지도 모른다. 공작은 줄리아를 차지하기 어려울수록 그녀에 대한 정욕이 높아져 갔고, 다른 상황이었다면 이런 굴욕을 용납하지 않았겠지만, 이번에는 그냥 넘어갔다. 이렇게, 일순간에 일었던 격정에 압도되어, 그들은 서로 원수의 노예가 되었다.

에밀리아는 마침내 부당하게 고통받았던 감금 생활에서 풀려났다. 지금은 전에 사용하던 아파트로 옮겼다. 적막하고 외진 곳이었다. 에밀리아는 줄리아에 대해 끊임없이 걱정했고, 더 이상 마담과 교제할 수 없음에 씁쓸해했다. 시간은 더디게 흘러갔다. 후작 부인은 그동안 성내가 혼란스러워 쾌락을 즐기는 삶은 잠시 보류해야 했고, 아랫사람들에게 실망과 권태에서 비롯된 꾀까다로운 변덕을 부렸다. 에밀리아는 불평 없이 참고 견뎌야만 했다. 지난 몇 주간의 사건을 돌아보며 에밀리아는 한 여자가 암암리에 영향력을 끼쳐 자신과 친했던 사람들이 사라지거나 감금당했다는 사실을 깨달았다. 그 여자의 성품은 모든 면에서, 에밀리아가 본받고 싶었던 그 다정한 어머니의 성품과는 정반대였다.

줄리아를 찾는 수색은 그대로 진행되었으나 성공하지 못했다. 후작은 실패가 계속되자 이 상황에 당황했다. 줄리아는 시골 마을을 잘 모르고 친구도 없는데 어떻게 은둔처를 찾을 수 있었을까? 언제든지 잡히면 지금껏 그녀가 일으킨 골칫거리와 짜증에 대한 앙갚음을 반드시 해 주겠노라고 후작은 단단히 벼르고 있었다. 그럼에도 그는 한동안 수색을 멈추자는 공작의 의견에 동의했다. 어쩌면 줄리아는 이 괴로운 상황에서 안전히 벗어났다고 믿고 서서히 은신처에서 나올 수도 있을 것이다.

9장

한편 줄리아는 세인트 오거스틴의 호젓한 은거지에 기거하며 주변 정경이 선명히 자아내는 평온함을 가지려고 애썼다. 세인트 오거스틴 대성당은 고딕 양식의 거대한 건축물이었다. 침울한 성가퀴와 주변에 퍼진 어두운 그늘을 뚫고 장엄하게 높이 솟은 타워들. 이것은 12세기에 건축된 것으로, 수도승의 미신적 신앙과 왕자의 위엄을 기리는 자랑스러운 기념비로 서 있었다. 이탈리아가 내란으로 혼란스럽고 외부 침입자들에 의해 박해당할 때, 이 건축물은 많은 이탈리아 귀족 이주민에게 도피처가 되었다. 그들은 여기서 여생을 종교에 헌신했고, 죽으면서는 보물을 남겼다. 그로 인해 수도원은 날로 부유해졌다.

이 건물을 보고 있자니, 보는 이의 마음에는 지난 시대에 대한 기억이 되살아났다. 그것을 구별 짓는 양식과 특색이 머릿속에 떠올랐고, 이 관습과 방식은 억겁의 세월을 지나면서 만들어진 현시대 양식과는 또렷한 차이가 있었다. 일찍이 성직자

나 귀족, 군주를 특징짓던 무례한 태도나 난폭한 성질, 지나친 야망, 천한 방자함은 이제 정치적 음모와 사사로운 술책, 세련된 대화의 매력을 배우는 것에 자리를 내어 주기 시작했었다. 이렇듯 삶의 장면은 인류의 지배적인 열정에 따라, 문명의 발전에 따라 다양하다. 편견의 먹구름은 과학의 태양 앞에 갈라지고 점차 해체되면서, 밝아 오는 반구半球는 광채의 영향력 아래 남는다. 하지만 지금 이 장면에는 단지 몇몇 분산된 광선만 보였고, 그것은 진실의 모습을 감추고 있는 거대하고 묵직한 덩어리들이 더욱 또렷이 드러나게 했다. 여기서 편견—이성이 아니다—은 열망하는 것의 영향력을 차단했고, 학구적인 배움과 불가사의한 철학, 간교한 신성함은 지혜와 단순함과 순수한 헌신의 자리를 차지했다.

대성당에는 겹겹이 쌓아 올린 근엄한 외관에서 비롯된 고독과 정적이 흘렀고, 그로 인해 마음에는 종교적 경외감이 일었다. 높이 있는 아치형 창문의 둔탁한 유리는, 수도승의 일화가 컬러풀하게 새겨져 있고 또 건물을 둘러싼 울창한 나무들에 그늘져 있어, 신성한 그림자를 드리우고 있었다. 그 그림자는 보는 이에게 조화를 이루는 느낌을 주었다.

줄리아는 산책하며 감회에 젖어 이 원시적 미신의 거대한 기념물을 살펴보자니, 음울한 기분에 젖을 때면 읊곤 했던, 버리자가 지은 송시가 떠올랐다.

미신

송시

높이 솟은 앨버너의 깎아지른 절벽 가운데
사라지지 않는 그늘과 고요가 산다네.
하지만 강풍이 절벽을 울릴 때면
서글픈 선율이 아련하게 부풀어 오르지.
울퉁불퉁한 바위들 사이 왕좌에 앉아
구름에 둘러싸여, 그리고 음울한 미래의 비애,
악령의 신神 미신이 충격을 받아
아래 세상을 향해 홀笏을 흔든다.
왕좌 근처에서, 한데 어우러진 음침한 그림자 가운데서,
사나운, 흉측한 형체들이 서서히 미끄러져 내려오는 게 보이고,
신은 그들에게 날아가서 대지의 가장 만개한 화원에 그늘을
　드리우고
황폐의 돌풍을 넓게 퍼트리라 명령한다.
보라! 컴컴한 창공에 불같이 타오르며 그들이 가는 길을!
모든 것을 쓸어버리는 몰락이 땅 위에 자리를 잡는구나.
공포는 미친 듯한 기세로 그들의 발걸음을 이끌고
죽음과 복수는 그 두려움에 떠는 무리를 덮는 도다!
자줏빛 시내가 흘러가는 것을 보아라!
심령을 뒤흔드는 고통을 보아라!

결사적인 분노의 죽어 가는 신음!
선善의 한숨, 슬픔의 시름!
망령들은 묵직한 대기를 넓게, 넓게 부풀린다,
괴로움의, 광기와 절망의 비명으로!
파괴하는 것을 멈추어라! 지독한 망령들이여!
소름 돋게 뒤흔드는 것을 멈추어라!
발걸음을 돌려라, 너의 분노를 진정시키고
밝아 오는 아침이 평온하도록 이제 그만하여라!

줄리아는 지나간 시대를 기억하며 눈물지었다. 그 감정에는 호사스럽고 막연한 비현실적인 서글픔이 있었다. 마담은 줄리아에게 따스한 관심을 주었고, 그래서 줄리아가 좋아하는 문학과 음악에 대한 취향을 이야기하며 그 슬픈 화제에서 그녀의 생각을 돌리려고 했다.

비록 이런 오락거리는 흥미를 끌지 못했지만, 마침 더욱 심각하게 관심이 가는 다른 대상이 생겼다. 줄리아가 좋아하는, 날이 갈수록 더욱더 사랑하고 존경하게 된 수녀가 남모를 근심에 잠겨 쇠약해지고 있었기 때문이다. 줄리아는 그녀의 처지에 깊은 연민을 느꼈다. 비록 수녀의 슬픔을 위로할 수 있는 능력은 없었지만, 그래도 그 병고의 고통을 줄여 보려고 애썼다. 줄리아는 쉬지 않고 수녀를 돌봤는데, 그렇게 함으로써 자신의 문제에서 잠시 벗어날 기회를 억척스럽게 붙잡으려는 듯 보였다. 수녀는 철저하게 자신의 운명을 받아들였고, 병환 중에도 다정함과 인내와 체념을 보여 주었다. 그것은 주변에 안타까움과 애정을 불러일으켰다. 그녀가 보이는 천사 같은 온화함과 흔들림 없는 용기는 한낱 인간의 죽음보다는 성인의 반열에 오르는 과정을 예증했다. 줄리아는 수녀가 고통스러워할 때마다 성심성의껏 보살폈고, 그 덕분에 코닐리아는 마침내 좋아지고 있었다. 이 어린 친구의 근면과 배려 덕분에 수녀는 조금씩 건강을 되찾아 갔다. 코닐리아는 이제 줄리아에게 아낌없이 온정을 주었다. 얼마 후 줄리아는 오랫동안 간절히 알고 싶었던 것을 조심스레 물어보았고, 코닐리아는 비통한 과거사를 털어놓았다.

"당신 덕분에 오래 살게 되었네요." 수녀가 말했다. "그러니 그 일에 대해 알았으면 해요. 이것이 전에 없던 일이거나 충격적인 것이 아니라서 이 일과 연관되지 않은 사람들에게는 별로 재미가 없겠지만, 사실 나에게는 예기치 않게 두려움을 주었던 일인지라, 아마 당신도 흥미를 느낄 거라 생각해요.

나는 유서 깊고 저명한 이탈리아 가문의 불운한 후손이에요. 어릴 때는 어머니의 보살핌을 받지 못했어요. 하지만 홀로 남은 아버지가 잘 보살펴 주셔서 어머니가 없는 것을 거의 느끼지 못했죠. 여기서 고결한 아버지 성품에 관해 이야기해 볼게요. 아버지는 당신의 조상인 로마 귀족의 고지식한 기질이 있어서 사회생활의 온화한 덕목을 철저하게 지켰어요. 아버지는 로마 귀족의 후손이란 걸 자랑스러워했죠. 정말로 그들이 얼마나 훌륭한지 입에 달고 살았으니까요. 그리고 당시 시대 흐름의 적절한 범위 안에서, 그리고 당신이 활동하는 제한된 구역 안에서 아버지는 항상 그들처럼 행동하려고 했어요. 아버지의 덕행을 기억하자니 기분이 좋아지고 고상한 자긍심에 가슴이 부풀어 오르는군요. 수도원의 차가운 담장도 그 자긍심을 없애지는 못했어요.

아버지는 지위에 걸맞은 재산이 없었어요. 아들이 가문의 품위를 지키게 하기 위해서는 내가 베일을 써야만 했어요. 아! 근데 내 마음은 천상의 제단에 바치기에는 합당한 게 아니었어요. 이미 세속적인 대상에 빼앗겨 버렸으니까요. 나는 이웃 귀족의 젊은 아들에게 오랫동안 마음을 두고 있었거든요. 처음에는 그의 성품과 기량에 마음이 끌렸고, 후에는 그것을 존경하게 되었어요. 우리 가족들은 서로 친했고, 해가 가면서 우리의 관계는 더욱 깊어지고 넓어졌어요. 그는 아버지께 딸을 달라고 간청했는데 넘어설 수 없는 장벽이 가로막고 있었어요. 정인의 가문도 우리와 비슷하게 힘든 상황에서 고전하고 있었거든요. 귀족이었지만 가난했죠! 아버지는 내 애정이 얼마나 깊은지 알지 못했고, 빈곤 속에 맺어진 결혼은 행복을 파괴할 거라 믿으며 그 청혼을 거절했답니다.

절망과 분함을 이기지 못하고 그 사람은 즉각 나폴리 국왕의 수하가 되었어요. 그러고는 거절당한 열정에서 오는 고통을 잊기 위해, 명예를 얻을 수 있는 혼란스러운 장소를 찾아다녔어요.

나는 쳇바퀴처럼 단조롭게 생활하며 시간을 보냈어요. 흥미로운 일도 없고, 지쳐 가는 정신에 활력을 줄 것도 없었기에 무작정 잊으려고 해 보았지만 별 효과가 없었어요. 앤젤로에 대한 아름다운 추억은 그대로 머릿속에 머물렀고, 그를 볼 수 없으니 그가 더욱 강렬하게 끌렸어요. 아마도 상황이 절망적이었기에 그 추억은 나를 끊임없이 서글프게 하며 쫓아왔을 거예요. 심장을 갉아먹는 고뇌를 나는 조용히 숨겼어요. 그리고 체념하고 기꺼이 수도원 은둔 생활의 희생양이 되었죠. 하지만 지금 나는 새로운, 끔찍하고 예상치 못했던 악마에게 위협받고 있어요. 나는 불행하게도 마리넬리 후작의 관심을 받게 되었어요. 그는 아버지께 청혼을 했답니다. 그는 출생 신분이나 재물에 있어서 일찍이 화려했어요. 나는 그가 나를 찾아오는 것이 전혀 달갑지 않았어요. 그가 청혼했음을 아버지가 알려 왔을 때 너무 두려웠어요. 가슴에 자리 잡은 비통함을 지우려 해 보았지만 소용없었죠. 아버지도 영향을 받았고요.

아버지는 오랜 시간 초조하게 말이 없었어요. 그러고는 자애롭게 나를 고통에서 해방시켜 주셨어요. 후작을 받아들이든지 수녀가 되든지 스스로 결정하라고요. 나는 아버지의 공정한 결단에 감동하며 발 앞에 엎드렸어요. 그리고 곧바로 수녀가 되겠다고 했어요.

이 결정으로 인해 지금껏 내가 마음속에 숨겨 왔던 것들이 완전히 드러나게 되었어요. 오빠가, 아량 넓은 오빠가, 내 마음속 진실을 알게 되었죠. 내 건강을 해치고 있는 근심이 무엇인지 보게 된 거죠. 오빠는 아버지에게 그것을 알리고, 고결하게, 아, 정말로 고결하게, 내 행복을 회복시켜 주었어요. 오빠는 어머니로부터 전에 물려받았던 재산을 일부 내놓겠다고 했어요. 아! 버리자 오빠." 코닐리아는 깊이 한숨을 내쉬며 말을 이었다. "오빠의 선행은 더 큰 축복을 받아야 해요."

"방금 버리자라고 했나요!" 줄리아가 떨리는 음성으로 말했다. "히폴리터스 버리자 백작!"

"그래요." 수녀가 놀라는 어투로 답했다. 줄리아는 말을 잇지 못했다. 안도의 눈물만 흐를 뿐이었다. 코닐리아는 너무나 놀라 잠시 아무 말도 할 수 없었다. 잠시 후 실낱같은 기억이 머릿속을 스쳐 지나갔고, 그녀 앞에 놓인 장면을 그녀 역시 이해할 수 있었다.

비로소 정신을 차린 줄리아는 코닐리아가 다정하게 가까이 다가오자 말했다. "당신은 나의 자매군요! 껴안아도 되겠죠!"

"우리는 서로 감정을 나누면서 불운 또한 같이 나누고 있는 건가요?"

줄리아는 한숨을 내쉬는 것으로 대답했다. 그들은 애절한 연민의 정을 서로 나누며 눈물을 흘렸다. 이윽고 코닐리아가 다시 이야기를 계속했다.

“아버지는 오빠의 행동에 충격을 받고 그 제안을 보류했어요. 나는 건강에 이상이 있는 것이 너무 확연해 보였고, 아버지는 그것을 놓칠 수 없었죠. 아버지는 자존심과 부성애 사이에서 갈등하며 한동안 결정을 하지 못했어요. 하지만 결국에는 그 부성애가 다른 모든 감정을 물리쳤고, 내가 앤젤로와 결혼하도록 허락해 주셨죠. 갑자기 근심이 기쁨으로 변하면서 체력이 약했던 나는 감당하기 힘들 지경이었어요. 이 상황에서 나는 앤젤로가 이미 외국과의 전쟁에서 전사했다는 소식을 듣게 되었어요. 이 끔찍한 반전에 내가 어떤 충격을 받았을지 생각해 보세요! 할 수만 있다면 그 무시무시한 느낌을 지우고 싶어요. 다른 사람의 아픔을 세심하게 공감하는 오빠도 이때 내가 느꼈던 비통함을 그대로 느낄 수는 없었을 거예요.

처음 느꼈던 엄청난 애통함이 지나가고, 나는 그저 환상에 불과한 행복으로 나를 유혹하는 세상에서 벗어나고 싶었어요. 추억을 회상하게 만들고 계속 고통스럽게 하는 환경에서 떠나고 싶었어요. 아버지는 내 결단을 흔쾌히 승낙했고, 나는 곧 이 수도원의 수녀 수련 과정에 들어왔어요. 아버지는 젊었을 때부터 여기 수도원장과 친분이 있었거든요.

1년이 되는 시점에서 수녀 베일을 받았어요. 아! 나 자신을 은거의 삶에, 종교적 안식의 삶에 동여매는 그 서약을, 내가 얼마나 완벽한 체념의 상태로, 얼마나 흡족한 상태로 했는지, 난 잘 기억해요.

그 순간의 의미심장함, 의식의 엄숙함, 나를 둘러싼 신성한 진지함, 내가 그 돌이킬 수 없는 서약을 말했을 때 전율이 흐르던 고요함—이 모든 것은 심상에 감동을 주고, 눈을 들어 하늘을 보게 했어요. 내가 제단에 무릎을 꿇었을 때 가슴에는 순수한 헌신의 거룩한 불꽃이 타올랐고, 내 영혼은 숭고하게 되었어요. 세상과 세상에 속한 모든 기억은 마음에서 사라지고, 말로 표현할 수 없는 평온하고 거룩한 열정이 남았죠.

수련이 끝나고 얼마 되지 않아 안타깝게도 사랑하는 아버지를 잃었어요. 수도원의 평온함 속에, 동료들의 진심 어린 위로와 헌신적인 수행으로 슬픔은 안정을 찾았고, 따끔거리던 비통함은 무뎌졌어요. 하지만 안식은 오래가지 못했어요. 다시 비통한 상황이 생겼는데, 무덤에 갈 때까지 절대 멈출 수 없는 일이었죠. 저는 무덤이 두렵지 않아요. 그곳은 불행을 피할 수 있는 곳이니까요. 그곳에서는 나에게 고난을 주는 전능자가 내 헌신의 부족 부분을 이해해 주고, 또 일찍이 내가 애정을 가졌던 대상을 그리며 이따금 방황하는 것을 용서해 주리라 믿어요."

수녀는 말을 하며 눈을 들었다. 진실성과 천국에 대한 겸허한 확신이 빛을 발했다. 얼굴에 넘쳐 나는 순수한 헌신의 표정은 영감을 받은 성인의 아름다움을 보는 듯했다.

"하루는, 아! 절대 그걸 잊을 수 없을 거예요, 평소처럼 죄를 참회하기 위해 고해실로 갔어요. 시선은 땅에 두고 신부님 앞에 무릎을 꿇었어요. 그리고 낮은 목소리로 고백했어요. 회개해야 할 죄목은 단 하나 있었어요. 내가 애도하는 그를 기억하는 건 너무나도 애틋했어요. 그에 관한 생각은 내 가슴에 남아 있었고, 그것은 하느님께 드리는 흠이 있는 헌물이었어요.

나는 누군가가 애통하게 흐느끼는 소리에 고해를 멈추어야 했어요. 내가 눈을 들었을 때, 오, 하느님, 내가 어떻게 느꼈는지, 신부라고 믿었던 분은 바로 앤젤로였어요! 그의 모습이 내 시야에서 환상처럼 흐릿해져 가고 나는 그 발 앞에 엎드렸어요. 정신을 차려 보니 내 침대 위였어요. 한 자매가 나를 돌보고 있었죠. 자매와 대화를 나누며 내가 병에 걸린 건 아니라는 사실을 알게 되었죠. 몸이 불편해서 며칠간 침대에 있어야만 했어요. 회복되었을 때는 앤젤로를 볼 수 없었어요. 내가 환상을 본 게 아닐까 하고 감각을 의심할 지경이었죠. 그러다 어느 날 내 방에서 편지를 하나 발견했어요. 나는 앤젤로의 글씨체라는 것을 단번에 알았어요. 내가 종종 다른 감정을 느끼게 했던 그 친숙한 손. 그걸 보고 나는 조바심이 났어요. 그 사랑스러운 글자들을 보니 심장이 뛰었어요. 몸에 냉기가 흐르며 전율이 흘렀어요. 그 서신을 들고서는 숨을 못 쉴 지경이었죠. 하지만 잠깐 멈춰 마음을 가라앉혔어요. 망설였어요. 그러다 마침내 참지 못하고 글을 읽었죠! 아! 절망에서 써 내려간 한 줄 한 줄은 내 눈물에 젖었어요! 낱말 하나하나가 내 가슴을 고통스럽게 했어요. 참기 어려운 고통이었어요. 서신은 이런 내용이었어요. 앤젤로가 외국 전투에서 심하게 부상을 당했고, 전사자로 전장에 남겨졌는데, 적군이 그를 발견하고는 자비를 베풀어 생명을 구했다고 했어요. 적군은 생명의 기운이 있는 것을 보고 그를 곧바로 집으로 옮겼대요. 그리고 도움을 요청했고요. 그런데 그의 부상이 정말 심했다고 해요. 몇 달 동안 생사를 오가며 고통받았고, 비로소 젊은 기운과 체질로 그것을 극복하고서야 나폴리로 돌아온 거였죠. 거기서 그는 버리자 오빠를 만났는데, 오빠는 그를 보고는 놀라며 걱정했어요. 오빠는 그간 있었던 일을 털어놓았어요. 내가 그의 사망 소식을 듣고 수도원에 서원한 것도 말했고요. 이 말을 듣고 무슨 일이 있었는지는 굳이 말할 필요도 없을 거예요. 마지막에 앤젤로는 애착과 절망의 매우 특별한 증거를 보여 주었어요. 그도 수도생활에 헌신했답니다. 기거할 곳으로는 이 수도원을 선택했고요. 이곳에는 그가 가장 사랑하는 사람이 있었기 때문이죠. 앞서 말한 만남이 있기 전까지는, 그는 발견되는 게 싫어서 고의로 몸을 숨겼고, 그냥 조용히 나를 바라볼 수 있는 것에 만족하려고 했다고 서신에 썼더군요. 하지만 그 잠깐 마주친 결과가 우리 서로에게 너무나 고통스럽기에, 내가 그 비통한 걱정에서 벗어날 수 있도록 우리가 다시 만나서는 안 된다고 나를 확신시키려 했어요. 그날 이후로 나는 그를 한 번도 보지 못했어요. 그가 아직 이 수도원에 있는지조차 몰라요. 신앙으로 견디며, 이 호기심의 결과가 어찌 될까 두려워 알아보려고 하지도 않았어요. 하지만 마지막으로 그를 보고는 평온함이 깨졌고 건강도 위험해졌어요. 나는 신성한 서약을 제대로 이행하지 못해 생긴 이 고통스럽고 무익한 번뇌에서 조만간 벗어날 거라고 믿어요. 이 번뇌는 세속적 사랑으로도 완벽히 극복할 수 없으니까."

코닐리아는 말을 멈추었다. 깊이 빠져들어 이야기를 경청하던 줄리아는 이내 그녀를 가엾이 여기며 존경하고 사랑했다. 줄리아는 버리자의 동생인 그녀에게 마음이 갔다. 그들은 슬픔을 서로 나누며 끊을 수 없는 순수한 끈으로 연결되었고, 비슷한 감성과 고통을 공유하며 단단한 우정으로 한데 묶였다. 그렇게 생각과 느낌을 주고받으며 그들 사이에는 순결하고 달콤한 위로가 흘렀다.

줄리아는 버리자에 대해 이야기를 나누었고 서글픈 즐거움을 즐겼다. 그래서 대화를 하다 보면 자기도 모르게 긴 시간이 흘렀다. 그에 관한 수많은 질문을 했지만 정작 그녀에게 가장 관심 있는 것에 대해 위로가 되는 답은 듣지 못했다. 코널리아는 마찌니 성에서 있었던 치명적인 결투에 대해 듣고 그것의 자명한 결과에 애통해했다.

10장

날씨가 좋은 저녁 무렵이면 줄리아는 수도원을 둘러싼 높이 솟은 나무들의 그늘 아래를 혼자 걷곤 했다. 찬 이슬을 머금은 시원한 공기가 상쾌했다. 나뭇잎 사이로 비추는 햇살은 바위들 위에 수많은 장밋빛 색채를 드리웠고, 선명한 주홍빛은 그 아래 낭만적인 정경 위에 흩어졌다. 저녁 그림자가 내려앉으며 그 정경은 눈에서 희미해져 갔다. 그것은 향기롭고 고요한 자연을 민감하게 느끼게 하고, 그녀를 위로하며 잠시나마 슬픔을 잊게 했다.

줄리아는 그곳의 고독 속에 걱정을 묻었다. 어떤 날 저녁에는 메논 마담과 평소보다 멀리 산책을 나갔다. 대성당으로 돌아오는 길에는 이웃 마을에 음식을 주문하러 갔던 수도원 수사 말고는 아무도 보지 못했다. 다음 날 저녁에도 그들은 산책하러 나갔다. 이야기를 나누다 보니 대성당에서 꽤 먼 거리를 거닐게 되었다. 아련히 들리는 수도원의 저녁 기도 종소리에 그들은 시간이 늦었음을 깨닫고 주변을 둘러보았다. 어느새 그들은 숲의 끝자락에 와 있었다. 대성당으로 발길을 돌리려던 차에 나무들 사이로 어떤 장엄한 기둥들을 보고 놀라며 그들은 멈춰 섰다. 얼마나 웅장한 건축물이기에 이렇게 황량한 정경 속에 저 같은 건물 기둥이 있을까 의아해하며 가까이 다가갔다.

골짜기에 우뚝 솟은 한 바위 끝에는 궁전의 잔재가 보였다. 그것은 시간이 지나면서 손상을 입었지만, 결국 그 아름다움에 숭고함이 더해졌을 뿐이었다. 비범하게 장엄한 아치 형태가 대부분 그대로 남아 있었다. 그 밖으로는 거대한 장관으로 빨려 들어가는 절벽이 보였다. 마침 저물어 가는 해는 그 옛터에 떨리는 광채를 비추었고, 그 정경에 마무리 효과를 더했다. 그들은 경이로워하며 가만히 그 광경을 바라보았다. 빠르게 희미해져 가는 빛과 찬 이슬을 머금은 냉랭한 공기는 그들에게 돌아가라고 경고했다. 줄리아는 그 경치를 마지막으로 한 번 더 둘러보았다. 그때 멀리서 두 남자가 옛터 한 부분에 기대고 서서 진지하게 대화를 나누는 모습이 눈에 들어왔다. 그들은 말을 하면서 그녀를 주의 깊게 보는 듯했다. 그들이 줄리아에 관해 이야기하고 있는 게 분명해 보였다. 마담과 줄리아는 이 상황에 경계하며 대성당으로 돌아가려고 발걸음을 돌렸다. 숲을 가로질러 빠르게 걸었다. 날이 점점 어두워지며 그늘이 깊어지고, 그들은 가는 방향이 옳은지 확신할 수 없었다. 수도원에서 너무 멀리 왔음을 깨닫고 놀랐다. 전망을 가리고 있는 나무들 사이로 높이 보이던 타워들은 이제 침침해져 잘 보이지 않았다. 게이트에 거의 다다랐을 때 그들은 뒤를 돌아보았다. 그 남자들이 그들을 향해 천천히 다가오고 있었다. 그들을 추격하는 것 같지는 않았으나 분명 그들이 퇴각하는 곳을 눈여겨보는 듯했다.

이 사건으로 줄리아는 근심이 깊어졌다. 그녀는 자신이 본 남자들이 후작이 보낸 첩자였을 거라고 믿어 의심치 않았다. 그렇다면 그녀의 은신처는 발각된 것이고, 이제 모든 걸 염려해야만 했다. 마담은 줄리아의 안전을 위해 수도원장에게 줄리아의 사정과 그녀가 피난처를 찾아 이 수도원에 있다는 사실을 알리고, 폭군 아버지로부터 그녀를 보호해 달라고 부탁해야 한다고 판단했다. 위험할 수도 있으나 어쩔 수 없는 일이었다. 만약 후작이 그에게 딸을 요구할 때 그 사정 이야기를 처음 듣게 된다면 더 위험해질 수 있었다. 미리 그 사실을 알리지 않으면 원장이 분개하여 줄리아를 잡아다 바칠까 두려웠다. 마담은 원장의 관대함을 신뢰하지 않았고, 그의 연민에 구걸하지 않았다. 줄리아는 그렇게 루오보 공작에게 바치는 제물이 될 수 있었다.

줄리아는 이 사건으로 몹시 불안해하고 있었지만, 수도원장에게 알리는 것에 찬성하고, 마담에게 자신의 처지를 잘 말해 달라고 부탁했다. 다음 날 아침, 마담은 수도원장에게 개인 면담을 요청했고, 허락을 받았다. 줄리아는 불안에 떨며 마담이 그의 집무실로 들어가는 것을 지켜보았다. 면담은 오랜 시간 계속되었다. 줄리아는 코닐리아와 함께 초조하게 기다렸다. 이 시간 1분 1초가 자신의 운명을 결정지을 선고를 기다리는 순간 같았다. 줄리아는 요즘 코닐리아와 항상 같이 있었다. 줄리아는 건강을 점점 잃어 가는 코닐리아가 안타까웠고, 그래서 그들은 서로 더욱 애착을 가졌다.

한편 마담은 수도원장에게 줄리아가 처한 곤경을 차근히 설명했다. 마담은 줄리아의 정숙함을 칭송하고, 그녀의 재능을 칭찬하고, 그녀가 처한 상황을 안타까워했다. 그리고 후작과 공작의 성격을 묘사하고는, 이 수도원은 부당과 비참의 최후 피난처이기에 줄리아는 이곳을 찾아왔으며, 원장 신부님이 그녀를 불쌍히 여기고 보호해 달라고 간곡히 부탁한다며 애처롭게 말을 맺었다.

수도원장은 이야기를 들으며 무뚝뚝이 말이 없었다. 그는 시선을 바닥에 두고 생각에 잠겨 근엄한 표정을 지었다. 마담이 말을 마쳤을 때 한동안 깊은 침묵이 계속되었다. 마담은 애를 태우며 앉아 있었다. 그의 모습을 보며 어떤 대답이 나올까 유추해 보려 했지만, 어떤 위안도 찾을 수 없었다. 마침내 원장은 고개를 들고, 깊은 몽상에서 깨어났다. 마담이 요청한 것에 대해 숙고할 필요가 있다고 말했다. 그녀가 요청한 대로 줄리아를 보호하는 것은 그에게 심각한 결과를 가져올 수 있었다. 후작처럼 의지가 굳은 사람이라면 폭력적인 일도 불사할 것이다. 수도원장은 결론적으로 말했다. "만약 딸이 후작을 거부한다면, 후작은 무모하게 이 성소를 침입할 수도 있을 거요."

마담은 이 냉담한 대답에 충격을 받고 잠시 아무 말도 하지 못했다. 원장은 말을 이었다. "내가 어떤 결정을 내리든지, 그 어린 숙녀는 이 거룩한 집에 머물 수 있는 것에 기뻐해야 할 거요. 지금 내가 감히 드릴 수 있는 말씀은, 후작이 그녀를 찾으러 오지 않는다면 그녀는 별 탈 없이 이 성소에 머물러도 괜찮소. 마담은 이 관대함의 의미를, 내가 감내하는 희생의 가치를 알 거요. 부모 모르게 자식을 숨기는 것은 불순종을 조장하는 것이고, 결국 내가 짊어진 책임감을 소홀히 하는 것이니까. 그저 연약한 인간애라고 불릴 수 있는 것에 대한 책임감 말이오."

마담은 말없이 슬픔과 울분에 잠겨, 일장 연설을 경청했다. 마담은 원장이 줄리아에게 호의를 갖도록 시도해 보았지만, 그의 경직된 태도는 변하지 않았다. 그는 그 문제에 대해 숙고해 보고 결과를 알려 주겠다고 재차 말하며 근엄하게 일어나 방을 나갔다.

마담은 앞서 자신이 수도원장에게 가졌던 신의와 애걸했던 연민에 대해 이제는 반쯤 후회하고 있었다. 그는 그 신의의 가치를 분별할 수 있는 마음이 없었고, 그 연민에 영향을 받지 않는 성격을 가졌기 때문이다. 마담은 무거운 마음을 안고 줄리아에게로 돌아갔다. 줄리아는 마담이 들어오는 순간 그녀의 표정을 보고, 그녀가 안 좋은 소식을 가지고 왔다는 것을 직감했다. 마담은 원장이 한 말을 세세히 풀어놓았다. 줄리아는 그 말을 들으며 오직 불길한 예감이 들었고, 어찌할 줄 몰라 하며 울음을 터트렸다. 일찍이 자신이 의지하게 되었던 원장의 신의를 생각하며 처절하게 개탄했다. 줄리아는 이제 자신이, 야박하고 냉정한 심품을 지닌 한 남자의 손아귀에 있음을 알게 되었다. 그가 배신하려고 들자면, 그녀는 벗어날 길이 없었다. 하지만 그녀는 가슴속 고뇌를 드러내지 않았다. 마담을 위로하기 위해 절망할 수밖에 없는 상황에서 희망을 품는 척했다.

며칠이 지나갔다. 수도원장은 아무런 대답을 주지 않았다. 줄리아 역시 이 침묵의 의미를 잘 이해했다.

어느 날 아침, 코넬리아는 뒤숭숭하고 성마른 기색을 띠며 방에 들어왔다. 그녀는 후작이 보낸 사절단이 지금 수도원에 와 있다는 사실을 알렸다. 그들은 수도원장과 처리해야 할 중요한 일이 있다고 말하며 게이트에서 원장을 찾았고, 원장은 즉각 면담을 허락했다. 그들은 지금 은밀히 협의하고 있었다.

이 소식을 들은 줄리아는 정신이 혼미했다. 부들부들 떨며 얼굴이 창백해지고, 망연히 낙담에 빠져 움직이지 못하고 서 있었다. 마담 또한 비슷하게 괴로웠지만, 마음의 평정을 유지했다. 마담은 수도원장의 성격을 너무나 잘 알기에, 그가 줄리아를 후작의 손아귀에서 구하는 걸 주저하리라 예감했다. 따라서 이 순간 줄리아의 운명은 위험에 처했다! 지금 바로 그녀는 도망가야 했다. 그렇지 않으면 포로가 될 것이다. 그래서 마담은 줄리아에게 지금 기회를 잡고 이 협의가 끝나기 전에 수도원을 떠나라고 조언했다. 협의가 끝나면 게이트가 닫힐 게 뻔했다. 마담은 자신도 같이 가겠다고 하며 줄리아를 안심시켰다.

마담의 너그러운 처신에 줄리아의 눈에는 고마움의 눈물이 차올랐다. 극심히 걱정하며 망연자실했던 줄리아는 이제 정신을 차렸다. 그 신실한 벗에게 감사의 말을 하려던 찰나에 수녀가 방으로 들어와 수도원장이 급하게 마담을 찾는다고 전했다. 이 메시지가 어떤 심적 부담을 가져왔는지 쉽게 상상할 수 없을 것이다. 마담은 자기가 원장과 이야기를 나누며 시간을 끄는 동안 도망가라고 권했다. 아마도 아직은 원장이 줄리아를 잡아 가두라고 지시하지는 않았을 것이다. 마담은 줄리아에게 꼭 그렇게 하라고 당부하고, 자기도 가능한 한 빨리 뒤따라가겠노라고 했다. 그리고 수도원장의 호출에 응했다. 원장의 집무실에 가까워지자 마담은 자신이 가졌던 의연한 침착함이 흔들렸고, 이 호출이 무슨 의미인지 몰라 더욱 불안해졌다.

수도원장은 혼자 있었다. 그는 화가 나서 창백한 얼굴로 천천히, 그러나 짜증이 난 걸음으로 방 안을 오가고 있었다. 그의 엄중한 표정에 마담은 흠칫했다.

"이 편지를 읽어 보시오." 그는 손에 든 편지를 내밀며 말했다. "이 인간이 뻔뻔하게 우리의 거룩한 수도회를 모욕하고, 우리의 신성한 특권을 경멸하는군요. 우리가 이 인간을 어떻게 해야 할지 말해 보시오."

마담은 그것이 마찌니 후작의 필체임을 알아보고, 원장의 말에 놀라 얼떨떨해했다. 마담은 편지를 건네받았다. 편지에는 후작의 성격을 적나라하게 드러내는, 앙심을 품은 거만한 분노의 기운이 역력했다. 후작은 줄리아가 어디에 은둔했는지 알게 되었고, 그녀가 그의 추적을 피할 수 있도록 수도원이 은신처를 제공했다고 믿었다. 그는 딸이 드러내 놓고 아버지의 뜻을 거역하도록 수도원장이 부추기고 있다고 비난했다. 후작은 원장과 그가 맡은 거룩한 직분에 악담을 퍼부었고, 만약 지금 대기 중인 사절단에게 즉각 그녀를 넘겨주지 않으면, 그가 몸소 무장 병력을 이끌고 가서 이 교회가 아버지의 우월한 권위에 복종하게 할 것이라고 협박했다.

이 위협에 원장은 감정이 격해졌다. 원장은 자존심에 이끌리어 줄리아를 보호하고 있었다. 그가 가진 원칙이나 인심으로 따진다면 그렇게 하지 않았을지도 모른다.

"감히 우리의 권능을 무시하거나 신성한 권위에 이의를 제기하는 인간은 불안해해야 할 거요." 그가 크게 말했다. "줄리아 양은 안전합니다. 우리 권리를 침범하는 이 거만한 자로부터 내가 보호할 테니까. 그렇게 해서 그에게, 정복할 수 없는 권위는 적어도 존중해야 한다는 것을 알도록 가르칠 거요. 나는 사절단에게 내 답을 주어 보냈소."

이 말은 메논 마담의 가슴에 예상치 못한 기쁨을 주었다. 그러다 마담은, 만약 이미 줄리아가 수도원을 떠났다면, 비록 그것은 그녀의 안전을 확보하기 위한 예방책이었으나 역으로 적의 손아귀에 빠질 수도 있겠다는 생각이 번득 들었다. 이 생각에 기쁨은 걱정으로 변했다. 줄리아가 아직 떠나지 않았기를 바라며 서둘러 집무실을 나가려던 순간에 원장의 근엄한 음성이 그녀를 붙잡았다.

"그러니까 이것이, 우리가 당신 친구를 보호하기로 관대하게 결단했다는 걸 알고 당신이 취하는 태도요?" 그가 큰소리쳤다. "이렇게 정중하게 아량을 베풀어도 고마움의 표시조차 안 한단 말이오? 사의를 보이는 게 도리 아닌가?"

마담은, 혹시 줄리아가 아직 수도원을 나서지 않았다면 한순간이라도 지체하는 것이 줄리아에게 치명적인 결과를 가져오지 않을까 노심초사하며 황급히 돌아섰던 것이었다. 마담은 자신이 제대로 감사를 표현하지 못한 것과, 느닷없이 원장을 떠나려 했던 자기 모양새가 수상쩍었으리라는 걸 깨달았다. 그러나 그 은밀한 이유를 밝히지 않고는 적절히 사과하기가 어려웠다. 어쩌면 그걸 알면 원장은 더욱 분노할 수 있었다. 원장이 지금 노여워하며 요구하는 어떤 속죄 양식과 이 상황이 마담은 고통스럽게 당혹스러웠다. 마담은 급급히 둘러대며 그의 선함에 대한 그녀의 감정을 표현했다. 그러고는 다시 물러가려고 했다. 원장은 분연히 인상을 찌푸리고, 상처받은 자존심에 일그러진 얼굴로 자리에서 일어났다.

"멈춰라." 그가 말했다. "어째서 자비를 베푼 사람을 앞에 두고 성급히 떠나려고만 하는가? 나의 관대함에 감사하지 못한다면, 내가 분노를 보여서 경외감을 불러일으킬 수밖에. 줄리아 양은 내 선함을 무시하니 내가 보호할 필요가 없다. 그럴 가치가 없어. 그녀를 요구하는 폭군에게 내보내겠다."

원장이 받은 자존심의 상처는 너무 깊어 어떤 정의감도 영향력을 발휘할 수 없었다. 마담은 자기 잘못으로 그가 줄리아를 질책하고 벌하겠다고 위협하는 말을 들으며 극도로 두려웠다. 그녀를 지체하게 만드는 말 한 마디 한 마디가 가슴을 난도질하는 듯했다. 그러나 그 마지막 엄포는 새로운 공포를 만들었고, 그녀는 그의 결단에 소스라치게 놀랐다. 마담은 새 공포에 휩싸인 채로 수도원장의 발 앞에 엎드렸다.

"거룩한 신부님, 단지 제 잘못 때문에 줄리아를 벌하지 말아 주세요." 마담이 말했다. "줄리아는 진심으로 자기에게 자비를 베푸신 분을 축복할 겁니다. 저 또한 신부님의 선하심을 너무나 잘 알고 있습니다. 그걸 이해해 주십시오."

"그게 사실이라면, 일어나라. 가서 줄리아 양을 데려와." 수도원장이 말했다.

마담은 이 지시를 듣고 더욱 혼란스러웠다. 마담은 자신이 이렇게 붙들려 있는 것이 줄리아에게는 치명적이리라 확신했다. 비로소 그녀는 그 자리를 벗어날 수 있었고, 줄리아가 자기 방에 있는 것을 보고, 대단히 기뻤다. 줄리아는 후작이 보낸 사람들에게 발각될까 두려워, 마담이 떠나고 곧바로 도주하려던 계획을 포기했었다. 코닐리아는 게이트에서 말을 탄 사람들이 동료가 돌아오길 기다리고 있다고 알려 왔고, 이것으로 그들의 두려움이 터무니없는 게 아니라는 것이 증명되었다. 줄리아가 수도원을 탈출하는 것은 파멸로 돌진하는 것과 같았다. 끔찍한 상황이었다. 마담이 원장과의 면담에서 오갔던 내용을 자세히 이야기하고 그가 보잔다고 전하자, 줄리아는 자신의 숙명에 한탄했다.

그들은 이제, 그를 노엽게 했던 그 세심한 염려가 어떤 파문을 가져올지 걱정해야만 했다. 수도원장의 처음 결정에 화들짝 기뻐했던 줄리아는 그의 마지막 결정에 돌연 절망했다. 줄리아는 그를 만날 생각에 몸이 떨렸다. 하지만 그녀가 두려움에 지체하고 있는 시간은 순간순간 원장의 분노를 악화시킬 것이고, 그녀가 걱정하는 위험 가능성을 높일 뿐이었다.

줄리아는 마침내 애써 기운을 차리고 판결을 받기 위해 원장의 집무실로 갔다. 원장은 의자에 앉아 있었다. 인상을 찌푸린 그의 표정에 줄리아는 심장이 멎는 듯했다.

“딸아, 너는 가증스러운 죄를 지었구나.” 그가 말했다. “너는 친부의 뜻에 따르지 않았다. 대담하게도 네 아버지의 정당한 권위를 거슬렀다. 아니 드러내 놓고 거역했지. 아버지의 특권이란 오직 우리 성직자 외에는 누구도 침범할 수 없는 것인데도 말이다. 다른 사람은 대부분 인정하는 일에 대해 너는 그의 권리를 부정했다. 딸을 시집보낼 수 있는 아버지의 권리를. 아버지의 품에서 도망치기까지 했지. 뻔뻔스럽게, 교활하게. 그리고 이 성스러운 거소에 너의 불순종을 숨겼다. 너는 이 성소를 네 죄로 더럽혔어. 우리의 신성한 교단을 모욕하고, 우리의 숭엄한 특권에 불손하고 불경하게 도전했다. 이런 죄에는 어떤 형벌이 합당할까?”

신부는 말을 멈추고 줄리아를 근엄하게 노려보았다. 줄리아는 하얗게 질려 부들거리고 있었다. 서 있기가 힘들 정도였다. 그녀는 대답할 기력이 없었다.

“공정한 것은 아니지만 내가 자비를 베풀어 주마.” 원장이 다시 말을 이었다. “네가 당연히 받아야 할 벌을 줄여 주겠다. 간단히, 너를 네 아버지에게 넘겨주겠다."

이 끔찍한 말에 줄리아는 울음을 터트리고 원장의 발 앞에 풀썩 주저앉았다. 말은 하지 못하고, 애절한 눈빛으로 그를 올려보았다. 원장은 그녀가 그 자세로 있게 내버려 두었다.

"너의 이중성은 결코 작은 죄가 아니다." 그가 계속했다. "네가 우리의 자비에 의지하여 용서를 빌고 보호해 달라고 요청했다면, 관대함을 베풀었을 것이다. 하지만 너는 정숙한 체하며 네 죄를 숨겼고, 네가 필요해서 한 일을 헌신으로 가장했다."

이 거짓된 비방에 줄리아 안에서는 분개한 미덕의 정신이 깨어났다. 무릎을 꿇고 있던 줄리아는 위엄을 되찾으며 일어났다. 원장도 그 위엄을 분명히 느꼈다.

"거룩한 신부님, 저는 신부님이 말씀하신 죄악을 가슴 깊이 증오합니다." 줄리아가 말했다. "그리고 그와 연관된 모든 것을 부정합니다. 제가 잘못한 것이 무엇이든지 간에, 적어도 저는 위선의 죄는 범하지 않았습니다. 죄송합니다만, 다시 말씀드리자면, 저는 그 부분에 대해서는 전부터 확고했습니다. 그렇기 때문에 제가 보호를 요청했던 것이고요. 제가 이 담장 안으로 은신했을 때는, 저는 이 담들이 부당함으로부터 저를 보호해 주리라 믿었습니다. 만약 후작의 권력이 두려워 참된 도리의 명령을 지키지 못한다면, 신부님은 후작의 행동을 부당하다는 말 말고 다른 어떤 말로 정의하시겠습니까?"

원장은 이 반항을 온몸으로 느꼈다. 하지만 그렇게 느끼는 것을 드러내고 싶지 않아 분노를 억눌렀다. 상처받은 자존심은 격앙되었고, 그가 타고난 모든 잔학성은 행동하라 꼬드겼다. 미리 신중하게 계획한 것은 아니었지만 이제 원장은 줄리아를 잔인하게 굴복시키고 싶어졌다. 메논 마담은 부지불식간에 원장의 도도한 기질에 모욕을 주었었다. 그렇게 당한 모욕은 줄리아에게 징계를 내려 앙갚음하라고 부추겼다. 그는 결코 인정하지 않았지만, 사실 그는 공포심을 자아내어 기분을 풀어왔었다. 그가 이미 허락한 보호를 받기 위해 줄리아가 더욱 애걸하도록 만들 작정이었다. 하지만 줄리아의 반항은 그가 허점이라 익히 알고 있는 부분을 건드렸다. 그녀를 지배했다고 상상하면서 생긴 일시적 승리감은 그의 분노에 불을 붙였다. 그는 의자에 앉아 움직이지 않고 생각에 잠겼다. 줄리아는 그의 표정에서 그가 깊이 숙고하고 있음을 보았다. 그녀는 자신에게 닥칠 운명을 예측하며 판결을 받기 위해 초조하게 떨면서 서 있었다. 원장은 후작의 협박이 점점 강해지는 상황과 줄리아가 한 말을 하나씩 곱씹어 보았다. 악은 덕행과 대등하지 않을 뿐 아니라 그 자체로도 일관성이 없다는 걸 느꼈다—자신의 앙심을 충족시키기 위해서는 자존심을 희생해야 한다는 것을 걸이제 깨달았다—자존심을 포기하지 않고는 앙심의 대상을 벌하는 것은 불가능할 것이다. 그는 이렇게 생각하며 내심 괴로워했고, 말없이 음울함에 빠져 앉아 있었다.

조금 전에 줄리아에게 활력을 주었던 기운은 그녀의 말과 함께 사라졌다. 침묵의 시간이 지속되면서 줄리아는 걱정이 커졌다. 그가 음울히 사색에 잠겨 있는 것은 분명 사악한 생각에 붙잡혀 있는 거라고 그녀는 확신했다. 줄리아는 꾸밈없는 슬픔의 언어로 그의 마음을 누그러뜨리고 연민을 갖게 하려고 안간힘을 썼다. 원장은 그녀가 호소하는 것을 무뚝뚝이 가만히 들었다. 시간이 지나면서 원장의 분노는 서서히 가라앉았고, 후작에게 맞서고 싶은 욕구가 강해졌다. 마침내 그의 성품 중 하나인 지배 근성이 근본적으로 영향력을 발휘하며 부차적인 열정은 억눌렀다. 종교적 권위에 자부심을 가진 원장은 교회의 권위가 아버지의 권위에 굴복당하게 내버려 두지 않기로 작정하고, 후작의 무력에 대등한 기세로 대항하기로 작정했다.

이리하여 원장은, 그녀를 보호해 주겠노라고 거만하게 확언하며 공포에서 풀어 주었다. 하지만 그는 이 말을 너무나 무뚝뚝하게 말했고, 줄리아는 이 약속에 감사해야 하건만 그 마음이 사라질 지경이었다. 줄리아는 서둘러 메논 마담에게 이 기쁜 소식을 전했다. 마담은 감사의 눈물을 흘렸다.

11장

후작의 적대적 움직임 없이 거의 두 주가 지나가고 있었다. 그러던 어느 날, 취침 시간이 한참 지났는데 수도원의 종이 울려 줄리아는 잠에서 깼다. 관례적인 기도 시간이 아니었다. 건물의 깊은 정적을 깨며 우르르하는 소리가 들렸다. 줄리아는 놀라고 두려워 신경을 곤두세웠다. 곧이어 여러 방문이 열리며 돌쩌귀가 삐걱거렸고, 복도를 빠르게 걷는 발소리가 들렸다. 줄리아는 빼꼼히 문을 열고 그 틈으로 빠르게 움직이는 불빛들을 보았다. 조용하던 발걸음 소리는 더 또렷해졌고, 수도원에 있는 사람은 모두 일어난 듯했다. 줄리아는 무서웠다. 어쩌면 후작이 그녀를 강제로 끌어낼 의도로 부하들을 데리고 수도원을 포위했을지도 몰랐다. 줄리아는 이렇게 상상하며 메논 마담의 침실로 갈 요량으로 황급히 일어났다. 그때 누군가가 조심히 문을 두드렸다. 줄리아는 누구냐고 물었고, 마담의 음성이 대답했다. 마담은 임종을 앞둔 수녀를 보살피기 위해 종이 울렸다고 했다. 수녀는 병자성사를 받기 위해 중앙 제단으로 옮겨졌다. 이 설명에 줄리아는 이내 안도했다.

줄리아는 마담과 함께 방을 나섰다. 대성당으로 가는 길 벽에는 양초들이 빛을 발했고, 종종 긴 검은 수도복을 입은 수도사들도 눈에 띄었다. 그들은 근엄한 종소리를 따라 굴곡진 좁은 통로를 조용히 내려가고 있었다. 이 광경은 줄리아의 상상력을 자극했고 마음에 경외감이 일게 했다. 하지만 성당 안에서는 그녀가 일찍이 본 적이 없는 엄숙한 장면이 펼쳐졌다. 중앙 제단에 있는 양초들의 빛줄기로는 암울한 성당 복도가 잘 보이지 않았다. 빛줄기는 건물의 외진 곳을 쓸쓸하게 비추고 있었는데, 빛과 그림자가 커다란 덩어리를 이루며 인상적이고 숭엄한 장면을 연출했다.

줄리아가 가만히 바라보고 있자니 멀리서 성가를 부르는 소리가 복도를 따라 들렸다. 귓가에서 웅얼거리던 그 소리는 서서히 커지며 점점 가까워졌다. 그러다 갑자기 문 하나에서 불빛이 번득했고 그 행렬이 그곳으로 들어왔다. 순간 오르간 소리는 높은 피치로 준엄하게 울렸다. 함께 성가를 부르는 목소리는 점점 커졌다. 수도원장 신부는 십자가를 들고 앞장서며 천천히 정연하게 걸어왔다. 연이어 들것이 따라왔다. 들것 위에는 임종을 맞는 이가 있었다. 그녀는 하얀 베일에 덮여 있었다. 역시 하얀 베일을 쓴 수녀들은 손에 가는 촛불을 들고 그것을 둘러싸고 함께 걸었다. 끝에는 검은 수도복을 입은 수사들이 촛불을 들고 둘씩 짝을 지어 따라왔다.

그들은 중앙 제단에 이르러 들것을 내려놓고 잠시 성가를 멈추었다. 이제 수도원장은 병자성사를 하기 위해 나아가 임종 수녀의 베일을 들어 올렸다. 사랑스러운 코닐리아! 얼굴에는 이미 죽음의 기운이 깃들어 있었지만, 눈은 줄리아를 응시하고 있었다. 옛 기억을 떠올리며 눈동자가 아련하게 빛을 발했다. 줄리아는 온몸에 차가운 전율이 흐르는 것을 느끼며 몸을 가누려고 마담에게 기댔다. 줄리아는 처음으로 코닐리아의 불행한 연인을 보았다. 그는 창백한 표정으로 말없이 들것을 붙잡고 있었다. 그 모습에는 애통함이 생생히 드러났다. 의식이 끝나가며 성가가 다시 시작되었다. 들것은 올려졌다. 하지만 코닐리아가 살짝 손을 움직이자 들것은 다시 제단에 놓여졌다. 잠시 음악이 멈추고, 그녀는 연인을 향해 무거운 눈꺼풀을 올리고, 말로 표현할 수 없이 다정하고 서글프게 표정을 지으며 뭔가 말을 하려 했다. 그러나 소리는 닫힌 입술 안에서 죽었다. 표정에 미소가 연하게 어리고, 곧이어 순수한 헌신에서 나오는 빛이 어렸다. 그녀는 가슴 위로 손을 모으고 온순한 체념의 표정을 지으며 하늘을 향해 눈을 들었다. 마지막 생명의 불꽃이 힘을 잃었다. 이윽고 짧게 내신 한숨과 더불어 그녀의 영혼은 떠났다.

그녀의 연인은 주저앉았다. 감정을 숨기려고 해 보았지만, 비탄의 깊은 흐느낌이 터져 나오며 그의 고뇌는 그대로 드러났다. 그것을 보는 사람들은 하나같이 눈물을 흘리며, 아름다움과 감성과 순수가 숨을 거둔 그 성스러운 곳을 적셨다.

이제 오르간에서는 애도의 선율이 크게 울렸다. 회중의 목소리는 떠나는 영혼을 위한 미사곡을 조용히 엄숙하게 불렀다.

마담은, 떠나간 친구만큼이나 축 늘어진 줄리아를 데리고 성당을 나왔다. 이별의 슬픔은 뜻밖의 죽음으로 더욱 비통하게 되었다. 코닐리아의 병고는 불안정하면서도 상태가 실제보다 좋아 보이게 하는 특성이 있었다. 비록 병은 오랫동안 악화되었지만, 쉽게 알아볼 수 없을 만큼 조금씩 쇠약해졌기 때문에 친구들은 별로 걱정하지 않았었다. 하지만 코닐리아 자신은 알았다. 그녀는 변화를 의식했고, 그 사실을 감추며 인내했다. 그녀는 급작스럽게 무너졌다. 그녀 자신도 놀랄 정도였다. 하지만 그녀는 안색을 부드럽게 했고, 심지어 행복해 보이기도 했다. 코닐리아의 죽음에 줄리아는 다시 버리자를 그리워하며 애도했다. 친구의 죽음으로 인해, 그와 연결된 기억의 마지막 매듭이 풀리는 듯했다.

마담은 수도원에 머무는 수사 중에서, 임종을 앞둔 빈센트의 고해성사를 받았던 수사를 발견하고 흠칫 놀랐다. 그를 보자 마담은 마찌니 성에서 목격했던 장면들이 생생히 떠올랐고,

빈센트가 마지막으로 했던 말이 그 후 일어났던 일들과 엮이면서 새로이 호기심과 놀라움이 일었다. 하지만 그 수사를 보자 의문보다는 더 다양한 감정이 꿈틀거렸다. 그는 마찌니 후작과 친분이 있었고, 그래서 그가 후작의 꼬임에 넘어가지 않았을까 마담은 염려되었다. 후작은 그 수사가 수도원장과 연이 있는 것을 알면 그것을 이용해 줄리아를 되찾아 가려고 시도할 수 있었다.

줄리아는 이제 수도원의 담장을 절대 벗어나지 않았다. 어둑어둑해질 때면 종종 아무도 모르게 회랑을 지나 코닐리아의 무덤에 가 시간을 보냈다. 거기서 친구를 그리며, 그리고 버리자를 생각하며 눈물지었다.

하루는 저녁 기도 시간에 난데없이 수도원의 종이 울렸다. 수도원장은 즉시 얼굴에 놀람과 불편함을 드러냈고, 미사를 중단하고 제단을 떠났다. 회중은 모두 홀로 모였고, 그들은 새로운 소식을 접하게 되었다. 수도원으로 돌아오던 수사 하나가, 무장한 무리가 숲을 통해 수도원으로 오는 것을 보았다는 것이었다. 수사는 그들이 후작의 부하이고 악의적 의도를 가지고 오는 것이라 의심치 않았고, 그래서 경고할 필요가 있다고 느꼈다. 수도원장은 작은 타워로 올라가 나무들 사이로 무기가 번득이는 것을 발견했고, 곧이어 숲의 어두침침한 부분에서 한 무리의 남자들이 그가 서 있는 지점으로 나 있는 긴 도로로 나오는 것을 보았다. 이내 딸그락거리는 말발굽 소리가 또렷하게 들렸다. 공포에 떨고 있던 줄리아는 후작이 그 병력을 이끌고 있다고 믿었다. 병력은 곧 두 갈래로 나뉘어 수도원을 에워쌌다. 게이트는 즉시 잠겼다. 수도원장은 타워에서 내려오며 수사들을 홀에 모이게 했다. 이윽고 그의 목소리는 소란스러움을 넘어 곳곳에 울렸다. 두려움에 빠진 줄리아는 원장의 약속을 까맣게 잊어버린 채 수도원에 있는 깊은 동굴로 도망가 숨고 싶었다. 동굴은 숲 밑으로 구불구불 나 있었다. 원장의 성격을 꿰뚫고 있는 마담은 그의 자존심을 이용하면 보호받을 수 있다는 사실을 알았다. 그래서 그녀는 줄리아에게 지하실 열쇠를 가지고 있는 정직한 하인을 매수할 생각일랑은 하지 말라고 했고, 후작에 대한 원장의 분노가 어떻게 작동하는지 한번 믿어 보라고 조언했다. 마담이 줄리아를 진정시키려고 하는 동안 원장에게서 즉시 오라는 전갈이 왔다. 줄리아는 순종했고, 원장은 수도원 게이트 바로 위에 있는 방으로 그녀를 데려갔다. 거기서 줄리아는 루오보 공작과 함께 있는 아버지를 보았다. 줄리아는 그것을 보고 낙담했다. 후작은 줄리아를 당장 넘기라고 원장에게 윽박질렀다. 그렇게 하지 않으면 수도원 게이트를 강압적으로 열겠다고 위협했다. 이 협박에 원장의 표정이 어두워졌다. 그는 창문에서 떨어져 있던 줄리아를 억지로 가까이 끌며 말했다.

"사악한 협박꾼이로구나! 그대 머리 위에 재앙이 끊이지 않을 것이다! 이 순간부터 우리는 그대를 교회의 모든 공동체에서 퇴출시키고 모든 권리를 박탈한다. 교만하고 뻔뻔하다. 감히 나를 협박하려 들다니, 여길 봐라." 그는 줄리아를 가리키며 말을 이었다. "그대는 내 손안에 있다는 걸 명심해라. 감히 이 성스러운 담장을 넘어 침입한다면, 그대 심장을 철렁이게 하는 비밀을 세상에 큰 소리로 공표하겠다. 그대의 명예와 연관된 비밀 말이다. 아니, 그대 존재 자체와 연관되어 있다고 해야겠지. 자, 이제 불경한 협박이나 하며 승리감을 만끽해 보시지!"

후작은 이 말을 들으며 엉겁결에 움찔하고 돌연 얼굴색이 변했다. 하지만 복잡한 속내가 드러나지 않도록 진정하려고 했다. 그는 어떻게 행동해야 할지 몰라 잠시 주춤했다. 무력을 단념하는 것은 그 스스로가 그 위협적인 비밀의 존재를 인정하는 꼴이었다. 그렇다고 수도원장의 분노를 부추기기는 두려웠다. 마음속으로는 원장의 협박을 너무나 당연히 인정하고 있었다. 마침내 후작은 대꾸했다.

"당신은 교활한 수사가 비겁한 구실을 대는 것처럼 시끄럽게 구는구나. 당신의 모욕적인 말을 듣자니, 딸을 찾고 싶은 마음에 당신을 벌해야겠다는 생각이 더해진다. 당장 앙갚음을 해줄 수 있지만, 그렇게 하면 완벽한 복수가 되지 않으니 지금은 물러나고, 당신보다 더 높은 사람에게 따져 묻겠다. 당신은 어쩔 수 없이 내 딸을 즉각 내놓아야만 할 것이다. 그리고 중상모략으로 내 명예를 더럽히는 짓은 그만두어야 할 것이다."

마찌니 후작은 이렇게 말하고 게이트에서 말을 돌렸다. 부하들은 그를 따라 빠르게 퇴각했다. 수도원장은 승리감에 젖어 우쭐했고, 줄리아는 놀라며 미심쩍이 기뻐했다. 줄리아는 이 대결을 마담에게 상세히 이야기하면서 원장의 위협에 비중을 두었다. 마담은 그 이야기를 들으며 점점 아연했지만, 원장이 어떻게 그 비밀을, 그게 무엇이든지 간에, 입수했는지는 익히 알고 있었다. 마담은 이미 수도원에서 빈센트의 고해 신부를 보았고, 임종을 맞는 빈센트의 고해에서 얻은 정보를 그가 폭로했음이 틀림없었다. 마담은 또한 그 비밀이 절대 공표되지 않으리라는 것도 알았다. 순간 닥친 폭행을 응징하는 게 아니라면, 고해성사는 수사의 책무 중 가장 중대한 것이기 때문에 그들을 믿고 고해한 것은 절대 경건한 비밀로 지켜야만 했다.

처음 들었던 혼란스러운 감정이 진정되자 줄리아는 홀연히 후작이 떠난 것에 기뻐하다가 이제 걱정하기 시작했다. 후작은 더 높은 사람에게 따지겠다고 협박했었다. 그 사람은 원장이 그녀를 포기하게 만들 수도 있었다. 이 협박은 이렇게 두려움을 자아냈고, 줄리아는 후작의 포악한 행위를 피하기 위해 수도원을 떠나야만 했다. 줄리아는 원장에게 면담을 요청했다. 그녀는 원장에게 자신이 직면한 위험을 설명하고 더 안전한 은신처를 찾아 나서도록 허락해 달라고 간청했다. 원장은 후작이 자신의 통제 아래 있음을 익히 알고 있었기에 그가 반복적으로 위협하는 것을 비웃었고, 줄리아의 간청도 허락하지 않았다. 이제 교회는 그녀를 책임져야 한다는 구실을 댔다. 그는 줄리아에게 걱정하지 말라고 말하며 자기가 보호해 주겠노라고 약속했다. 하지만 그는 대단히 무심하고 거만한 태도로 장담했기 때문에 줄리아는 안정을 찾기보다는 더욱 불안해하며 그 자리를 떠났다. 줄리아는 홀을 가로질러 가면서, 맞은편 문에서 나와 홀에 급하게 들어서는 남자를 보았다. 그는 이곳 사람과는 다르게 옷을 입고 있었다. 몸을 숨기려는 듯 망투를 뒤집어쓰고 있었다. 그녀가 옆을 지나는데 그가 고개를 들었다. 그때 줄리아는 보았다. 아버지! 후작은 원한에 찬 눈으로 그녀를 노려보았다. 그녀가 생각할 겨를도 없이, 후작은 불현듯 마음을 가라앉힌 것처럼 얼굴을 가리고 그녀 옆을 황급히 지나쳐 갔다. 줄리아는 부들거리는 몸을 힘겹게 지탱하며 마담의 아파트로 갔다. 줄리아는 말없이 의자에 쓰러졌다. 겁에 질린 그녀의 모습에서 그녀가 얼마나 고통스러워하는지 볼 수 있었다. 어느 정도 안정이 되자 줄리아는 원장과 나눈 대화와 그녀가 목격한 것에 대해 이야기했다. 마담은 후작의 출현에 관해 설명하려고 하다가 자신도 똑같이 혼란에 빠졌다. 후작은 대범하게 수도원장을 겁박하더니, 어째서 비밀리에 원장을 방문해야

했을까? 원장의 묵인이 있어야만 수도원에 들어올 수 있었을 텐데. 무엇 때문에 원장은 그렇게 처신했을까? 비록 이 상황은 하나도 제대로 설명할 수 없었지만, 종합해 보자면 배신과 굴복에서 비롯된 공포가 짙어졌다. 수도원에서 탈출하는 것은 사실상 불가능했다. 모든 게이트에는 항상 간수가 있었다. 설사 그들을 교묘히 피해 탈출한다 할지라도, 숲속에 주둔해 있는 후작의 부하들에게 발각될 수 있었다. 이리하여 위험에 포위된 줄리아는 운명의 판결을 기다리며 수도원에 머무를 수밖에 없었다.

줄리아가 마담과 더불어 불운한 운명을 한탄하고 있을 때, 수도원장은 또다시 그녀를 호출했다. 이 순간 줄리아는 완전히 맥이 풀렸다. 운명의 고비에 이른 듯했다. 줄리아는 원장이 자신을 후작에게 내어 주리라 의심하지 않았다. 원장은 그 대가를 협상했을 것이다. 줄리아는 잠시 정신을 차린 후에야 그 호출에 응할 수 있었다. 마침내 방을 나서고, 원장의 집무실로 향할 때는 걸음걸음마다 근심이 더했다. 줄리아는 문 앞에서 잠시 멈춰 서서 문을 열고 들어갈 기운을 냈다. 분노에 찬 아버지를 대면할 수도 있다는 생각이 마음에 들면서 그녀는 자기 방으로 돌아가려던 참이었다. 그때 갑자기 문 안쪽 가까이에서 발소리가 났다. 그녀는 더 이상 주저하지 않고 집무실 문을 열었다. 아버지는 그곳에 없었다. 줄리아는 용기를 얻었다. 원장의 얼굴에는 아직 진정되지 않은 분노의 여운이 남아 있었지만, 그래도 붉게 물든 의기양양한 표정을 짓고 있었다.

"딸아, 네가 기뻐할 소식이 있구나." 원장이 말했다. "이제 네 안전이 완전히 네 손에 달렸다. 네가 네 운명을 스스로 결정할 수 있도록 하마. 판단은 네가 해라." 그는 말을 멈추었고, 줄리아는 다음에 어떤 말이 나올까 궁금해하며 속을 태웠다. "내가 네 안전을 확실히 보장하마. 다만 조건이 하나 있다. 네가 세상을 떠나 하느님께 헌신한다는 조건이다."

줄리아는 이 말을 들으며 근심과 놀람이 뒤섞이는 감정이 일었다.

"이것을 받아들이는 것은 순전히 네 몫이다. 하지만 네가 그렇게 하지 않으면, 나는 더 이상 너를 보호할 힘이 없다. 보호하고 싶어도 보호할 수 없지. 네가 베일을 받아들인다면, 너는 세속의 폭력에서 벗어나 교회의 울타리 안에서 안전하게 머물 수 있다. 네가 이것을 무시하거나 거절한다면, 후작은 내가 거부할 수 없는 높은 사람을 끌어들일 것이고, 나는 어쩔 수 없이 너를 포기해야만 한다. 그러나 네가 안전을 보장받기 위해 수녀 베일을 쓰기로 한다면, 통례적인 수련 기간은 면제하도록 하마. 하루 이틀 안에 네 서약은 승인될 거다." 원장은 말을 멈추었다. 줄리아는 엄청나게 잔혹한 비통에 빠져 괴로워하며 어떻게 답을 해야 할지 몰랐다. 원장이 말을 이었다. "사흘 말미를 주마. 사흘 후에는 베일을 쓰든지, 아니면 루오보 공작이 너를 기다릴 거다."

줄리아는 할 말을 잃고 절망에 빠져 집무실을 나와 마담에게로 갔다. 마담은 도움이 될 만한 어떤 위로의 말도 할 수 없었다.

한편 수노원장은 성공적으로 앙갚음해 준 것에 우쭐해 있었고, 후작은 콕 찌르는 좌절감에 속이 쓰렸다. 원장의 위협은 너무나 심각한 것이라 그것을 무시하고 무력적인 방법을 동원할 수는 없었다. 그리하여 후작은 허욕을 부정하고 자존심을 지키기로, 자신이 굴복시킬 수 없는 권력을 달래기로 결심했다. 그렇다고 원장에게 아첨하는 글을 써서 자신의 굴종과 두려움을 내보이고 싶진 않았다. 굴욕스럽지만 더욱 안전한 방식인 은밀한 면담을 선호했다. 후작이 이 뜻밖의 제안을 했을 때 원장은 잠시 망설였다. 우세한 위치를 확보한 원장은 처음에는 화해할 의향을 내보이지 않고 후작을 초조한 상태로 떠나보냈다. 이 제안을 신중하게 검토한 후 원장은 우월감으로 탐욕을 극복하고 줄리아를 이용해, 줄리아를 종교에 헌신하게 함으로써, 후작의 희망을 완전히 박살 내기로 마음먹었다.

줄리아는 이루 말할 수 없는 정신적 고통을 받으며 밤을 보냈고, 다음 날도 마찬가지였다. 수도원의 게이트에는 문지기가 있고, 숲은 후작의 부하들로 에워싸여 있으니, 탈출하는 것은 불가능해 보였다. 루오보 공작과의 결혼을 생각하자니 공포로 심장이 쪼그라들었다. 공작의 최근 행보는 앞서 그의 성품에서 풍겨 나던 사악한 기운을 확신하게 했다. 그러나 평생 수도원의 담장 안에 갇혀 지내는 것은 그 결혼과 별반 차이 없는 끔찍한 운명이었다. 그럼에도 결국 줄리아는 베일을 받기로 결심했다. 버리자를 기억하면서 신성한 사랑과 공작에 대한 반감이 생겨났기 때문이다.

다음 날 저녁, 줄리아는 원장에게 자신의 결심을 알렸다. 원장은 은근히 기뻐하며 가슴이 부풀어 올랐다. 이 소식은 천성적으로 엄격한 그의 태도마저 누그러뜨렸다. 일전에 결코 보인 적이 없었던 다정함으로 원장은 그 결정에 전적으로 동의했고, 그녀를 보호하겠노라고 약속했다. 그리고 내일모레 그 의식을 치르겠다고 말했다. 줄리아는 그 마지막 말을 들으면서도 거의 동요되지 않았다. 이제 그녀의 운명은 돌이킬 수 없을 정도로 확정되었고, 그 선택이 후회스러웠다. 그 선택 자체가 끔찍한 것은 아니었지만, 그녀는 그것에 끔찍함을 더해 상상했다. 그녀에게 선택이 주어졌을 때 별로 망설이지 않고 받아들였던 그 불길함은 이제 미심쩍은 회한으로 남았다. 가장 명백한 불행은 또한 가장 견디기 힘들다는 것을 우리는 쉽게 연상할 수 있으리라!

후작은 수도원장의 회신을 읽고 나니, 속에서 온갖 비참한 감정이 끓어올라 정신이 어지러울 지경이었다. 분노에 싸인 그는 당장이라도 무력을 써서 수도원 게이트를 부수고 들어가 사악한 원수에게 앙갚음해 주고 싶었다. 하지만 잠시 생각해 보니, 원장이 협박했던 비밀에 대한 우려가 다시 일었다. 그는 여전히 원장의 권력 아래 놓여 있었다.

수도원장은 필요한 절차를 마쳤고, 의식을 위한 준비는 곧바로 시작되었다. 줄리아는 절망감을 묵묵히 견디며 자신을 이 운명으로 이끌었던 순간들이 떠나가는 것을 지켜보았다. 자신을 더욱 험악한 상황으로 내몰지 않고는 이 다가오는 비운을 피할 길이 없었다. 그래서 그녀는 그것을 담담히 지켜보았고 더 이상 움츠러들지 않았다.

수녀 서원식 전날 아침, 줄리아는 면회실 창살문에서 누군가가 그녀를 찾는다는 전갈을 받았다. 줄리아는 각양각색의 걱정에 너무 오랫동안 익숙해져 있었던 터라 이번에도 역시 두려움이 앞섰다. 아래에 후작이 있을 거라는 의심이 들었다. 하지만 딱히 그렇게 생각할 이유는 없었다. 줄리아는 내려가 보아야 할지 망설였다. 잠시 후 마음을 잡고 면회실로 내려갔다. 그녀는 그를 보며 깜짝 놀라고 정말 기뻤다. 퍼디낸드 오빠!

후작이 성을 떠나 있던 사이에 퍼디낸드는 줄리아를 찾았다는 소식을 접하고 마침내 감옥을 탈출했다. 그리고 동생을 구할 계획으로 신속히 수도원으로 왔다. 그는 변장을 하고, 후작 부하들의 감시망을 어렵사리 피하며 숲을 통과했다. 수도원 주위에는 아직 후작 부하들이 흩어져 있었다. 그는 혼자였기 때문에 수도원에 들어오는 것은 어렵지 않았다.

퍼디낸드는 수도원장이 줄리아를 보호하는 조건과 내일 서원식이 예정되어 있다는 사실을 알고는 충격을 받아 잠시 생각에 잠겼다. 지금 그들이 만나고 있는 시간만큼이나 남은 시간이 짧았다. 뭔가 계획을 세우는 것은 말할 것도 없이 머뭇거릴 시간조차 없었다. 탈출할 수 있는 기회라고는 오직 오늘 밤뿐이었다. 만약 실패한다면, 줄리아는 수도원 담장 안에서 여생을 보내야 하는 저주를 받을 뿐 아니라, 그 시도를 알게 되어 분개한 원장이 합당하다고 판단하는 형벌을, 그것이 무엇이든지 간에, 받아야만 할 것이다. 엄청난 위험이었다. 하지만 이 상황 또한 대단히 심각했다.

오빠의 사심 없는 고결한 행동에 줄리아는 감사하고 그를 우러러보았다. 하지만 실패할까 염려되어 오빠의 제안을 선뜻 받아들이지 못했다. 오빠는 이 선한 일로 어쩌면 그녀와 함께 파멸을 맞을 수도 있었다. 줄리아는 잠시 깊은 생각에 잠겼다. 이때 퍼디낸드는 여태껏 억지로 말하지 않았던 상황을 그녀에게 털어놓았다. 그러자 순식간에 모든 의심과 걱정이 사라졌다.

"버리자가 아직 살아 있어." 퍼디낸드가 말했다.

"그가 살아 있다고요!" 줄리아가 나직이 따라 말했다. "살아 있다고요! 아! 어디에, 어떻게요. 어서 말해 주세요."

줄리아는 숨을 제대로 쉴 수 없었다. 의자에 깊숙이 앉으며 심장을 짓누르는 온갖 강렬한 감정을 추스르려고 해 보았다. 퍼디낸드는 창살에 막혀 그녀를 도울 수 없었고, 그저 비통한 심정으로 바라볼 수밖에 없었다. 그녀가 인정을 되찾자, 퍼디낸드는 최근에 후작의 부하가 성 근처에서 버리자 백작의 하인 하나를 보았다는 이야기를 했다. 그 하인은 틀림없이 줄리아에 대해 알아보려고 백작이 보낸 것이었다.

그 하인에게서 버리자 백작은 살아 있지만 절망적인 삶을 살고 있다는 소식을 듣게 되었다. 백작은 치명적인 부상을 입었고, 아직도 이탈리아 해안가 어느 마을에 머물고 있다고 했다. 그는 백작의 거처가 어디인지 밝히는 것을 완강히 거부했다. 후작이 딸을 찾기 위해 세인트 오거스틴 수도원에 갔다는 사실을 알고는 그는 마찌니에서 사라졌다. 그 후 아무런 소식도 들리지 않았다.

줄리아는 버리자가 살아 있음을 아는 것만으로도 충분했다. 발각될지도 모른다는 두려움과 퍼디낸드를 향한 미안함은 금방 사라졌다. 그녀는 이제 탈출만을 생각했다. 여태껏 감당할 수 없을 것만 같았던 방법은, 계획을 세우는 것이 어렵고 실행하기가 어려워 보였던 방법은, 이제 쉽고 확실해 보였다. 이미 거의 성공한 기분이었다.

그들은 어떻게 계획을 실행할지 협의했고, 수도원의 하인을 매수하는 것은 너무 위험천만이라는 것에 동의했다. 하지만 이 위험을 감수하지 않고는 그들의 계획을 실현하는 것이 거의 불가능해 보였다. 그들은 한참 고민하다가 마담을 제외하고는 누구에게도 그 계획을 발설하지 않기로 다짐했다. 퍼디낸드는 밤이 깊어질 때까지 교회당 안에 숨어 있기로 했다. 교회당과 수도원을 오갈 수 있는 통로가 여러 개 있었다. 수도원에 거주하는 사람들이 모두 잠자리에 들면 줄리아는 어렵지 않게 교회당으로 갈 수 있었다. 퍼디낸드는 그곳에서 기다렸다가 줄리아와 함께 건축물의 외부 문이나 창문을 통해 탈출할 수 있을 것이다. 창문을 시도한다면, 퍼디낸드는 그것에 쓸 밧줄을 준비할 작정이었다.

숲을 지나 있는 암벽 사이에 말을 두어 마리 준비할 것이다. 말을 타고 항구로 이동하고, 항구에서는 쉽게 이탈리아로 건너갈 수 있었다. 그들은 이렇게 계획을 세우고, 그날 밤에 다시 만나길 초조하게 기대하며 헤어졌다.

마담은 장차 일어날 일에 대해 줄리아를 따스하게 위로하며 이제껏 스스로 자책하던 심적 부담을 어느 정도 덜었다. 마담은 괜히 이 어린 친구를 안전한 은신처에서 데려고 나왔다고 한동안 혼자 힘들어했었다. 줄리아는 버리자가 살아 있음을 알게 되자 불현듯 삶에 대한 애착과 활력이 다시 솟아났다. 절망에 빠져 망연자실해 있다가 마치 꿈에서 깨어난 것처럼 다시 생기를 얻었다. 스쳐 가던 장면들이 남긴 두려움과 불안으로 아직 머리가 멍한, 섬뜩한 환상에서 갑자기 깨어난 듯한 느낌이었다. 그녀는 절망에서 빠져나왔다. 얼굴은 행복에 겨워 빛이 났다. 그러나 한편으로는 지금 그녀 앞에 펼쳐진 상념이 실현될 수 있을지 의구심이 들었다. 시간은 더디게 굴러갔다. 저녁이 되자, 기대는 두려움에 자리를 내어 주었다. 줄리아가 또다시 수도원장의 호출을 받았기 때문이다. 원장은 그 예정된 의식에 관해 일반적으로 필요한 주의 사항을 알려 주었다. 줄리아는 꽤 오랫동안 잡혀서 지루하고 엄격한 설교를 들었고, 마지막으로 의례적인 축도를 받고 풀려났다.

12장

저녁은 이제 어둠 속으로 가라앉았다. 줄리아의 운명을 가를 시간이 빠르게 다가오고 있었다. 다른 감정은 느끼지 못하고 오직 초조함에 떨렸다. 1분 1분 지나가며 두려움은 점점 더 커졌다. 마침내 밤이 되어 수도원 게이트가 잠기는 소리가 들렸다. 취침 시간을 알리는 종이 울렸다. 그것에 따라 바삐 걷는 수녀들의 발소리가 들렸다. 얼마 후, 사방은 고요해졌다. 줄리아는 아직 감히 나설 수가 없었다. 잠시 메논 마담과 홍미롭고 정감 있는 대화를 나누었다. 비록 어쩔 수 없는 상황이었지만 줄리아는 마음속으로 마담과 서글픈 작별을 했다.

줄리아가 떠나려고 일어나니 시계가 자정을 알렸다. 슬픔과 근심이 뒤섞인 눈물을 흘리며 그녀는 그 신실한 벗을 껴안았고, 손에 램프를 들고 두려운 마음으로 조심스럽게 계단을 내려갔다. 그리고 길게 굽은 통로를 지나서 작은 문으로 갔다. 그 문은 수도원 교회당으로 열려 있었다. 교회당은 어두침침하고 쓸쓸했다. 그녀가 들고 있는 램프는 가느다란 빛을 발했고, 성전의 오싹한 웅대함을 어렴풋이 드러냈다. 그녀는 조용히 복도를 따라 걸으며 불안한 눈빛으로 주변을 살펴보았다. 그러나 퍼디낸드는 보이지 않았다. 그녀는 겁에 질린 채 어찌할 줄 몰라 멈춰 섰다. 그녀 앞에 놓인 어두컴컴한 곳을 뚫고 나아가기가 무서웠다. 그러나 돌아가는 것도 끔찍했다.

줄리아는 거기 서서 주변을 살피며 망연히 퍼디낸드를 찾아보았지만, 그녀의 음성에 발각될까 염려되어 소리 내어 부를 수는 없었다. 그때 교회당에서 약간 떨어진 곳에서 아련히 신음 소리가 났다. 그녀와는 매우 가까운 곳이었다. 줄리아는 심장이 멎는 듯했고, 꼼짝하지 못하고 그 자리에 서 있었다. 눈동자를 약간 왼쪽으로 돌렸고, 약간 떨어진 곳에 있는 무덤들 사이에서 빛이 반짝이는 것을 보았다. 다시 앓는 소리가 들렸고, 조그맣게 소곤거리는 소리가 이어졌다. 줄리아가 계속 주시하고 있는데, 한 노인이 손에 가는 초를 들고 지하 묘지에서 나왔다. 줄리아는 완전히 겁에 질려 자기도 모르게 비명을 질렀다. 연이어 건물의 외진 곳에서 소리가 났고, 퍼디낸드가 그녀를 보호하기 위해 숨어 있던 곳에서 튀어나왔다. 노인은 수도사처럼 보였다. 그는 성인의 묘지에서 회개 기도를 올리고 나오던 길이었다. 노인 또한 줄리아처럼 소스라치게 놀라는 표정이었다. 줄리아는 그가 빈센트의 고해를 받았던 수사임을 깨달았다. 퍼디낸드는 검을 손에 들고 그 수사를 붙잡았다. 그가 지금 본 것을 영원히 비밀로 하겠다고 당장 맹세하지 않으면, 그리고 그들이 수도원을 벗어나는 걸 돕지 않으면 죽여 버리겠다고 협박했다.

"배은망덕한 놈이로구나!" 수사는 차분하게 대꾸했다. "그런 말을 하면 못써. 젊은 날의 어리석음에 살인을 더하거나 힘없는 늙은이를 겁박해서도 안 되지. 네 놈이 난폭하게 구니, 너를 도울까 했던 마음이 싹 사라지고, 원수를 삼아야 한다는 생각마저 든다. 하지만 괴로워하는 줄리아 양이 불쌍하다. 줄리아 양을 내가 모르는 사람이 아니니, 내가 할 수 있는 한 기꺼이 도와주마."

이 말에 줄리아는 힘을 얻었다. 퍼디낸드는 수사의 관대함에 책망당하고 자신의 조악함을 깨달으며 뒤로 물러났다.

"어떻게 감사의 말씀을 드려야 할지 모르겠습니다." 퍼디낸드가 말했다. "성급한 저의 행동을 용서해 주십시오. 제 사정을 잘 아시기에 이해해 주시리라 생각합니다."

"잘 알지." 수사가 대답했다. "허비할 시간이 없다. 나를 따라오너라."

그들은 수사를 따라 교회당을 가로질러 회랑으로 갔다. 회랑 끝에는 작은 문이 있었고, 수사는 그것을 열었다. 숲으로 통하는 문이었다.

“이 좁은 길을 따라가면 얽히고설킨 숲을 지나 성당 오른편으로 솟아 있는 암벽에 이를 것이다.” 수사가 말했다. “긴 여정을 떠날 준비를 마칠 때까지 암벽 사이 구석진 곳에 숨어 있을 수 있을 게다. 여기저기 흩어져 있는 후작의 부하들이 볼 수 있으니 불은 끄고. 잘 가거라! 너희에게 하느님의 은총이 임하시길 빈다.”

줄리아는 눈물로써 감사를 표했다. 대화를 나눌 시간은 없었다. 그들은 좁은 길로 발걸음을 내디뎠고, 수사는 문을 닫았다. 그들은 이제 수도원에서 해방되었다. 그러나 밖에는 위험이 도사리고 있었다. 그것을 피하기 위해서는 정말 조심해야만 했다. 퍼디낸드는 수사가 알려 준 길이 자신이 말을 준비해 둔 암벽이 있는 곳으로 뻗어 있는 것을 알았고, 소리 없이 빠른 걸음으로 길을 갔다. 어두컴컴한 밤에는 모든 사물이 커 보이고 형태가 달라 보여 줄리아는 무서웠다. 그녀는 걸음을 내디딜 때마다 남자들의 형체가 보인다고 상상했고, 바람이 솨솨 불 때면 추적자의 소리가 들린다고 착각했다.

그들은 빠르게 움직였다. 그러다 줄리아가 숨이 차고 지쳐서 더는 갈 수 없게 되었다. 휴식을 취한 지 몇 분 되지 않아 약간 떨어진 덤불에서 부스럭거리는 소리가 나더니 연이어 나직이 목소리가 들렸다. 퍼디낸드와 줄리아는 서둘러 다시 길을 나섰고, 그 목소리는 바람에 실려 계속 들리는 듯했다. 이윽고 이 느낌이 틀리지 않았음이 분명해졌다. 그 소리가 점점 또렷해졌기 때문이다. 그들이 숲의 가장자리에 다다랐을 때는 말소리가 들렸고, 그 덕분에 걱정만 더욱 심해졌다. 달은 홀연히 검은 구름에서 나와 이제 중천에 떴다. 그리하여 그들을 쫓던 몇몇 남자의 모습이 드러났다. 추적자도 도망자가 있는 곳을 볼 수 있었다. 줄리아와 퍼디낸드는 말을 숨겨 놓은 바위를 찾으려고 두리번거렸고, 이내 그 바위가 시야에 들어왔다. 추적자들이 가까이 왔을 때 그들은 그곳에 닿았다. 그러나 말이 없었다! 그들이 달아날 수 있는 유일한 방법은 암벽의 후미진 곳에 몸을 숨기는 것뿐이었다. 그래서 그들은 굽이진 동굴로 들어갔다. 동굴은 여러 개의 지하 통로로 갈라져 있었다. 그들은 그 중 하나를 택해 끝까지 갔다. 남자들의 음성은 그곳에 있는 여러 개의 비밀 동굴을 통과하며 크게 울렸다. 발소리도 빠르게 다가오는 듯했다. 줄리아는 공포에 전율을 느꼈고, 퍼디낸드는 동생을 끝까지 보호하려고 다짐하며 검을 꺼내 들었다. 남자들의 목소리는 퍼디낸드와 줄리아가 숨어 있는 동굴까지 시끄럽게 메아리쳐 울렸다. 잠시 후, 추적자들의 발소리는 돌연 방향을 돌렸고, 그 소리는 조금씩 멀어져 가다 더는 들리지 않았다. 퍼디낸드는 한동안 신경을 곧추세우고 귀를 기울였지만, 변함없이 아무 소리도 들리지 않았다. 남자들이 그 암벽을 떠난 것이 분명했다. 퍼디낸드는 조심히 동굴 입구까지 나가 보았다. 야생의 숲을 눈으로 볼 수 있는 곳까지 두리번거리며 살펴보았지만, 사람의 흔적은 없었다. 하지만 바람이 멈출 때면 아직도 목소리가 아련히 들리는 듯했다. 정적 속에 서서 초조하게 귀를 기울이고 있는데, 근처 땅에서 그림자 하나가 움직이는 것이 보였다. 퍼디낸드는 황급히 동굴 안으로 들어갔다. 그리고 거기서 몇 분을 기다렸다가 다시 나와 보았다. 그림자는 그대로 있었다. 하지만 그가 잠시 보고 있자니, 그림자는 스르르 멀어져 갔고, 마침내 암벽 꼭대기 뒤로 사라졌다. 퍼디낸드는 그들이 동굴을 지키고 있었고, 그가 본 그림자는 마지막까지 남은 추격자의 것이었으리라 믿어 의심치 않았다. 퍼디낸드는 비로소 줄리아에게 돌아갔다. 그들은 바위의 후미진 깊은 곳에 한 시간가량 그대로 있었다. 그곳의 깊은 정적을 깨는 어떤 소리도 들리지 않자, 퍼디낸드는 다시 한번 동굴 입구로 나와 조심히 살펴보았다. 그는 다시 경계하는 시선으로 주위를 둘러보았다. 어떤 사람의 형체도 보이지 않았다. 감미로운 달빛은 이슬에 젖은 풍경 위에 잠이 들었고, 세상은 한밤의 엄숙한 고요에 싸여 있었다. 그 시간의 장엄함에 도망자는 더욱 공포를 느꼈다. 퍼디낸드는 줄리아를 앞으로 이끌었다. 그들은 암벽의 완만한 비탈을 따라 소리 없이 걸어갔다.

그들은 더 이상 방해받지 않고 계속해서 길을 갔다. 동굴에서 약간 떨어진 절벽들 사이에서 말을 찾았다. 이루 말할 수 없이 기뻤다. 말은 묶어 놓았던 줄이 끊어져 그곳까지 흘러들었고, 지금은 그곳에 앉아 쉬고 있었다. 퍼디낸드와 줄리아는 곧바로 말에 올라타고, 평지로 내려가 수 킬로 떨어진 작은 항구까지 난 길로 접어들었다. 그곳에서는 이탈리아로 가는 배를 탈 수 있었다.

몇 시간 동안 너도밤나무와 밤나무가 우거진 음침한 숲을 지나갔다. 그들이 가는 길은 어두운 나뭇잎들 사이로 바들거리는 달빛에 희미하게 보일 뿐이었다. 흘러가는 구름이 달빛의 힘에 밀려나면서 달은 가끔씩 그 모습을 드러냈다. 마침내 그들은 숲의 가장자리에 다다랐다. 회색빛 새벽이 오고 있었다. 냉랭한 아침 기운이 날카롭게 파고들었다. 떠오르는 태양의 빛줄기가 아직 짙은 안개로 둘러싸인 산꼭대기에 닿았다. 줄리아는 사방이 밝아오는 것을 보며 표현할 수 없이 기뻤다.

그녀의 두려움은 힘을 잃어 가는 어둠과 함께 흩어졌다. 태양은 이제, 믿기 어려울 정도로 화려한 구름 사이로 얼굴을 내밀고, 다른 상황이라면 줄리아가 황홀경에 빠졌을 법한 정경을 드러냈다. 굽이굽이 내려가는 언덕의 비탈 아래로 골짜기가 나타났고, 그곳에는 산이 우악스럽게 높이 솟아 있었다. 산의 가풀막에는 나무들이 매달려 늘어져 있고, 여기저기에는 울퉁불퉁한 절벽이 도드라지게 튀어나와 있었다. 여기, 바위 사이에는 반쯤 말라 버린 나무들이 늘어져 있어 그 모습에 생생한 야생 미를 더했다. 저기, 수풀이 무성한 작은 숲 사이로 옹기종기 모여 있는 오두막이 반쯤 보였다. 오두막들은 그 밑으로 흐르는 시내의 초록빛 가장자리를 장식하고 있었다. 시냇물은 저 멀리 푸른 바다까지 물결치며 흘러가고 있었다.

그 정경 위에 아침의 신선함이 불어와 그 경치에 생생한 색채를 더했다. 실에 띄엄띄엄 그늘을 드리운 나뭇가시에는 영롱한 이슬방울이 매달려 바들거리고, 새들은 쾌활한 노래로 떠오르는 새날을 맞았다. 줄리아는 마음이 초조했으나, 그럼에도 그 정경을 보며 은은한 위안을 받았다.

정오쯤 되어 그들은 항구에 닿았다. 퍼디낸드는 운 좋게도 작은 배를 구할 수 있었다. 하지만 바람이 도와주지 않았다. 그래서 그들은 자정이 넘어서야 비로소 출항할 수 있었다.

새벽녘이 되어 줄리아는 갑판으로 나왔다. 그녀는 미묘한 회한에 젖어 멀어져 가는 시칠리아 해안을 바라보았다. 또한, 빛이 서서히 퍼지면서 온 세상이 밝아오는 것을 보며, 그리고 굽이치며 굴러가 멀리 해안가에 장엄한 소리를 내며 부딪치는 파도가 살짝살짝 반짝이는 것을 보며 감동에 젖었다. 불길 같은 광선으로 이제 구름은 도드라지고, 햇빛이 선명해지면서, 동편이 서서히 밝아 왔다. 곧바로 태양이 파도 위로 얼굴을 드러냈다. 파도는 찬란함이 넘실거리며 반짝이고, 주변으로는 명랑함과 즐거움이 퍼져 갔다. 움푹 둥그렇게 들어간 하늘은 광활한 대양과 만나며 장관을 이루었다. 줄리아는 그 감동적이고 장엄한 장면에 활력을 얻었다. 드높은 열정으로 가슴이 부풀어 올랐고, 그녀를 짓누르던 서글픔은 잊었다.

배는 은은한 바람에 몇 시간 살랑거렸다. 그러다 점차 고요 속으로 가라앉았다. 바람이 아주 살며시 불었고, 유리 같은 수면은 출렁이지 않았다. 배는 깊은 바다의 한복판에 묵직하게 떠 있었다. 아직 시칠리아가 눈에 보였다. 이렇게 지연되자 줄리아는 더욱 불안해졌다. 날이 저물어 가면서 연한 바람이 일었지만, 이탈리아 쪽에서 불어온 것이었다. 수평선을 타고 거무스름한 수증기가 길게 올라오더니, 점점 쌓여 가다, 결국에는 하늘을 완전히 덮어 버렸다. 느닷없이 날이 어두워졌다. 올라오는 바람과 하늘을 뒤덮은 먹구름 그리고 멀리서 쿵쾅거리는 천둥소리에 줄리아는 가슴이 철렁 내려앉았다. 이것들은 난폭한 폭풍을 위협했다.

사나운 비바람이 몰아쳤다. 선장을 닻이 내리라고 소리쳤지만 허사였다. 바다는 심원했고, 배는 폭풍 앞에 미친 듯이 요동쳤다. 강렬한 번개가 폭넓게 내리치면서 칠흑 같은 어둠을 번쩍번쩍 쪼갤 뿐이었다. 번개는 바다 위에서 번득거리며 파도가 무시무시하게 경련을 일으키는 모습을 드러냈다. 그 뒤로 바로 이어진 암흑은 더욱더 끔찍하기만 했다. 위로는 우레가 엄청난 충돌을 일으키며 폭발했고, 아래로는 파도가 사납게 으르렁거렸다. 선원들이 서로에게 울부짖는 소리와 배가 난데없이 철썩 부딪치며 삐걱거리는 소리는 이 장면을 가공할 만한 절정으로 끌어올렸다.

> 저 멀리 암석 해변에 부딪히는 파도 소리가 들리고,
> 몰아치는 회오리바람은 그 깊고 넓은 곳을 가르나니,
> 솟아오르는 폭풍 가운데로, 하늘 높이
> 돌풍을 몰아가며, 위험 신神의 시커먼 형체가 앉는다.

줄리아는 멀미가 나고 겁에 질려 정신이 혼미한 상태로 선실에 누워 있었다. 퍼디낸드는 자신도 몸을 가누기가 힘들었으나 동생을 도우려고 애썼다. 그때 위에서 무섭게 부딪치는 소리가 크게 났다. 마치 배가 둘로 조각나는 듯했다. 여러 선원의 목소리가 한꺼번에 크게 들렸고, 모든 사람이 혼란에 빠져 소란스러웠다. 퍼디낸드가 갑판으로 뛰어 올라가서 보니, 큰 돛대가 돌풍을 부러져 갑판 위에서 이리저리 나뒹굴고 있었다.

이제 자정이 지난 시각이었다. 폭풍은 누그러지지 않고 줄곧 격정적으로 굴었다. 배는 네 시간 내내 돌풍에 요동치고 있었다. 선장은 배가 더는 버틸 수 없다고 선언하고, 긴 보트를 준비하라고 지시했다. 그의 지시를 따르기도 전에 배가 바위 암초에 걸리면서 불쑥 위로 올라왔고, 파도가 맹렬하게 달려들어

배를 덮쳤다. 여기저기서 신음 소리가 들렸다. 퍼디낸드는 뛰어가서 동생을 구출해 내 보트로 데려갔다. 보트는 선장과 선원들로 거의 가득 차 있었다. 파도가 너무 높이 날뛰는 바람에 해변에 닿는 것이 불가능해 보였다. 보트가 미처 몇 미터 가지도 않았는데, 배는 산산이 조각나 버렸다. 선장은 번갯불이 번득일 때 얼핏 보고는 암벽이 높은 해안가까지는 얼추 1킬로미터 정도 되리라 가늠했다. 남자들은 고단하게 노를 저었다. 보트는 파도의 꼭대기에 이르렀다가 다시 뒤로 물러나기를 계속했다. 노동의 대가는 시원치 않았다.

그들은 고생고생하며 힘겹게 연안에 닿았다. 그곳에는 또 다른 위험이 기다리고 있었다. 그들이 해안에 이르자 울퉁불퉁한 바위 절벽이 버티고 서 있었다. 그것을 오르는 일은 불가능해 보였다. 보트를 대기조차 어려워 보였다. 그럼에도 선원들은 가까스로 배를 댔고, 한참 살펴보더니 바위가 잘려 나간 곳에서 통로 같은 것을 발견했다. 그들은 모두 안전하게 그곳으로 올라갔다.

이제 새벽이 아련하게 밝아 오고 있었다. 그들은 해안을 살펴보았지만, 사람이 머문 흔적을 찾을 수는 없었다. 그들이 아직 시칠리아 해안에 있다고 추측했으나 그것을 확인할 방법은 없었다. 줄리아는 무섭고, 아프고, 지칠 대로 지쳐 기운이 하나도 없었다. 바위 위에서 휴식을 취해야만 했다.

폭풍우는 홀연히 가라앉았다. 험악했던 바람과 파도 뒤에 오는 절대 고요는 인상적이고 숭엄한 분위기를 연출했다. 대기는 죽음처럼 조용했다. 그러나 파도는 아직도 거칠게 요동쳤다. 날이 밝아 오면서 깊은 바다 위 이곳저곳에 흩어져 있는 파선된 배의 잔해가 보였다. 미처 보트를 타지 못했던 몇몇 선원은 파선된 배 조각에 의지하여 해안을 향해 움직이고 있었다. 이것을 본 동료들은 당장 내려가 보트를 물에 띄우고, 그들을 위태로운 상황에서 구해 냈다. 줄리아가 어느 정도 기운을 회복했을 때 그들은 머물 곳을 찾아 촌락으로 나아갔다.

3킬로쯤 가다 보니 삭막하기만 했던 시골 풍경이 나아지기 시작했다. 주변은 점차 그림같이 멋스러운 시칠리아 풍경으로 바뀌었다. 이윽고 그들은 약간 떨어진 곳에서 빌라 하나를 발견했다. 빌라는 완만한 언덕 위에 나무들로 둘러싸여 있었다. 이탈리아를 향해 출항한 이후 처음으로 보는 주거지였다. 지쳐 쓰러질 지경이었던 줄리아는 그걸 보니 기분이 좋아졌다. 선장과 선원들은 도움을 청하고자 그곳을 향해 서둘러 발걸음을 옮겼다. 하지만 퍼디낸드와 줄리아는 천천히 따라갔다. 남매는 남자들이 빌라로 들어가는 것을 보았는데, 그중 한 명이 재빨리 돌아와 동료들이 어떤 환대를 받았는지 알려 주었다.

줄리아는 힘겹게 그 건물에 다다랐다. 문에서는 젊은 기사가 그녀를 맞았다. 기사는 잘생기고 지적인 얼굴로 이내 그녀에게 관심을 보였다. 그는 그 낯선 사람들을 극진하게 환대했다. 그로 인해, 선원들은 그들의 처지에서 비롯된 언짢은 감정은 금방 잊었고, 순간 편안한 신뢰감을 느끼게 되었다. 그들은 환하고 우아한 현관을 지나 격조 높은 응접실로 안내되었다. 현관은 흉상들로 꾸며져 있고, 하얀 대리석 기둥들이 반구형 천장을 지탱하고 있었다. 응접실 앞으로는 잔디가 깔려 있었다. 음식이 펼쳐져 있는 테이블에 방문객들을 앉히고 젊은 기사는 나갔다. 그들은 주변 풍경을 둘러보며 그 아름다움에 감탄했다.

잔디밭은 각 측면이 숲으로 경계 져 있고 깨끗한 호수로 완만하게 내려가고 있었다. 매끈한 호수면 위로는 주변 풍경의 그림자가 드리웠다. 그 건너편 멀리로는 시골 마을이 보였다. 왼편으로는 낭만적인 산들이 깎아지른 듯 올라가고, 오른편으로는 온화하며 눈부신 정경이 펼쳐져 있었다. 오른편 정경의 고즈넉한 아름다움은 맞은편에 울퉁불퉁 높이 솟은 산들의 거친 장엄함과 눈에 띄게 대조를 이루었다. 그 전망 끝에는 아득히 파란 바다가 있었다.

얼마 되지 않아 기사는 두 여인과 함께 돌아왔다. 아내와 여동생이라고 소개했는데, 그들은 매우 호감이 가는 외모를 가졌다. 그들은 품위 있게 호의를 보이며 줄리아를 환영했다. 줄리아는 너무 피곤해 곧 휴식을 취하러 물러나야만 했다. 축적된 피로가 빠르게 몰려왔고, 그날 그 집을 떠나는 것은 불가능해 보였다. 선장과 선원들은 줄리아와 퍼디낸드를 그 빌라에 남겨 두고 길을 찾아 떠났다. 줄리아는 그곳에서 정말 친절하고 융숭한 대접을 받았다.

줄리아가 수도원에 헌신하기로 한 날이 되었다. 그날은, 평소에 치르는 의식과 함께 대성당으로 안내되었다. 성전은 장식되었고, 수도원에 거주하는 모든 이들은 참석할 채비를 했다. 수도원장 신부는 자신의 계획이 성공한 것에 자못 들떠, 후작이 딸을 영원히 잃어버린 것을 깨닫는 순간 얼마나 분개하며 짜증을 낼지 머릿속에 그려 보았다.

축하의 시간이 되었다. 원장은 도도한 발걸음으로 교회당으로 들어갔다. 성취감에 부푼 마음이 표정에 드러났다. 그가 중앙 제단으로 나아가고 있을 때, 줄리아를 찾을 수 없다는 말이 들려왔다. 그는 충격을 받아 잠시 아무 생각도 할 수 없었다. 여전히 그녀가 탈출을 감행하는 것은 불가능하다고 믿고 있었다. 그는 수도원 구석구석을 수색하라고 명령했다. 수도원 내 동굴도 잊지 말라고 했다. 동굴들은 나무에 가려 있어 잘 보이지 않았다. 수색은 끝이 났고, 그녀의 탈출은 분명해졌다. 원장은 울화가 치밀어 올랐고, 그것은 분노로 변해 모든 경계를 넘어 흘러넘쳤다. 그는 줄리아에게 지독한 형벌을 내리겠다고 공언했다. 원장은 메논 마담을 불러 줄리아의 도주를 도움으로써 신성한 종교를 모욕했다고 질책했다. 마담은 차분히 품위를 지키며 이 비난을 견뎌 냈다. 그녀는 흔들림 없이 가만히 있었지만, 속으로는 아무도 모르게 수도원을 떠나 다른 곳에서 평온함을 찾으리라 마음먹었다. 이곳에서는 결코 평온할 수 없었다.

줄리아가 사라졌다는 소식은 발 빠르게 담장 너머로 퍼졌고, 이내 마찌니 후작의 귀에도 닿았다. 후작은 이 소식을 듣고 기뻐했다. 이제 줄리아는 어쩔 수 없이 자신의 손아귀로 들어올 것이라 믿었다.

후작은 부하들에게 주변 숲과 바위 사이를 샅샅이 뒤지라고 지시했다. 수색을 마치고는 부하들과 함께 대수도원에서 물러났다. 줄리아를 찾으라고 부하들을 여러 갈래로 흩어 보내고, 그는 마찌니 성으로 돌아갔다. 성에서는 성가신 일이 기다리고 있었다. 퍼디낸드가 감금에서 도망갔다는 소식을 들었기 때문이다.

줄리아가 어떻게 도주했는지 그 비밀이 이제야 드러났다. 그녀가 누구의 도움으로 도주했는지 분명해졌다. 후작은 퍼디낸드가 어디에 숨었든지 찾아내라고 부하들에게 명령을 내렸다.

13장

히폴리터스 버리자 백작은 위독한 병으로 오랫동안 칼라브리아 해안에 있는 작은 마을에 갇혀 있었다. 병은 상처에서 시작되었으나 정신적 고뇌로 계속 악화되었고, 그는 쇠약해 있었다. 코닐리아가 죽었다 소식은 아직 듣지 못했다. 줄리아가 이제는 루오보 공작에게 헌신한 삶을 살고 있으리라 의심하지 않았고, 때때로 그 생각은 독이 되어 그의 심장에 퍼졌다. 칼라브리아에 도착하고 감각을 되찾자, 즉시 그는 그가 떠나온 후로 어떤 일이 있었는지 조용히 알아보라고 하인을 마찌니 성으로 보냈다. 비통함에서 벗어나고픈 간절한 마음에 버리자는 줄리아가 아직도 자기를 기다리고 있을 거라는 묘연하고 비현실적인 소망을 확인해 보고 싶었다. 하지만 시칠리아에서 소식을 가져오기로 했던 하인은 때가 되어도 돌아오지 않았고, 그는 결국 다시 절망에 빠져 허우적댔다. 하루하루, 몇 주가 지나고, 버리자의 근심은 절정에 이르렀지만, 그의 밀사는 여전히 나타나지 않았다. 마침내 버리자 백작은 하인이 강도들에게 붙잡혔거나 후작에게 발각되어 감금당했을 거라고 결론짓고, 마찌니성으로 두 번째 밀사를 보냈다. 비로소 그는 줄리아가 도주했다는 소식을 가지고 왔고, 백작은 그 기쁜 소식에 가슴이 부풀어 올랐다. 그러나 줄리아가 세인트 오거스틴 대수도원에 숨어 있는 것을 후작이 알았다는 소식을 듣고는 돌연 싸늘해졌다. 부상으로 인해 여태껏 거동이 불편했던 그는 이제 참을 수 없는 지경에 이르렀다. 어쩌면 줄리아를 영원히 잃어버릴 수도 있었다. 그럼에도 불구하고, 그가 내심 오랫동안 견뎌 온 절망의 고통에 비하자면, 두렵고 모호한 현재 상태는 그나마 행복이었다.

버리자 백작은 충분히 몸이 회복되자 시칠리아를 향해 이탈리아를 떠났다. 세인트 오거스틴 수도원으로 가 볼 생각이었다. 어쩌면 줄리아가 아직 거기에 있을 수도 있었다. 그는 후작의 공격을 피해 비밀리에 이 계획을 실행해야만 했다. 그래서 하인들은 칼라브리아에 두고 혼자 배에 올랐다.

아침이 되어서 그는 시칠리아의 작은 항구에 닿았고, 세인트 오거스틴 수도원을 향해 나아갔다. 발걸음을 옮기면서 여러 상상을 했다. 그가 일찍이 사랑에 빠졌던 순간의 장면들을 떠올려 보았다. 줄리아의 고뇌, 퍼디낸드의 수난. 버리자는 옛일을 돌아보자니 가슴이 녹아내리는 듯했다. 줄리아가 수도원장의 동정심을 얻어 아버지를 피했을 가능성에 대해 그려 보았다.

아울러 줄리아를 다시 만나는 순간 얼마나 좋을지 부풀리어 기대하며 스스로 흡족해했다.

그가 수도원에 도착해서 사랑하는 동생의 죽음과 줄리아의 도주 소식을 접하고는 얼마나 서글퍼했을지 쉬이 짐작할 수 있으리라. 그는 메논 마담이 거기에 있는지 알아보지도 않고 곧바로 세인트 오거스틴을 떠났다. 수 킬로 떨어진 마을에서 밤을 지낼 생각이었다.

버리자는 새로이 알게 된 사실을 음울하게 되새겨 보는 것에 푹 빠져, 고삐를 느슨하게 잡고 말이 어디로 가는지 신경 쓰지 않았다. 그가 길을 잘못 들었음을 깨달았을 때는 저녁이 한참 지난 후였다. 그는 삭막하고 쓸쓸한 곳에서 어찌할 줄 몰랐다. 다시 길을 찾기에는 너무나 멀리 벗어나 있었다. 오직 잘못된 선택만이 그의 앞에 놓여 있었다. 오른편으로는 히스와 검은 전나무로 덮여 있는 황량한 산들이 높게 솟아 있었고, 산들 옆으로는 위태롭게 보이는 좁은 길이 구불구불 나 있었다. 그 길이 자신이 갈 수 있는 유일한 행로인 듯했지만, 그 풍경이 너무 적막해 보여 그 길로 올라가지 않으리라 마음먹었다. 왼편으로는 숲이 있고 그곳으로 오솔길이 나 있었다. 그는 그 길을 따라갔다. 그 모양새가 음침했지만 그래도 산보다는 나았다. 얼마나 멀리 왔는지 알 수 없었지만, 어둠이 깔리기 전에 그 숲을 지나 마을에 닿을 가능성은 있었다. 최악의 상황에는 숲이 바람막이 보호막이 되어 줄 것이다. 만약 그가 길을 잃어 방황하게 된다면, 나무에 올라 어둠이 지나갈 때까지 기다리다 날이 밝으면 탈출의 기회를 엿볼 것이다. 산중에서는 사람이 사는 곳이 아니라면 다른 피난처를 찾기는 어려웠다. 게다가 여기에는, 평지라면 피할 수 있는 수많은 위험이 도사리고 있었다.

어느 길로 갈지 마음을 굳힌 버리자는 말을 재촉하여 숲으로 들어갔다. 산에서는 마지막 햇빛이 떨었다. 무성하게 드리운 나뭇잎들은 주변을 어둡게 했고, 시간이 지나면서 저녁의 그림자가 짙어졌다. 오솔길은 끊긴 곳이 없이 이어졌고, 백작은 어둠의 베일에 묻혀 사물을 전혀 구별할 수 없을 때까지 계속 그 길을 따라갔다. 이제 어둠이 짙게 깔려서 더는 길을 갈 수 없었다. 백작은 말에서 내렸다. 말은 나무에 묶어 두고, 아침까지 거기에 있을 요량으로 가지 사이로 나무에 올랐다.

그 상태로 얼마 지나지 않았는데, 멀리서 웅성거리는 말소리가 들렸다. 그는 신경을 곤추세웠다. 그 소리는 한동안 간간이 들려왔지만 가까워지는 것 같지는 않았다. 버리자는 그 소리가 어디서 나는지 잘 들어볼 요량으로 나무를 내려갔다. 하지만 발이 땅에 닿기 전에 소리는 멈추었고, 사방이 사뭇 고요해졌다. 그는 계속 귀를 기울여 보았지만, 정적은 계속되었다. 그는 바람에 나뭇잎이 부스럭거리는 소리를 잘못 들은 게 아닐까 생각하며 다시 올라갈 채비를 하다가, 나뭇잎들 사이로 저 멀리 희미하게 반짝이는 불빛을 보았다. 불빛이 보이니 근처에 사람이 사는 거주지가 있을 거라는 희망이 되살아났다. 그리하여 그는 말을 풀어 빛이 나는 지점으로 나아갔다. 이제 달이 하늘에 떠 있었고, 체커판 무늬의 그림자를 드리운 아련한 달빛은 그의 앞에 놓인 오솔길을 밝히기에 충분했다.

그가 일마 가기도 전에 그 빛은 사라졌다. 그러나 빛이 비치었을 법한 지점을 가늠하며 그는 계속 나아갔다. 한참 고생한 후, 그는 자연스럽게 만들어진 공터에 이르렀다. 그곳은 둥그렇게 나무로 둘러싸여 있었다. 달빛에 건축물이 하나 드러났다. 일찍이 그것은 수도원이었던 모양이었다. 하지만 지금은 무너지고 잔재물만이 쌓여 있었다. 건물이 퇴락하면서 그 웅대함은 더욱 도드라졌고, 보는 이로 하여금 경외감이 일게 했다. 버리자는 멈춰 서서 그 주변을 둘러보았다. 밤의 신성한 정적은 그 기운을 더했고, 어디서 오는지 알 수 없는 은밀한 두려움은 어느새 그의 가슴에 똬리를 틀었다.

그곳의 정적과 특색을 보자니, 그곳이 그가 찾고 있던 곳이 맞는지 확신할 수 없었다. 버리자는 계속 가야 할지 아니면 돌아가야 할지 망설이며 서 있다가, 한 형체가 부서진 아치형 입구 아래에 서 있는 것을 보았다. 형체는 손에 불을 들고 있었고, 조용히 그 길을 따라가더니 건물의 외진 곳으로 모습을 감추었다. 잠시 버리자는 용기를 잃고 움츠러들었다. 하지만 그는 궁금해 참을 수 없었다. 두려움을 억누르고, 가능하다면 그 형체가 간 길을 따라가 보기로 했다.

무너져 내린 돌들을 넘어, 안뜰 같은 곳을 지나, 아치형 입구로 갔다. 거기서 그는 다시 오싹한 느낌이 들어 멈춰 섰다. 그러다 다시 용기를 내어 발걸음을 옮겼다. 그 형체가 지나간 길을 계속 뒤따라가려고 했는데, 그는 돌연 둘러막힌 폐허 지점에 이르렀다. 그곳은 이제껏 보았던 것보다 더욱 황량하고 음산했다. 버리자는 주체할 수 없는 두려움에 사로잡혀 돌아서려 했다. 바로 그때, 고통스러워하는 사람의 나지막한 음성이 귓가에 닿았다. 그 소리에 그는 심장이 철렁 내려앉았고, 온몸이 부들거려 한 발짝도 움직일 수 없었다.

죽어 가는 사람의 마지막 신음 같은 그 소리가 다시 들렸다. 버리자는 모질게 힘을 내어 앞을 불쑥 나서니, 건물의 부서진 창에서 불빛이 번쩍하고 동시에 남자들의 음성이 들렸다!

그는 조용히 창문으로 다가갔다. 창으로는 작은 방이 보였다. 방은 그 건축물 다른 부분보다 덜 퇴락해 보였다. 그곳에는 남자가 여럿 모여 있었는데, 그들의 야만적인 모습이나 복장으로 짐작하건대 도적 떼인 듯했다. 그들은 한 남자를 에워싸고 있었다. 그 남자는 상처를 입고 피에 흥건히 젖어 땅에 쓰러져 있었다. 버리자가 들은 신음 소리는 그 남자가 낸 것이 분명했다.

그곳은 어두워서 죽어 가는 남자의 생김새는 잘 보이지 않았다. 남자는 온통 피에 덮여 있고, 주변 상황으로 보건대 살인이 일어나고 있는 듯했다. 그가 보고 있는 남자들이 살인자임이 틀림없었다. 버리자 백작은 그 장면의 끔찍함에 압도되어 꼼짝하지 못하고 그 자리에 서 있었다. 살인자들은 죽어 가는 남자의 주머니를 뒤졌다. 그 남자는 거의 들리지 않는 소리로, 그러나 필사적으로 자비를 베풀어 달라고 애원했다. 그 악한들은 그저 저주를 퍼부었고, 약탈을 계속했다. 그의 신음과 고통은 강도들을 더욱 잔인하게 만들 뿐이었다. 그들은 남자의 목에 걸려 있던 세밀화 목걸이를 빼앗으려고 했다. 이제껏 가슴 안쪽에 숨겨져 있던 것이었다. 남자는 불현듯 안간힘을 쓰며 몸을 반쯤 일으키더니, 그들의 손에서 그것을 되찾으려고 해 보았다. 하지만 소용없는 일이었다. 강도 하나가 주먹을 날렸고, 그 불운한 남자는 바닥에 쓰러져 움직이지 않았다. 버리자는 그 잔학무도한 행동에 넋을 잃고 자신이 어떤 상황에 부닥쳤는지 깜빡 잊어버렸다. 그는 소리 내어 신음하며 당장 앙갚음할 요량으로 발을 내디뎠다. 그 소리에 강도들은 흠칫하며 소리가 나는 쪽을 보았고, 창을 통해 버리자를 발견했다. 그들은 그 전리품은 내버려 두고 곧장 방문을 향해 뛰었다. 버리자는 다시 위기감을 느꼈고, 폐허의 바깥 부분으로 도피하려고 뛰었다. 그는 두려워하다 감각을 잃어버렸고, 길을 잘못 들었다. 아치형 입구로 가는 대신 길을 찾지 못해 헛되이 방황하며 곤혹스러워했다. 결국 그는 눈에 띄지 않는 구석진 곳으로 깊이 들어오게 되었다.

추적자들의 발걸음은 빠르게 쫓아왔고, 버리자는 계속 도주하려고 애를 썼다. 그러나 너무 당황한 나머지 별 효과를 거두지 못했다. 결국 그는 지쳐서 땅에 풀썩 주저앉아 운명에 자신을 맡기려고 해 보았다. 자포자기 상태로 귀를 기울여 보았다. 사방이 너무 조용해 그는 아연했다. 부서진 건물의 윗부분으로 흘러 들어오는 달빛에 의지하여 주변을 둘러보았다. 그곳은 지하실 같은 곳이었다. 희미한 빛에 판단하건대, 그곳은 꽤 넓어 보였다.

그는 한동안 이 상태로 머물며 탈출할 방법을 요리조리 궁리해 보았다. 하지만 탈출할 수 있을지 확신할 수 없었다. 지하실에 이대로 머물러 있는 것은 도살당하기를 기다리는 것과 다를 바 없었다. 그렇다고 탈출을 시도하는 것은 강도 패의 손아귀로 뛰어드는 것과 같았다. 버리자는 이 둘 중 지금 있는 곳에 가만히 있는 것이 더 낫다고 판단하고, 의연하게 운명에 맡겨 보려던 참이었다. 그때 난데없이 살인자들의 소란스러운 소리가 귀청을 때렸고, 그가 있는 곳을 향해 신속히 다가오는 발소리가 들렸다.

궁지에 몰리자 버리자는 당장 힘이 났다. 바닥에서 벌떡 일어나 뭔가를 찾으려고 필사적으로 주변을 둘러보다가 순간 달빛이 어린 작은 문이 눈에 들어왔다. 그는 그곳으로 갔고, 횃불이 지하실 벽을 비추기 바로 직전에 그 문으로 들어갔다.

그는 구불구불한 통로를 더듬으며 길을 따라가 마침내 층계가 있는 곳에 이르렀다. 캄캄해서 잘 보이지 않았지만, 무사히 아래로 내려갔다.

이제 처음으로 멈춰 서서 귀를 기울였다. 추적자들의 소리는 들리지 않았다. 완전히 고요했다! 그곳을 벗어날 수 있는 효과적인 방법을 계속 찾다가 손이 차가운 쇠에 닿았다. 버리자는 그것이 문의 일부라는 것을 금방 감지했다. 하지만 문은 잠겨 있었고, 열려고 힘을 써 보았지만 허사였다. 어쩔 수 없이 포기하려던 순간, 안쪽에서 날카로운 비명 소리가 나고, 기진맥진한 힘겨운 신음이 이어졌다. 그는 모든 신경을 집중했다. 다시 정적이 흘렀다. 그는 오랫동안 문 앞에 서서 귀를 기울였다. 다시 소리가 나리라 예상하며 머릿속에서는 참혹한 장면이 넘쳐 났다. 그러다 그는 문에서 부식된 부분을 찾아보았다. 어쩌면 그곳을 통해 무슨 일이 일어나는지 볼 수 있을 것이었다. 하지만 부식된 곳은 찾을 수 없었다. 그는 잠시 기다려 보았지만 아무 소리도 들리지 않았다. 그래서 자리를 뜨려고 하다가 팔이 문을 스쳤고, 단단한 무언가에 부딪혔다. 그는 소스라치게 놀라며 자세히 살펴보았다. 자물쇠에 열쇠가 끼여 있었다.

잠시 어떻게 할지 망설였으나 호기심은 다른 생각을 억눌렀고, 그는 떨리는 손으로 열쇠를 돌렸다. 문이 열리며 황량하고 널찍한 방이 나타났다. 테이블 위에는 램프가 희미하게 밝히고 있었다. 그 테이블 말고 다른 가구는 보이지 않았다. 몇 발짝 나아가자 한 물체가 눈에 띄었다. 그는 그것에 온 신경을 집중했다. 젊은 여자였다. 그녀는 바닥에는 누워 있었다. 죽었음이 분명했다. 얼굴은 옷에 가려져 있었다. 길게 땋은 황금빛 머리는 가슴 위로 우아하게 흘러내리며, 옷매무새가 흐트러져 드러났을 법한 아름다운 부분을 가리고 있었다.

버리자의 가슴속에서는 연민과 놀람과 감탄의 감정이 뒤섞였다. 그곳에 서서 이런 색다른 감정을 일으키는 대상을 관찰하고 있는데, 방으로 다가오는 발소리가 들렸다. 그는 들어왔던 문으로 달려갔고, 다행히 그 발소리를 내던 사람들이 들어오기 전에 문에 닿았다. 열쇠를 돌리고, 문에 서서 그들이 오는 소리에 귀를 기울였다. 두 남자의 목소리가 들렸다. 그들은 조금 전에 보았던 살인자들이었다. 곧이어 날카로운 비명이 들렸고, 동시에 그 악한들의 목소리가 거칠어지고 난폭해졌다. 그중 한 명은 숙녀가 죽고 있다고 소리치며 동료를 비난했다. 그가 놀라게 해서 그녀가 죽을 지경이 되었다고 지독한 욕지기를 퍼부었다. 그녀는 자기 것이고, 목숨을 내놓고 죽을 때까지 그녀를 지킬 것이라고 큰소리쳤다. 그들이 서로 다투는 소리는 점점 커졌다. 누구도 그 언쟁의 가엾은 대상을 포기하려 하지 않았다.

난폭한 소리와 더불어 이윽고 검이 맞부딪히는 소리가 났다. 비명은 계속되었고, 논쟁자들의 욕설과 저주는 배가 되었다. 그들은 버리자가 뒤에 숨어 있는 문을 향해 가까이 오는 듯했다. 갑자기 누군가 엄청나게 세게 문에 부딪혔고, 고통스럽게 신음했다. 그러고는 곧바로 누군가 땅에 쿵 하고 떨어지는 소리가 났다. 잠시 정적이 흘렀다. 버리자는 악당 한 명이 다른 한 명을 죽였을 거라고 믿었고, 이내 그것은 사실로 드러났다. 산 악당이 쓰러진 적 위에서 잔인하게 기뻐 날뛰었기 때문이다. 이 악한은 곧 방을 나갔다. 이내 멀리서 여러 명이 다투는 소리가 크게 들렸다. 그 소리는 버리자가 서 있는 곳 위에 있는 방에서 나는 듯했다. 위에서 쿵쿵거리는 발소리도 들리고, 왕왕 서로 따지는 사람들 소리가 나기도 했다. 그들은 방금 일어났던 싸움과 그 싸움의 원인이 되었던 숙녀에 대해 시끄럽게 떠들고 있었다. 이따금 목소리가 커지고 여러 소리가 뒤죽박죽 뒤섞이며 혼란스러웠다.

시간이 지나면서 조금씩 차분해졌다. 버리자는 그들이 말하는 것을 들을 수 있었다. 악당들은 그녀를 차지하기 위해 결투했던 자에게 그 의문의 숙녀를 넘겨주기로 합의했다. 그녀를 그의 전리품으로 남겨 두고, 그들은 모두 더 멀리 있는 먹잇감을 찾아 나섰다. 그 불운한 숙녀가 처한 처지를 생각하자니 버리자는 연민과 분노가 얽힌 감정이 일었다. 한동안 그는 그 감정에 빠져 있었다. 이 비참한 상황에서 그녀를 구해 낼 방법을 고민하면서 정작 자신이 처한 위험은 잊어버렸다. 그때 숙녀가 숨을 내쉬는 소리가 들렸다. 그 소리에 마음이 약해지고 있을 때, 열려 있던 그 방문으로 그녀를 갖기로 한 악당이 뛰어 들어왔다. 그녀는 더욱 크게 비명을 질렀다. 악당은 두 손으로 그녀를 움켜잡았고, 그녀의 비명은 아무 소용이 없었다. 버리자는 무기가 없었지만, 오직 고결한 연민에 이끌리어 방으로 돌진했다. 순간, 악당의 품에서 몸부림치는 숙녀가 바로 그의 줄리아인 것을 보고 조각상처럼 굳어 버렸다. 줄리아는 버리자를 발견하고 돌연 몸을 튕겨 벗어났고, 그에게로 달려가 품에 안기며 힘없이 쓰러졌다.

악한은 놀라고 분해하며 눈빛이 번득였다. 그리고 죽을 각오가 선 포악한 자세로 버리자를 향해 돌아섰다. 버리자는 줄리아를 내려놓고, 바닥에 누워 있는 죽은 악당의 검을 낚아채 방어했다. 싸움은 격렬했지만, 버리자는 적을 발 앞에 쓰러뜨렸다. 그는 서둘러 줄리아에게 갔다. 줄리아는 정신을 차렸으나 한동안 말을 하지 못하고 눈물만 흘렸다. 그녀의 가슴속에 일었던 다양하고 빠르게 옮겨 가는 감정의 변화는, 그리고 버리자를 괴롭혔던, 기쁨과 공포가 이상하게 뒤섞인 감정은, 오로지 그것을 경험한 사람만이 이해할 수 있으리라. 버리자가 줄리아를 바닥에서 일으켜 위로하려 할 때, 그녀가 퍼디낸드라고 격렬하게 소리쳤다. 버리자는 그 이름을 듣고 깜짝 놀라며, 이내 그 죽어 가던—어두워서 얼굴을 제대로 볼 수 없었던—기사를 떠올렸다. 버리자는 내심 고통스러워 가슴이 저렸지만, 자신이 예상하는 끔찍한 장면은 줄리아에게 말하지 않기로 마음먹었다. 줄리아는 퍼디낸드도 그녀와 함께 있었고, 배가 파선한 후 그들을 친절하게 맞아 주었던 그 빌라를 떠나 항구로 가던 길에서 강도들을 만났다고 설명했다. 이탈리아로 향하는 배를 타려고 항구로 가던 길에 그 불행한 사고를 당한 것이었다. 퍼디낸드와는 금세 떨어지게 되었고, 자신은 버리자가 자기를 발견한 그 방에 몇 시간 동안 갇혀 있었노라고 덧붙였다.

버리자 백작은 퍼디낸드를 몹시 걱정했으나 어렵사리 그것을 감추고 있었다. 백작은 줄리아의 고뇌를 덜어 보려고 했지만 별 효과는 없었다. 하지만 허비할 시간이 없었다. 그들은 이 건물을 벗어날 수 있는 길을 찾아야 했고, 그렇게 하기 전에 강도들이 돌아올 수도 있었다. 몇몇 강도는 다른 강도들이 없을 때 이곳을 확인하려고 본거지를 떠나 이쪽으로 오고 있을 수도 있었다. 이 또한 충분히 경계해야 할 상황이었다.

버리자는 잠깐 고민한 후, 그가 들어왔던 통로로 나가는 것이 가장 안전하리라 판단했다. 그는 램프를 들고 줄리아를 그 문으로 인도했다. 그들은 문을 나오며 뒤로 문을 잠그고, 가로수 길로 접어들었다. 버리자는 자신이 내려왔던 계단을 찾으려 했으나, 그 길이 굽이져 있어서 한참을 헤맸지만 찾을 수 없었다. 길을 잘못 들었음이 틀림없었다. 대신 다른 계단을 찾았고, 계단을 내려가니 사람이 똑바로 서서 걸을 수 없을 정도로 좁고 낮은 통로가 나왔다. 그 통로 끝에는 문이 있었다. 자세히 보니 철문이었다. 버리자는 그것을 보고 당황했지만, 힘껏 밀어 보니 서서히 움직였다. 문이 열리자 그 안에 갇혀 있던 바람이 훅 불었다. 하마터면 램프 불이 꺼질 뻔했다. 그들은 이제 깊은 구렁으로 발을 내디뎠다. 그때, 스프링으로 움직였던 문이 순식간에 쾅 닫혔다. 주변을 둘러보니 그곳은 커다란 지하묘지였다. 그곳은 불행하게도 강도들의 손아귀에 떨어져 목숨을 잃은 사람들의 주검을 모아 놓은 곳이었다. 그들이 이것을 발견하고 얼마나 경악했을지 상상하는 건 쉽지 않을 것이다.

줄리아는 정신이 혼미해져 갔고, 버리자는 그녀를 간신히 붙들었다. 그는 문으로 달려가 열려고 해 보았으나, 잠금장치가 반대편에서만 문이 열리도록 만들어져 있어 소용없는 일이었다. 어쩔 수 없이 다른 문을 찾아보았지만 역시 찾을 수 없었다. 이건 그들이 상상할 수 있는 최악의 상황이었다. 살해된 시체들이 흩뿌려져 있는 지하실에 갇혀 버렸기 때문이다. 굶어 죽든지 아니면 검에 찔려 죽을 판이었다. 땅은 몇 군데가 파헤쳐 져 있었는데, 새로 만들어 놓은 무덤 자리인 듯했다. 급해서인지 무심해서인지, 묻히지 못한 시체들이 있었고, 인간에게 너무나 충격적인 광경이 벌어져 있었다. 줄리아는 그 참혹함에 털썩 주저앉았고, 버리자 또한 고통스러웠다. 그는 줄리아를 부축하여 지하 묘지와는 떨어져 있는 구석진 곳으로 데려갔다. 그곳에는 벤치가 하나 있었다.

그렇게 있은 지 얼마 되지 않아 누군가 다가오는 소리가 들렸다. 그들이 지나온 가로수 길로 오는 것 같지는 않았다.

시끄러운 소리는 점점 커졌고, 목소리도 들렸다. 버리자는 살인자들이 돌아왔다고 믿었다. 그들이 빠져나온 길을 추적하여, 그가 모르는 길을 통해 그 지하실로 오고 있다고 믿었다. 그는 최악의 상황에 대비하여 검을 뽑아 들었다. 죽을 때까지 줄리아를 보호하리라 다짐했다. 그러나 곧이어 말발굽 소리가 났고, 그 소리에 그들의 불안감은 흩어졌다. 버리자는 그 소리에 집중했다. 지하실과 아주 가까운 위 안뜰에서 나는 것 같았다. 어떤 사람이 신음하고 애원하는 소리와 더불어 강도들의 목소리가 또렷이 들렸다. 그들은 분명 그 사람을 약탈하려는 참이었다. 그 소리는 매우 가까이에서 들렸고, 버리자는 소스라치게 놀라며 충격을 받았다. 그는 지하실을 둘러보았다. 벽 윗부분 높은 곳에 작은 창살문이 있었다. 그것을 통해 도둑들이 모여 있는 곳을 볼 수 있었다. 버리자는 순간 불빛에 발각될 수도 있겠다는 생각이 들었다. 그렇게 되면 끔찍한 상황이 벌어질 수 있으므로 불을 꺼야만 했다. 그는 바깥에서 벌어지는 광경을 보려고 창살문 쪽으로 올라가려고 해 보았다. 벽이 울퉁불퉁해서 발 디딜 자리를 찾을 수 있었고, 비로소 밖을 볼 수 있게 되었다. 횃불이 비추는 것에 따라 부분적으로 보였다. 폐허가 된 뜰에는 도적 무리가 말 등에 묶여 있는 두 사람을 에워싸고 있었고, 말 등의 사람들은 자비를 베풀어 달라고 애원하고 있었다.

도적 중 하나는 오늘은 황금 같은 밤이라고 소리쳤다. 그러고는 동료들에게 신속히 해치우라고 명령하고, 자신은 폴로와 그 숙녀를 찾으러 갈 것이라고 덧붙였다.

이 말의 마지막 부분이 지하실에 갇혀 있는 이들에게 어떤 영향을 미쳤을지는, 묘사하는 것보다 상상하는 게 더 쉬울 것이다. 그들은 살해당한 사람들의 저택에, 칠흑 같은 어둠 속에, 탈출할 방법도 없이, 주위에 널린 비참한 시체들과 비슷한 운명을 맞으리라 덧없이 예감하며, 갇혀 있었다. 근심과 공포에 짓눌린 줄리아는 땅바닥에 쓰러졌다. 버리자는 창살문에서 내려왔고, 줄리아를 깊이 걱정하면서 자신이 처한 위험은 의식하지 못했다.

잠시 후 밖이 시끄럽고 어수선해졌다. 뜰을 떠났던 도적이 숙녀는 도망가고 폴로가 살해되었다는 오싹한 소식을 가지고 돌아왔다. 도적들은 그들의 전리품을 내버려 두고 그 도망자와 살인자를 찾아 나섰다. 무시무시한 고함 소리가 건축물의 구석진 곳 도처에 울려 퍼졌다.

소란은 한동안 계속되었고, 갇혀 있는 이들은 잔혹한 불안감에 떨어야만 했다. 그들은 그 떠들썩한 소리가 지하실로 가까이 오는 것을 들었다. 그리고 이내 여러 목소리가 소리를 지르며 그 가로수 길을 내려왔다. 발소리가 빨라졌다. 버리자는 다시 검을 꺼내 들고 입구 쪽으로 갔다. 얼마 있지 않아 반대편에서 누군가가 문을 거칠게 밀었다. 문이 확 열리고, 무리의 남자들이 들이닥쳤다.

버리자는 누구든 처음 다가오는 놈을 죽여 버리겠다고 소리치며 자리를 지켰다. 버리자가 소리를 지르자 그들은 일시 정지했다. 하지만 곧 앞으로 나오며 왕의 이름으로 명하노니 항복하라고 명령했다. 버리자는 너무 흥분해서 보지 못했던 것을 이제 보게 되었다. 그 앞에 있는 남자들은 도적이 아니라 경무병이었다. 그들은, 도적 떼를 만났다가 가까스로 탈출한 시칠리아 귀족의 아들로부터 강도가 출몰한다는 정보를 받고 온 것이었다.

경무병들은 위병들과 함께 왔고 이 오싹한 구석진 곳을 샅샅이 수색할 작정이었다.

버리자 백작은 퍼디낸드를 찾아 달라고 요청했다. 그들은 그를 찾기 위해 지하실을 나갔다. 그들이 올라간 뜰에서는 여러 위병이 꽤 많은 수의 도적을 체포했다. 백작은 도적 무리를 꾸짖고, 퍼디낸드의 생김새를 묘사하며 그들이 숨긴 그 사람을 당장 내놓으라고 다그쳤다.

그들은 하나같이 그 사실을 부인하며 백작이 묘사한 사람에 대해서는 전혀 아는 바가 없다고 강력히 주장했다. 그들이 부인할수록 버리자는 자신이 앞서 가졌던 그 끔찍한 추측이 사실이라고, 그가 목격했던 죽어 가던 기사는 틀림없이 퍼디낸드였다고 확신했다. 그래서 몹시 분개했다. 버리자 백작은 경무병들에게 수색을 속행하라고 명령했다. 그들은 체포한 도적들 옆에 위병을 하나 세워 둔 채 백작을 따라 조금 전에 그 끔찍한 장면이 벌어졌던 방으로 갔다.

그 방은 어둡고, 비어 있었다. 하지만 바닥에는 핏자국이 있었다. 줄리아는 버리자가 특별히 걱정하는 바가 무엇인지 몰랐지만, 그 광경을 보고 쓰러질 지경이었다. 그들은 방을 나가서 한동안 그 폐허를 돌아다녔다. 딱히 특이한 점은 찾지 못했다. 버리자가 처음 그 건물에 들어설 때 지나갔던 아치형 입구를 지나가자, 발소리가 울렸다. 그들은 땅 아래가 비어 있다고 생각했다. 횃불을 비추며 자세히 살펴보았고, 바닥에서 뚜껑 문을 하나 발견했다. 힘겹게 그것을 들어 올렸더니 아래로 내려가는 좁은 계단이 드러났다. 계단을 내려가니 좁고 구불구불한 통로가 나왔고, 거기에 있은 지 얼마 되지 않아, 위에서 말발굽 소리가 나고 별안간 요란한 소리가 들렸다.

경무병들은 도적들이 그 혼자 남은 위병을 쓰러뜨리지 않았을까 염려하며 뚜껑 문으로 신속하게 돌아갔다. 그들이 아직 계단 다 오르지 못했을 때, 검이 부딪치는 소리와 누군지 알 수 없는 음성이 시끄럽게 들렸다. 아치형 입구를 통해 보니, 안뜰에서는 패거리를 구하려고 방금 도착한 큰 도적 무리와 위병이 치열하게 싸우고 있었다.

몇몇 경무병은 이것을 보고 동료를 돕기 위해 달려 나갔다. 한편 겁을 먹은 몇몇은 계단을 내려갔다. 그들 뒤로는 문이 쾅 하고 닫히며 천둥소리를 냈다. 그들은 버리자에게 위에서 무슨 일이 벌어지는지 보고했고, 버리자는 줄리아와 함께 출구나 은신처를 찾으며 그 통로를 따라 빨리 걸었다. 어느 것도 찾을 수 없었다. 그 구불구불한 길을 얼마 가지 못했을 때, 뚜껑 문이 열리고 여러 사람이 계단을 내려오는 소리가 들렸다. 줄리아는 절망 속에서 힘을 얻었고, 더욱 빠르게 움직였다. 그러나 그들은 통로를 가로막고 있는 문을 맞닥뜨렸다. 멀리서 나는 목소리는 벽을 따라 웅얼거렸다.

버리자는 문을 열려고 해 보았으나 단단한 철제 빗장으로 잠겨 있어 꿈쩍하지 않았다. 목소리들이 조금씩 가까워지고 있었다. 그가 빗장을 잡고 한참 버둥거렸더니 힘겹게 문이 움직였고, 마침내 열렸다. 그곳은 동굴의 입구였다. 동굴을 비추는 밝은 빛이 그들을 맞았다. 동굴 밖은 숲이었다. 약간 걸어가다 보니 숲의 끝자락이 나왔다. 그들은 걸음을 멈추고, 마음 졸이며 뒤를 돌아보았다. 쫓아오는 사람은 없었다.

14장

줄리아가 휴식을 취하고 나서 그들은 앞에 놓인 길을 따라갔고, 얼마 되지 않아 마을에 닿았다. 그곳에서 안도하며 음식을 얻었다.

그러나 줄리아는 머릿속이 온통 오빠에 대한 걱정으로 가득했기에 주변의 어떤 것에도 관심이 가지 않았다. 버리자가 옆에 있어서 고통을 벗어나 기쁨을 즐겨야 했지만, 지금 그녀의 고뇌를 누그러뜨리기에는 역부족이었다. 그녀는 오빠에게 변함없는 고결한 애착을 두고 있었고, 그래서 마음이 무거웠다. 생각하면 할수록 더욱 가슴이 아팠다. 그런데 도적들은 은신처에 오빠를 숨기지 않았다고 한결같이 주장했다. 이 주장으로 버리자의 근심에는 그림자가 더욱 짙어졌고, 줄리아의 마음에는 가냘픈 희망의 빛이 비치었다.

줄리아는 이 슬픈 화제를 밀어내고 당장 시급한 일을 생각했다. 이제 어떻게 해야 할지 결정해야만 했다. 그녀는 지금 그들이 어디에 있는지 몰랐고, 은신할 만한 곳도 찾을 수 없었다. 버리자 백작은 그녀 주위에 도사리고 있는 위험에 조바심을 냈다. 그녀를 잃어버릴 수 있다는 가능성에 치를 떨었다. 이 위급한 예민함은 그에게 이렇게 암울한 시점에는 아무 말도 하지 말라고 요구했다. 백작은 이 예민함을 극복하기 위해 어떻게 해야 하나 고민했다. 그는 줄리아에게 지금 당장 그의 사람이 되어서 이별의 가능성을 없애 버리자고 간청했다. 가까운 수도원에서 쉽게 신부를 찾을 수 있을 것이고, 그들이 마음을 합치면 신부는 그들의 인연을 확인해 줄 것이며, 그리하여 오랫동안 그 소망을 위협했던 운명을 당장 붙잡자고 설득했다.

이 제안은 전에 그녀가 허락했던 것과 비슷한 것이었고, 그녀가 두려워하는 운명으로부터 탈출할 수 있는 확실한 방법이었지만, 지금 그녀는 낙담하고 슬퍼하며 거절했다. 줄리아는 버리자를 흔들림 없이 깊이 사랑했고, 그가 그녀의 구원자로 나선 것이 진정 고마웠다. 그러나 이것은—오빠가 어떤 상황에 있는지 몰라 걱정하는 마음에 기쁨을 뒤섞는 것은—그녀를 위해 온갖 수난을 감내했던 오빠에 대한 기억을 모독하는 것이라고 생각했다. 그런 연유로 그녀는 간곡하게 거절했다. 버리자는 그녀의 차분한 태도를 보며 마음에서 꾸물거리던 의심이 순식간에 사라졌고, 그녀의 품성을 더욱 우러러보게 했다.

줄리아는 한동안 어느 호젓한 수도원에 은신하며 지금 당혹감과 슬픔을 주는 이 사건이 어떻게 마무리되는지 지켜보고 싶었다.

비록 청혼에는 행복과 삶의 의미가 담겨 있었지만, 버리자는 감정을 추스르려고 애쓰며 더는 강요하지 않았다. 그는 마을 사람들에게 가까운 곳에 수도원이 있는지 물었고, 50킬로 내에는 없다는 대답을 들었다. 그렇지만 그 정도 떨어진 팰리니 마을 근처에는 두 개가 있다고 했다. 버리자 백작은 말을 구해 줄리아와 함께 팰리니로 가는 길에 올랐다. 경무병들은 팔레르모로 돌아가 경계를 강화하도록 남겨 두었다.

줄리아는 말없이 생각에 잠겼다. 버리자도 점차 같은 기분으로 가라앉았다. 산기슭을 따라 몇 시간을 이동하면서 버리자는 미심쩍은 시선으로 빈번히 주변을 둘러보았다. 그들은 식사를 하기 위해 해변의 나무 그늘 밑에 잠시 머물렀다. 버리자는 발각될까 두려워 음식점에 드나드는 것을 꺼렸다.

식사를 마치고 그들은 다시 움직이기 시작했다. 버리자는 그들이 올바른 방향으로 가고 있는지 의구심이 들었다. 그런데도 이 지점에서 확인할 방법이 없었기에 그는 앞에 놓인 길을 계속 갔다. 길은 가파른 언덕을 휘감고 있었고, 그들은 그 길을 따라 비옥한 골짜기로 내려갔다. 언덕 사이로는 멀리서 양치기의 피리 소리가 평화롭게 들려왔다. 저물어 가는 햇빛은 풍경에 온화하며 감미로운 광채를 더했고, 불그스름한 빛깔로 사물 하나하나를 부드럽게 물들였다. 줄리아가 더 여유로운 마음이었다면 그 빛깔에 걸맞은 평온함을 얻었으리라.

저녁이 무르익고 있었다. 그들은 그 길이 맞는지 확신하지 못했던 터라 그날 밤에 팰리니에 이르는 것은 불가능해 보였다. 그래서 골짜기 끝에서 보았던 마을로 방향을 돌렸다.

약 1킬로쯤 갔을 때, 갑자기 그들 뒤에 있는 언덕 사이로 누군가가 외치는 소리가 울렸다. 돌아보니, 어둠 속에서 그들을 향해 말을 타고 달려오는 여러 남자 형체가 흐릿하게 보였다. 가까워지면서 그들이 소리치는 말을 알아들을 수 있었는데, 줄리아의 이름을 부르고 있었다. 줄리아는 이 상황에 소스라치게 놀랐다. 그녀는 그들이 아버지의 부하라 믿어 의심치 않았고, 그래서 버리자와 함께 골짜기로 도망쳤다. 그들이 어느 동굴 입구에 이르렀을 때는 추적자들에게 거의 따라잡혔다. 줄리아는 숨을 곳을 찾아 동굴로 뛰어 들어갔고, 버리자는 검을 빼 들고 입구를 막고 서서 적을 기다렸다.

줄리아는 잠시 후 검이 부딪치는 소리를 들었다. 그녀는 버리자를 생각하며 마음을 졸였다. 당장 돌아가서 자신을 적에게 내어 주고 그를 위태로운 상황에서 구하려던 찰나에 줄리아는 루오보 공작의 목소리가 크게 나는 것을 또렷이 들었다.

줄리아는 그 소리에 자신도 모르게 움츠러들었고, 동굴의 구불구불한 길을 따라 가장 깊숙한 곳으로 도망갔다. 얼마 되지 않아 여러 음성이 동굴에 메아리치며 그녀가 있는 곳으로 점점 다가오고 있었다. 버리자는 패했고, 적들은 그녀를 찾고 있는 것이 분명했다. 줄리아는 형용할 수 없는 불안감에 휩싸여 주변을 둘러보았다. 별안간 지나가는 횃불이 얼핏 빛을 비추면서 근처 암벽에 낮고 깊은 구석이 있는 것을 발견했다. 추석자들이 들고 있는 불빛이 섬섬 상해셨다. 그녀는 무릎으로 기어 암벽 구석으로 들어갔다. 그렇게 하지 않고는 불쑥 튀어나온 바위를 지나갈 수 없었다. 몇 미터를 들어가니 그 끝에는 문이 가로막고 있었다. 밀어 보니 문이 열리고, 높게 둥근 천장이 있는 동굴이 나타났다. 바위 위쪽 틈새로 달빛이 들어와 그곳을 희미하게 비추고 있었다.

줄리아는 문을 닫고 가만히 서서 귀를 기울였다. 목소리가 점점 크게 들리더니 점점 또렷해졌다. 마침내 매우 가까워 무슨 말을 하는지 들을 수 있었다. 루오보 공작의 음성이 다른 소리보다 크게 들렸다.

“그녀가 동굴을 벗어났을 리가 없다.” 공작이 말했다. “그녀를 찾을 때까지 나는 떠나지 않겠다. 나는 이쪽을 살펴볼 테니 너희는 저 바위 왼쪽을 수색해라.”

줄리아는 그 말로 상황을 파악할 수 있었다. 그녀는 문에서 멀어져, 앞에 놓인 동굴을 가로질러 도망갔다. 쉬지 않고 한참을 달려가다가 호흡을 가다듬기 위해 멈춰 섰다. 이제 사방은 조용했다. 주위를 둘러보았다. 어둡고 음침해서 머릿속에 온갖 공포가 들이닥쳤다. 줄리아는 당황하며 이 광활한 동굴을 대강 살펴보다가 자신이 다시 도적 떼의 수중에 떨어진 게 아닐까 무서웠다. 그곳은 그들의 은신처로 적절해 보였기 때문이다. 그녀는 잠시 귀를 기울였지만 아무 소리도 들리지 않아, 들어왔던 문을 다시 찾아야겠다고 생각했다. 그러나 동굴이 매우 넓고 어두침침해 노력은 물거품이 되었고, 시도는 성공하지 못했다. 그녀는 그 공허한 공간을 오랫동안 방황하다 포기하고 자신을 운명에 맡겼다. 그녀는 생각을 모으려고 해 보았다. 앞서 멋지게 탈출했던 것을 기억하면서 신의 자비를 신뢰하게 되었다. 하지만 이제 그녀는 버리자와 퍼디낸드를 모두 잃어버렸다. 어쩌면 영원히 못 만날 수도 있었다. 그녀는 그들의 불확실한 운명을 떨쳐 버릴 수 없었고, 애통해하며 슬퍼했다.

아침이 가까워지면서 근심은 자연의 섭리를 이기지 못했고, 줄리아는 잠에 빠져들었다. 얼마 후 그녀는 바위틈으로 비스듬히 날아드는 햇살에 눈을 떴다. 햇살은 동굴을 부분적으로 드러냈다. 그녀는 아직 잠에서 깨지 않아 정신이 흐릿한 상태에서 주변을 둘러보고 화들짝 놀랐다. 점차 기억이 돌아오면서 다시 슬픔이 찾아왔고, 섬뜩한 지난 일에 괴로웠다.

줄리아는 일어나 다시 출구를 찾아보았다. 빛이 충분하지는 않았지만, 그런대로 도움이 되었다. 문을 하나 찾았다. 그녀가 들어왔던 문은 아니었다. 문은 굳게 잠겨 있었으나 빗장과 자물쇠를 발견했고, 결국 열 수 있었다. 문을 열자 어두운 통로가 나왔고, 줄리아는 그곳에 발을 내디뎠다.

줄리아는 잠시 굽이진 벽을 더듬어 나아가다 길이 막혔다는 것을 알게 되었다. 또 다른 문이 그녀가 가는 길을 가로막고 있었다. 그녀는 문을 잠그고 있을지도 모를 빗장을 찾아보았다. 그것을 찾았고, 안간힘을 써서 풀었다. 문이 열렸다. 작은 방이었다. 위 창을 통해 들어오는 흐릿한 빛에 삐쩍 마른 창백한 여자가 보였다. 여자는 반쯤 감긴 눈으로 팔걸이가 있는 의자에 앉아 있었다. 여자는 줄리아를 보더니 의자에서 벌떡 일어났다. 소스라치게 놀란 표정을 짓고 있었다. 비통함에 지친 모습이었지만, 그럼에도 여전히 아름다움의 자취가 남아 있었다. 그녀의 몸가짐에는 온화한 기품이 있어 줄리아는 은연중에 존경심이 일었다.

여자는 무슨 말을 하려는 것처럼, 진지하고 가만히, 잠시 간절한 시선으로 줄리아를 바라보며 서 있다가, 돌연 "내 딸이구나!" 하고 부르짖고는 쓰러졌다.

줄리아는 경악했으나, 정신을 잃고 바닥에 쓰러진 부인을 돕지 못할 정도는 아니었다. 수많은 어설픈 미묘한 생각이 머릿속에 몰려왔고, 줄리아는 어찌할 줄 몰랐다. 이제 다시 정신을 차려 가는 이 낯선 부인의 생김새를 살펴보면서 한 생각이 들었다. 부인은 에밀리아 언니를 닮았구나!

부인은 깊이 한숨을 내쉬며 눈을 떴다. 눈을 들어, 너무 놀라 멍하니 내려다보는 줄리아를 응시했다. 부인은 다정하고 진중한 시선으로 조용히 줄리아를 보더니 이내 눈에 눈물이 고였다. 부인은 줄리아를 꼭 껴안았다. 말로 표현할 수 없는 격렬한 감정이 잠시 이어졌다. 부인은 어느 정도 진정되자 말문을 열었다.

"오, 하느님! 제 기도에 응답을 주셨군요. 죽기 전에 자식 중 하나를 끌어안을 수 있도록 허락해 주셨군요. 딸아, 네가 어떻게 여기에 오게 되었는지 말해 보아라. 비로소 후작이 누그러져서 내가 너를 한 번 더 볼 수 있게 해 준 것이냐, 아니면 그가 죽어서 내가 이 비참한 속박에서 벗어나게 된 것이냐?"

이제 줄리아의 마음에서는 진실이 흐릿하게 빛을 내고 있었다. 하지만 그 빛이 너무 흐려서 생각은 명료해지지 않고 당혹감만 크게 할 뿐이었다.

"마찌니 후작은 아직 살아 있는 거냐?" 부인이 계속했다. 이 말에는 의심의 여지가 없었다. 줄리아는 어머니의 발 앞에 엎드려, 기쁨에 겨워 그녀의 무릎을 껴안았다. 오직 흐느낌으로만 대답할 수 있었다.

후작 부인은 애달프게 다른 자식에 관해 물었다.

"언니는 살아 있어요." 줄리아가 대답했다. "근데 오빠는……."

"오빠는? 어서 말해 봐." 부인은 재촉하며 크게 말했다.

줄리아는 그간 있었던 일을 풀어냈다. 퍼디낸드 얘기가 나왔을 때 부인은 깊은 한숨을 내쉬었다. 그리고 하늘을 향해 눈을 들고 경건한 체념의 모습을 보이려 했으나 표정에서는 모성애의 고통이 드러났다. 그녀가 인내심을 잃고 있는 듯했다.

줄리아는 지금껏 그녀가 겪은 일과 이 동굴에 들어오게 된 경위를 간략히 설명했다. 그녀는 지금 자기가 마찌니 성의 남쪽 건물 지하에 있다는 사실을 알고는 더없이 놀랐다. 후작 부인이 그간 이야기를 시작하려던 차에 위에서 문이 열리는 소리가 나고, 연이어 발소리가 들렸다.

"어서 도망가!" 후작 부인이 소리쳤다. "후작이 오고 있어, 어서 숨어라."

이 말에 줄리아는 심장이 내려앉는 듯했다. 그녀는 지체하지 않고 즉각, 들어왔던 문으로 나갔다. 문을 나서자마자, 지하실 다른 문의 자물쇠가 열렸고 아버지의 음성이 들렸다. 그 소리에 줄리아는 온몸에 전율을 느끼며 부들거렸다. 발각될지도 모른다는 두려움에 짓눌렸고, 금방이라도 후작이 문을 열고 들어설 것 같이 느끼며 서 있었다. 동굴 안에 숨어 있으면서 진이 다 빠지는 기분이었다.

얼마 후, 먹을 것을 가지고 왔던 후작이 나가고 문이 다시 잠겼을 때, 줄리아는 숨어 있던 곳에서 조심히 나왔다. 부인은 다시 딸을 포옹하며 흐느꼈다. 부인은 그동안 어떻게 고난받았는지 풀어놓았고, 그것은 오랫동안 남쪽 건물에서 벌어졌던 이상한 일들을 이해하기에 충분했다.

"아, 이를 어찌해야 하나!" 후작 부인이 말했다. "딸에게 아버지의 사악함을 들춰 내야 할까? 그게 내가 할 일일까? 내가 받은 고통을 이야기하자면 네 아버지의 죄상이 속속 드러날 텐데! 내가 이 처참한 곳으로 들어온 것이 15년은 된 것 같다. 내가 그렇게 판단할 수 있는 근거는 별로 없지만, 그렇게 추측해 보는 거다. 아, 나의 비통함이란! 근데 그게 여기서 시작되는 건 아니었어. 더 일찍 시작되었지. 내 모든 불행을 초래했던 그 욕정은, 그것이 지독하게 사악한 영향력을 행사하기 오래전부터 나는 알고 있었다고만 해 두자.

결혼하고 7년이 지났을 때다. 마리아 벨로노라는 어린 숙녀가 있었는데, 눈에 띄게 예뻤지. 후작은 그녀를 보고 혼이 나갔어. 그의 욕정이란 게 들쑥날쑥하면서도 또 그만큼 격렬했거든. 네 아버지는 나에게 가혹할 정도로 무심하게 굴면서 그 여자를 향해서는 성급히 열정을 불태웠단다. 나는 말도 하지 못하고 심히 괴로워했어. 혹시 내 잘못인가 하는 생각이 들어서 내 과거 행실을 꼼꼼히 되돌아보았지만, 감사하게도 전혀 문제가 없었다. 그래서 나는 사라져 버린 지난날의 애정을 다시 불러오길 기대하며 애썼단다. 세심하게 부지런하고, 온순하게 순종하면서 말이다. 아! 그런데 나의 온순한 순종은 비굴하고 무정한 근성의 증표라는 취급을 당했다. 네 아버지는 나의 세심한 근면함에 더 이상 마음 주지 않았어. 그저 역겨워할 뿐이었지. 내가 그의 자존감을 세워 주면서 달래 보려고 했는데, 그는 단지 그 자존심만 한껏 치켜세울 뿐이었어.

이 변화를 보며 나는 아무도 모르게 근심했다. 근심은 내 영혼을 갉아먹었지. 내 육체를 뜯어먹어 결국 나는 생명을 위협할 정도로 심하게 아프게 되었다. 난 죽음이 나를 노려보며 다가오는 것을 보았어. 그것이 나를 평온으로 인도할 것 같아 반갑기까지 하더라. 하지만 난 새로운 국면의 비통함 속에서 더 오래 살아야만 할 운명이었다.

하루는 내 병이 발작을 일으키는 것 같았어. 나는 꼼짝도 하지 못한 상태로 빠져들었고, 몇 시간 동안 그대로 누워 있었지. 그게 어떤 느낌이었는지 말로 표현할 수가 없구나. 정신을 차려 보니 나는 이 무시무시한 곳에 있더라. 나는 잠시 내 감각이 잘못되었나 의심했는데, 나중에는 내가 이 세상을 떠나 다음 세상에 온 것이라 믿었단다. 근데 오래지 않아 내 생각이 틀렸음을 깨달았지. 후작이 나타났고, 내가 어떻게 이 처지에 놓이게 되었는지 이해가 됐거든.

후작의 지시로 내가 이 소름 돋는 구석으로 옮겨졌다는 걸 알게 되었어. 내가 여기에 머무는 건 그의 뜻이었지. 기도하고 애원해도 소용없었다. 그의 가슴은 너무 단단해서 나의 애절함이 튕겨 되돌아오더라. 내가 어디에 있는지 알려 달라고, 어째서 나를 여기에 두는지 말해 달라고 사정했지만, 쓸데없는 짓이었다. 내가 성의 어느 부분에 있는지, 그가 왜 나를 가두고 있는지도 모른 채 나는 수많은 해를 여기서 보냈다.

그 불길한 날부터 최근까지 나는 후작을 보지 못했어. 후작의 하사품에 의지하여 수년 동안 살아 온 사람이 나를 돌봤지. 그 사람도 무심하기는 마찬가지였고, 단지 필요에 의해 이 일을 하기로 한 거였어. 그는 보통 정해진 날에 한 주 먹을 양식을 가져다주었어. 항상 밤에 왔다.

나는 기대하지도 않고 원하지도 않았는데 건강이 회복되었다. 약물도 효과가 없었는데 자연력이 나를 치유한 거지. 마치 나의 잔인한 폭군에게 실망과 근심을 안겨 주려는 듯 말이야. 나중에, 빈센트가 후작의 명령을 받고 밤에 나를 이곳으로 데려왔다는 것과, 나는 내 지위에 걸맞게 화려한 장례 의식을 치르고 근처 교회에 있는 입체 형상 속에 묻혔었다는 걸 알게 되었지."

줄리아는 빈센트의 이름을 듣고 움찔했다. 그가 죽음의 침상에서 했던 의아한 말의 의미는 이제 밝혀졌다. 남쪽 건물을 둘러싼 오랜 미스터리의 구름은 순간 걷혔다. 후작 부인의 말은 앞서 그녀를 공포로 몰았던 미묘한 상황의 휘장을 완전히 걷어 내고 본모습을 드러냈다. 오랫동안 건물의 그 부분을 완전히 폐쇄한 것, 창을 통해서 보였던 불빛, 그녀가 보았던, 타워에서 나오던 형체, 그녀가 들었던 한밤의 소음, 이 상황은 모두 명백하게 후작 부인의 감금과 연관된 것이었다. 마지막 장면은 빈센트나 후작이 그녀를 돌보러 갔을 때 생긴 일이었다.

줄리아는 어머니가 그렇게 오랫동안 끔찍하게 고통받았음을 생각하며, 또 수년 동안 어머니가 그렇게 가까운 곳에서 비참하게 생활하고 있었음을, 그리고 심지어 자신은 어머니가 살아 있었다는 사실조차 몰랐던 것을 깨달으며, 기가 막히고 안타까워 어찌할 줄 몰랐다.

"나는 죽은 것처럼 단조롭게 하루하루를 보냈다." 후작 부인이 말을 이었다. "그 삶은 모질게 변하는 어떤 불운보다 더 무시무시했지. 내가 어린 시절 받아들인 신앙의 확고한 원칙을 따르지 않았다면 아마 이성을 잃어버렸을 게다. 신앙으로 나는 내 비극적인 삶의 끈질긴, 그러나 강압적인 고통을 견딜 수 있었다.

빈센트의 무심한 마음은 시간이 지나면서 누그러지기 시작했어. 그는 위안을 줄 수 있는 물품을 몇 개 가져다주었지. 내가 여태껏 없었던 것들이었어. 그리고 가족에 관해 물어보면 대답해 주었단다. 하지만 나를 이곳에서 풀어 주는 것은, 그가 얼마나 나와 친해지든지 간에, 기대할 수 없었다. 그의 삶은 그가 의무라고 정의한 것에 몰수당했기 때문이지.

그러다 나는 내가 있는 곳이 성 근처라는 사실을 알게 되었다. 후작은 마리아 벨로노와 결혼했고, 마리아는 나폴리에 살지만, 에밀리아와 너는 여기 마찌니에 남았다는 것도 알게 되고. 너희가 여기 있다는 소식에 내 가슴속에서는 따스한 모성애가 두근거렸단다. 그래서 빈센트에게 무릎을 꿇고 너희를 보게 해 달라고 사정했다. 정말로 간절하게 애원했지. 조용히 감옥으로 돌아오겠다고 엄숙하게 맹세했어. 비로소 신중함은 연민에 자리를 내어 주고, 빈센트는 허락해 주었다.

다음 날 빈센트가 와서 너희가 숲으로 가고 있다고 알려 주었다. 너희가 근처를 지나가면 창문에서 볼 수 있을 거라고. 이 말에 나는 온몸에 전율을 느끼며 떨었지. 내가 그렇게 간절히 원했던 곳까지 겨우겨우 갈 수 있었어. 빈센트는 길고 복잡한 통로들을 통해 인도했지. 남쪽 건물의 홀까지 가는 동안 내 눈은 가려져 있었기 때문에 자주 모퉁이를 돌아가는 것을 보고 그렇게 추측했단다. 나는 위에 있는 방으로 따라갔어. 한낮의 밝은 빛에 다시 한번 눈이 부셨고, 난 거의 쓰러질 지경이었다. 빈센트는 나를 숲이 내다보이는 창가로 인도했어. 아! 너희가 나타나길 기다리는 그 시간이 얼마나 견디기 힘들었던지!

드디어 너희가 모습을 드러냈고, 나는 너희를 보았다. 내 자식들을. 힘껏 끌어안을 수도 없고, 말을 건넬 수도 없었지! 너는 네 언니의 팔에 기대고 있었고, 네 표정은 젊은 날의 행복한 순수함을 발랄하게 말하더구나. 아아! 그때 가만히 너를 바라보던 이 어미의 비참한 운명을 너는 알 길이 없었지. 너무 멀어서 힘없는 내 목소리가 너에게 닿지 않았겠지만, 그래도 나는 문을 활짝 열어 나를 드러내 보이고 싶은 것을 정말 어렵게 참아 냈나. 엄숙한 맹세를 기억했고, 내가 그렇게 하면 빈센드가 위험에 처할 수 있다는 사실에 나 자신을 억눌렀지. 천성으로는 통제하기 어려울 정도로 강렬하게 밀려오는 감정을 추스르려고 한참 안간힘을 쓰다가 나는 정신을 잃었다.

깨어나면서 미친 듯이 너희를 부르며 창으로 갔지만, 너희는 이미 갔더라! 빈센트는 가자고 했지만, 나는 한동안 자리를 뜰 수 없었다. 너희를 다시 볼 수 있을까 기대하며 서 있었지. 근데 너희는 다시 오지 않았다! 결국, 나는 근심의 무아경에 빠져 감옥으로 돌아왔단다. 그때를 생각하면 지금도 몸이 떨린다.

그 만남은 정말 간절하게 요청했고, 급기야 마지못해 허락되었던 것인데, 이후 새로운 비통함이 생겨났지. 내가 진정했어야 했는데 그렇게 되질 않더구나. 이리저리 날뛰는 절망감은 내 마음을 더욱 심란하게 만들었고, 내가 저항할 수 있는 모든 힘을 쓸어 가 버렸다. 나는 끊임없이 너희의 이름을 부르짖었고, 끊임없이 너희를 보게 해 달라고 애원했어. 하지만 빈센트는 애초에 배려를 베풀었던 것에 무척 후회하며 두 번째는 허락하지 않더라.

이때쯤에 상황이 하나 발생했다. 이 상황으로 나는 이 비극에서 조속히 풀려날 것 같았다. 한 주 정도가 지났어도 빈센트가 오지 않는 거야. 변변찮은 양식은 다 떨어졌고. 감옥으로 들어오는 문의 경첩이 끼익 하는 소리를 들었을 때는 아무것도 먹지 못하고 이틀을 보낸 터였다. 알 수 없는 발소리가 다가오고, 몇 분 후 내가 있는 감옥에 후작이 들어왔다! 나는 그를 보자 피가 얼어붙는 것 같았다. 이게 마지막이길 바라며 눈을 감아 버렸어. 그의 음성이 나를 불렀다. 그는 어둡고 부루퉁한 표정이었어. 그가 떨고 있더라. 더 이상 빈센트는 오지 않을 거라고 했어. 앞으로는 자기가 직접 오겠다고 했지. 나는 이를 꽉 물고 그를 비난하지 않았다. 비난하면 고통만 가중될 테니까. 애원하지도 않았어. 애원해 봐야 그에게 양심의 가책만 불러일으킬 것이고, 그러면 더욱 분풀이를 하려 할 테니까 말이다. 나는 후작이 재혼한 사실을 알고 있었지만, 그걸 드러내지 않았다.

그는 보통 밤에 왔는데, 비밀리에 다녀갈 수 있으니까 그랬지. 정기적으로 오는 건 아니었어. 그런데 최근에는, 무슨 이유에서인지는 모르겠지만, 밤중에 방문하는 것을 멈추고 낮에만 왔단다.

하루는, 밤이 깊어 감옥이 더욱 컴컴해지고, 나는 그 시간에 흐르는 신성불가침의 공포가 깃든 정적이 너무 무서워 큰 소리로 고통스럽게 울부짖었다. 아! 그때 멀리서 내 신음에 대답하는 음성이 들렸어. 그때 내가 느꼈던 감정은 절대 잊지 못할 거다! 소스라치게 놀라면서도 미묘하게 희망이 생겼어. 한 생각이 머릿속에 스쳐 가지 않았다면 아마도 나는 곧바로 그 소리에 응답했을 게다. 반쯤 떠오른 기쁨의 감정을 단숨에 파괴하는 생각이었다. 후작의 협박. 그는 만약 내가 숨겨진 곳을 드러내려고 시도한다면, 무슨 방법을 써서라도 몸서리치게 앙갚음을 해 주겠다고 했거든. 비록 삶이 오랫동안 힘들었지만, 그렇다고 감히 죽음을 자초할 수는 없었다. 내 처지를 발견하고 나를 풀어줄 수 있는 사람이 없다는 것 또한 알았지. 힘을 써서 나를 구해줄 만한 친척이 없었거든. 너도 알겠지만, 네 아버지는 나를 가둘 힘이 있고, 그의 영지 안에서는 사람의 생사를 결정할 수 있는 권한이 있었다. 비록 내 고통을 완전히 억누를 수는 없었지만, 나는 그 부름에 응답하지 않았어. 나는 오랫동안 의아해하며 이 불가사의한 상황을 이해하려고 했지만, 지금껏 그게 어찌 된 영문이었는지 모른단다."

줄리아는 퍼디낸드가 성의 지하 감옥에 갇혀 있었던 사실이 떠올랐고, 순간 그곳이 어머니가 있는 곳과 그리 멀지 않다는 것을 깨달았다. 그 소리는 그가 어머니를 부르는 음성이었음이 틀림없었다. 줄리아의 추측이 맞았다. 실지로 퍼디낸드는 남쪽 건물의 대리석 홀과 감옥에서 어머니의 울부짖음을 듣고 아연했었다.

줄리아가 이 생각을 이야기하자, 후작 부인은 그 소리가 아들의 음성이었다고 믿고 감정이 격해졌다. 한동안 그녀는 말을 할 수 없었다.

"약간 시간이 지나고 후작은 두 주 먹을 식량을 가져다주었어." 후작 부인이 다시 말을 이었다. "그러고는 아마도 그 기간이 끝날 때까지는 그를 다시 보지 못할 거라고 했다. 그 기간 그가 나타나지 못했던 이유는, 네가 세인트 오거스틴 수도원에서 겪었던 일을 설명하니 이해가 되는구나. 내 소중한 친구, 메논 마담에게 진 빚을 어떻게 충분히 보답할 수 있을까! 오! 그녀에게 감사의 마음을 전할 수 있는 기회가 주어진다면 좋으련만."

줄리아는 어머니의 이야기를 들으며 말없이 놀라고, 진심으로 서글퍼하며 안타까워했다.

"분명," 줄리아는 흐느끼며 말했다. "어머니가 철저하게 의지했던 하느님의 섭리가, 어머니가 의연하게 버텨 낸 하느님의 시험이, 어머니를 구출하기 위해 나를 불행한 일들의 미로를 통해 이곳으로 이끌었어요! 오 어머니, 어서 빨리 이 무시무시한 곳을 벗어나 제가 들어왔던 동굴을 통해 탈출해요."

줄리아는 진지하게 대답을 기다리고 있었다.

"내가 어디로 도망갈 수 있겠니?" 후작 부인이 깊은 한숨을 내쉬며 말했다. 절망적인 상황을 강조하며 던진 이 질문에 줄리아는 눈물을 흘리고 잠시 말을 잇지 못했다.

"아버지는 어머니를 어디에서 찾아야 할지 모를 거예요." 줄리아가 다시 입을 열었다. "아니면 어머니가 당신의 영역에서 벗어난 걸 알면, 어머니에 대한 권리를 주장하는 걸 두려워할 수도 있고요. 수도원은 당분간 안전한 은신처가 될 수 있어요. 무슨 일이 생겨도, 어머니가 앞으로 직면할 운명이 이제껏 경험했던 것보다 더 끔찍하지는 않을 거예요."

후작 부인은 딸의 말이 맞는다고 인정했다. 그러나 오랜 슬픔과 감금으로 인해 부인의 정신력은 쇠약해 있었고, 그녀는 어떻게 행동해야 할지 망설였다. 부인은 자포자기한 듯한 모양새였고, 그 모습은 그녀의 감정을 적나라하게 드러내고 있었다. 줄리아는 자신이 지나온 동굴이 마찌니 성 맞은편에 우뚝 선 산맥 밑으로 구불구불 놓여 있다고 확신했다. 그래서 동굴 입구로 나갈 때나 성내 동굴에서 탈출할 때, 높이 솟은 언덕에 가려 전혀 보이지 않을 것이었다. 줄리아는 어머니에게 이 상황을 설명하며 간곡하게 호소했다. 어머니는 무기력한 자포자기 상태에서 희망을 품고 딸의 행동을 따르기로 했다.

"오, 어머니, 빛과 생명이 있는 곳으로 제가 인도할게요." 줄리아가 따스한 진심을 담아 말했다. "어머니를 구할 수 있는 것은 저에게 큰 축복이에요. 하늘도 이보다 더 좋은 것으로 저를 축복할 수는 없어요."

그들은 무릎을 꿇었다. 후작 부인은 진정한 경건함으로 막힘 없이 기도했다. 수많은 고난 속에서도 그녀를 지켜 준 그 믿음으로, 전적으로 하느님의 보호 아래 자신을 맡기며, 지금 그들이 시도하려는 일에 은총을 베풀어 달라고 간구했다.

그들은 일어났다. 줄리아는 그 계획에 대해 계속 이야기하다가 불현듯 돈이 없다는 사실이 떠올랐다. 강도들이 전부 털어가 버렸다! 줄리아는 이 기억에 충격을 받고 낙담했다. 여태껏 그녀는 돈의 가치를 따져 보지 않았기 때문이다. 줄리아는 감정을 억누르고 어머니에게는 말하지 않기로 마음먹었다. 밖에서 이것 때문에 직면할 수 있는 어떤 불길한 상황이 지금 끔찍하게 감금되어 겪는 이 명백한 비참함보다 나았다.

그들은 후작이 가져왔던 양식을 챙겨 감옥을 나오고, 어두운 통로로 접어들어 조심스럽게 걸어갔다. 줄리아가 먼저 동굴 문에 이르렀는데, 문이 잠겨 있었다. 어느 누가 그때 그녀의 괴로움을 묘사할 수 있을까! 안간힘을 써 보았지만, 문은 꿈쩍하지 않았다. 스프링 자물쇠가 있는 그 문은 그녀가 들어오고 자동으로 닫혔고, 이쪽에서는 열쇠가 있어야만 열 수 있었다. 후작 부인은 이 상황을 이해하고는, 인간의 한계를 초월한 듯 차분히 체념하고 다시 하늘을 향해 기도하는 자세를 취하더니 다시 감옥으로 발걸음을 돌렸다. 여기서 줄리아는 그 한없이 비통한 심정을 억누르지 못하고 거침없이 터트렸다. 후작 부인도 그녀를 안고 울었다.

"나를 위해 슬퍼하는 게 아니다." 어머니는 말했다. "나는 나를 짓누르는 불행한 일들에 오랫동안 단련되어 왔다. 실제로 거의 실망하지 않았을 수도 있지. 불운으로부터 도망갈 곳은 없으니까. 상황이 달랐다면, 어쩌면 1, 2년 정도 고통을 피할 수 있었을지도 모르겠다. 딸아, 내가 슬픈 것은 너 때문이다. 너는 내 운명을 이렇게 애통해하고, 결국 네 아버지의 지배를 받게 되었으니 말이다. 너는 루오보 공작의 제물이 되겠구나. 공작을 생각하자니 내가 속이 탄다."

줄리아는 대답할 수 없었다. 다만 자신에게 내민 어머니의 손에 지그시 입술을 대고 누르며 자기가 처한 곤경의 비통함을 보았다. 어찌 되었는지 알 수 없는 버리자와 퍼디낸드에 대한 두려움 또한 이 역경의 결코 작지 않은 한 부분이었다.

후작 부인은 말을 이었다. "만약에 공작과 결혼하는 것보다 나와 여기에 갇혀 있는 게 좋으면, 우리가 방금 돌아왔던 통로에 숨어 살면서 나한테 가져온 음식을 같이 나눠 먹어도 돼."

"오, 어머니, 공작과의 결혼 이야기는 하지 마세요." 줄리아가 말했다. "어떤 운명도 그것보다는 나아요. 하지만 여기 머무르면 어머니가 오랫동안 견뎌 왔던 고통을 받아야만 해요. 여기 갇혀 있으면 어머니를 따뜻하게 공감하며 불운이 초래한 매서움을 누그러뜨릴 수 있을 거예요. 이렇게 생각하자니 설령 공작과의 결혼이 덜 혐오스러워 보일지라도 나는 기꺼이 이 상황을 받아들여야겠지요."

"착한 딸!" 후작 부인은 줄리아를 끌어안으며 탄식했다. "네가 마음 아파하는 그 고통은, 네가 보인 선함과 애정으로 보상받은 거나 다름없구나! 오, 이런 딸을 그렇게 오랫동안 못 만나야 했다니!"

줄리아는 이제 어머니의 용기를 본받으려고 노력했다. 어머니를 배려해 퍼디낸드와 버리자에 대한 걱정은 드러내지 않았다. 그래도 머릿속에서는 쉬지 않고 그들이 생각났다. 후작이 음식을 가져왔을 때는 동굴로 가는 길로 되돌아가 들키지 않고 숨어 있었다.

15장

한편 마찌니 후작은 끈질기게 줄리아를 찾았으나 성공하지 못하고, 곧이어 또 다른 걱정의 노예가 되었다. 실패로 인해 짜증이 난 후작은 운 없는 하인들에게 심술을 부렸다.

후작 부인은—이제 마리아 벨로노라고 부르는 것이 더 적절할 것이다—슬며시 빗대어 말하면서 이미 심통이 난 노여움에 기름을 부었다. 그녀는 잔인하게 기고만장하여 후작이 줄리아와 메논 마담을 향해 더욱 분노하게 꼬드겼다. 그녀는 후작이 어떤 감정일지 속속들이 인정하며, 줄리아의 끈질긴 반항과 메논 마담의 간계로 한낱 신부가 후작이 가진 아버지로서의 권위를 막아 왔고, 그가 속한 귀족 신분의 신성한 명예를 욕보였으며, 그가 가진 권력과 야망의 당당한 계획을 일순간에 뒤집은 것이라고 주장했다. 수도원장은 줄리아가 숨어 있는 곳을 알고 있고, 후작을 자기 뜻대로 조정하기 위해 순종하라고 질책했으며, 줄리아를 포기하게 할 수 있는 권위를 가진 교황에게 후작이 항의하지 못하게 막았다고 장담했다.

이 비난은 후작의 영혼까지 따끔거리게 했다. 후작은 그것을 온몸으로 느꼈고, 또 그것을 제거하지 못하는 자신의 무능을 의식했다. 자신이 저지른 악행의 결과가 이제 심한 형벌이 되어 자기 머리 위에 떨어진 것이었다. 수도원장이 협박한 비밀은 바로 후작 부인의 감금이었다. 그것은 그가 앙갚음하지 못하도록 팔을 붙잡았고, 수치와 좌절에 억지로 무릎 꿇게 했다. 마리아의 비난은 그의 마음 깊숙이 들어와 자존심을 자극하며 갑절로 화를 돋우었다. 이제 그는 순종이라는 생각 따위는 업신여기며 내쫓아 버렸다.

후작은 자신의 목적을 이룰 방법을 찾았다. 방법은 오직 하나뿐이었다. 후작 부인의 죽음!

사악한 행위는 흔히 또 다른 사악한 행위를 불러온다. 죄악의 미로에 일단 들어서면 돌아서기가 어렵고, 그에 상응하는 얽히고설킨 길을 따라 파멸로 나아간다. 첫 범행의 결과를 회피하기 위해 이제 후작은 두 번째 범행을 저질러야 하고, 후작 부인을 살해함으로써 그녀의 감금 사실을 숨길 수 있었다. 그녀의 존재를 아는 이는 오직 그 자신뿐이기에, 그녀가 제거되면 수도원장은 자기주장을 뒷받침할 만한 증거를 잃게 된다. 그러면 후작은 교황에게 딸을 돌려달라고 강하게 요구할 수 있었다.

후작은 이렇게 묘안을 짜냈고, 이것을 줄곧 생각하면서 점점 신중함을 잃어 갔다. 전에는 사악한 행위 앞에 움츠러들었지만, 지금은 차분한 시선으로 그것을 바라보았다. 다혈질인 그는 반대에 익숙하지 않았고, 그의 야욕은 필연이라고 정의한 것과 힘을 합쳐 그 일을 저지르라고 다그쳤다. 그리하여 후작은 아내를 죽이기로 결심했다. 그 목적을 이루는 방법이야 쉽고 다양했다. 하지만 그는 고통스럽게 죽어 가는 아내를 쳐다볼 수 있을 만큼, 자기 손에 그녀의 피를 묻힐 만큼, 철저히 냉혹하지 않았다. 그래서 독약을 사용하기로 작정했다. 음식에 독을 섞을 것이다.

그러나 새로운 고난이 후작에게 다가오고 있었다. 그것은 그의 가장 취약한 부분을 공격했다. 지금껏 그의 판단력을 어둡게 했던 휘장이 이제 걷혔다. 뱁티스타가 마리아의 불륜 사실을 알려 왔기 때문이다. 후작은 처음에는 감정이 격해져 그 소식통을 쫓아 버렸고, 그 사실을 믿는 것은 치욕이라고 생각했다. 잠시 곰곰이 생각하면서 분노의 대상이 바뀌었다. 하인은 충성스러웠고, 그를 믿지 못할 이유는 없었다. 후작은 하인을 다시 불러 창피함을 무릅쓰고 그 불행한 화제에 관해 물었다.

후작은 마리아와 빈치니 기사와의 관계가 한동안 지속되었고 그들이 주로 저녁에 해안가 별관에서 만나 밀회를 즐겼음을 알게 되었다. 뱁티스타는 더 나아가, 만약 후작이 그의 말을 확인하고 싶다면 저녁 시간에 그곳에 가 보면 될 거라고 단언했다.

이 정보는 후작의 잔혹한 본성에 불을 붙였다. 눈앞에 놓인 불행이 강렬하게 영향력을 행사하면서 앞서 느꼈던 고통은 약해져 갔고, 이제껏 이 같은 비통함을 맛본 적은 없는 듯했다. 그는 로맨틱한 사랑으로 아내에게 푹 빠져 있었다. 행복의 가장 든든한 희망 중심에는 그녀가 있었다. 그녀를 위해 그는 지금 이 순간에도 씁쓸하기만 한 그 악행을 저질렀고, 더욱더 사악한 죄악에 말려들고 있었다. 이런 그녀를 의심하는 것은, 그녀가 그의 사랑에 감사하지 않고 신의를 저버렸음을 깨닫는 것은, 그가 상상했던 어떤 것보다 날카로운 아픔을 불러왔다. 격한 감정이 서로 부딪히고, 후작은 상반된 여러 해결책을 생각하며 갈팡질팡했다. 순간 그는 그녀가 피를 흘림으로써 죗값을 치르게 하리라 다짐했다. 그리고 연이어 그는 사랑의 온화함 속으로 녹아들었다. 복수와 명예는 그를 배반한 인간을 공격하라고 부추기며, 당장 실행에 옮기라고 재촉했다. 그러다 다시, 그녀의 아름다움, 마음을 끄는 미소, 사랑스러움이 슬며시 머릿속을 파고들며 그의 마음을 점유했다. 그녀를 아프게 하리라는 생각에 눈물이 날 지경이었다. 이미 드러난 모양새에도 불구하고 그녀는 신실하다고 그는 중얼거렸다. 그러다 다음 순간 그는 다시 불안정한 상태로 빠져들었다. 잠깐 멈추었던 고통은 새롭게 힘을 얻고, 그는 다시 모든 절망의 광기를 경험했다. 그는 이제 별관에 가 보는 것으로 그 의심을 끝내기로 마음먹었다. 하지만 자신이 두려워하는 것이 현실로 드러났을 때 어떻게 해야 할지 몰라 다시 마음이 흔들렸다. 일단, 결정을 확정지을 때까지는 마리아의 행동을 유심히 관찰해 보기로 했다.

후작은 식사 자리에서 마리아를 만났다. 자세히 살펴보았지만, 그녀의 행동에서 어떤 부도덕함도 찾지 못했다. 그녀의 미소와 아름다움은 다시 그의 마음을 휘어잡았고, 그는 방금까지 가졌던 의심을 그녀에게 털어놓고 그것으로 생긴 상처를 치유하고 싶을 지경이었다. 하지만 빈치니 기사가 등장하자 다시 의심이 일었다. 심장은 사납게 두근거렸고, 후작은 저녁이 오기만을 초조하게 기다렸다. 저녁이 오면 의심을 해소할 수 있으리라.

드디어 해가 저물었다. 후작은 별관으로 가서 그것을 둘러싸고 있는 나무들 사이에 숨었다. 몇 분 지나지 않아 나무들 사이로 나지막이 속닥거리는 소리가 들리고, 샛길로 내려오는 발소리가 났다. 후작은 모든 감각이 끔찍하게 굳어 버려 돌이 된 듯했다. 곧이어 몇몇이 별관으로 들어가는 소리가 들렸다. 후작은 이제 숨어 있던 곳에서 나왔다. 건물에서는 희미하게 빛이 새어 나왔다. 그는 소리 없이 창문으로 가서 안을 들여다보았다. 마리아와 빈치니 기사. 그 장면에 폭발한 후작은 검을 드리우고 앞으로 달려나갔다. 그의 발소리에 놀란 기사는 후작을 알아보고 별관에서 뛰쳐나가 숲으로 사라졌다. 후작은 그를 쫓아갔으나 잡을 수 없었다. 별관으로 돌아올 때는 마리아의 심장에 검을 꽂을 작정이었지만, 막상 그녀가 땅에 쓰러져 있는 것을 발견하고는 복수심에 불타던 마음은 동정심에 묻혔다. 후작은 잠시 비통하게 그녀를 바라보다가 검을 집에 넣었다.

마리아는 정신을 차리려다가 후작을 보고는 비명을 지르고 다시 혼절했다. 그는 도움을 청하러 급히 성으로 갔고, 수치스러움을 감추고자 그녀가 홀연히 아픈 것처럼 짐짓 꾸며 댔다. 마리아는 침실로 옮겨졌다.

후작은 이제 그녀의 불륜이 아니라 그녀가 행동으로 능욕을 보인, 그녀가 배신해도 사라지지 않는, 그 열정에 회의가 들면서 힘들어했다. 그는 여전히 우스꽝스러운 애착에 홀딱 빠져 있었고, 불확실성이 사라져 버린 까닭에 더는 희망을 품을 수 없음이 서운하기조차 했다. 희망을 잃어버렸다고 생각하니, 마치 애정 욕구가 더욱 솟구치는 듯했다. 혐오감이 커져야 할 상황에서 이상하게 삐뚤어진 기질로 인해 열정이 더욱 강렬해지는 것 같았다. 그녀 없이 사는 것은 불가능해 보였다.

처음 가졌던 분노의 열기는 가라앉았다. 그래서 그는 그녀를 질책하고 벌한 후, 다시 호의를 베풀기로 마음먹었다.

이렇게 결심하고 그녀의 아파트로 가서 적절히 화를 내며 잘못을 꾸짖었다.

갈등을 일으킨 당사자인 마리아는 잘못을 뉘우치기는커녕 일말의 수치심도 없이 격앙된 자존심을 내세우며 후작의 책망을 짜증스럽게 듣고는 표독스럽게 대꾸했다.

그녀는 뻔뻔하게 자기는 순결하다고 주장하며 당장 이야기를 지어냈다. 그것에 반하는 확실한 증거가 없는 사람이라면 속아 넘어갈 법한 이야기였다. 그녀는 무례할 정도로 도도하게 행동했고, 후작이 더는 속지 않는다는 것과 자신의 거친 행동으로도 목적에 이를 수 없음을 깨달았을 때는 눈물과 호소로 매달렸다. 하지만 그 연기는 속이 빤히 보여 성공할 수 없었다. 후작은 열불이 나 괴로워하며 그녀의 방을 나갔다.

그러나 앞서 후작이 가졌던 애착은 금세 되돌아왔다. 그는 다시 사랑과 배반 사이를 오가며 갈등했다. 하지만 어쩌면 그는 격정을 터트릴 수 있는 대상이 필요하지 않을 수도 있었다. 뱁티스타에게 빈치니 기사가 어디에 숨어 있는지 알아보라고 지시했기 때문이다. 빈치니에게 복수함으로써 실추된 명예를 회복할 작정이었다. 후작은 수치스러운 마음에 다른 하인을 고용해 수색하라고는 하지 않았다.

이 불륜 사실이 드러나면서 후작이 앞서 집중했던 그 음흉한 음모는 잠시 중단되었다. 그러나 중단된 것일 뿐 파기된 것은 아니었다. 최근 사건으로 가정의 행복은 완전히 박살 났다.

그는 절망에서 빠져나오기 위해 자존심을 일으켜 세웠고, 야망에 모든 미래 희망을 걸었다. 잠시 냉철하게 생각해 보니, 그는 방탕한 쾌락을 좇는 것으로는 행복이나 만족을 얻지 못했음을 깨달았다. 여태껏 쾌락을 위해 그것에 어긋나는 모든 가치는 무시해 왔었다. 그리하여 후작은 앞서 그를 유혹했던 그 즐거운 파멸의 계획들을 버리고, 야망에, 자신의 모든 관심을 묻고 싶은 기쁨을 추구하는 것에, 헌신하기로 다짐했다. 그리하여 그는 줄리아와 루오보 공작의 결혼에 어느 때보다 더 몰입하게 되었다. 그렇게 하면서 공적인 일에 관여할 계획이었고, 무슨 일이 있어도 딸을 되찾을 작정이었다. 그는 더는 지체하지 않고 교황에게 상소하기로 결단했다. 하지만 이 일을 안전하게 진행하기 위해서는 먼저 후작 부인이 죽어야만 했다. 이렇게, 그는 그 극악무도한 목적을 따져 보고 실행하는 것으로 돌아왔다.

후작은 그녀를 위해 준비한 음식에 독약을 섞었고, 밤이 되자 그것을 감옥으로 가져갔다. 감옥 문을 열 때는 손이 떨렸다. 그는 음식을 건네면서 마지막으로 부인을 유심히 보았다. 부인은 겸허히 감사하며 그것을 받았고, 그는 측은한 마음이 들려고 했다. 죽음의 창백함이 어린 그의 얼굴은 그 영혼의 은밀한 움직임을 드러냈고, 그는 매서운 증오가 깃든 눈빛으로 그녀를 노려보았다. 부인은 그 모습에 소스라치게 놀라며 무릎을 꿇고 자신을 가엾이 여겨 달라고 애원했다.

이 행동에 후작은 당황하며 어찌할 줄 몰랐다. 그는 차분한 태도를 유지하려고 애쓰며 그녀에게 일어나라고 했고, 혹여 자신의 목적을 이루지 못할까 두려워 곧장 감옥을 나갔다. 그의 마음은 아직 양심의 화살을 밀어내 버릴 만큼 죄악으로 굳어 있지 않았고, 머릿속에서는 그녀의 영향을 받아 망상이 일었다. 그는 감옥에서 나와 끔찍한 긴 통로를 가는데, 굽이진 곳을 따라 돌풍이 불며, 불가사의한 묵직한 소리가 속닥거리는 듯했다. 그는 자꾸 움찔거리며 뒤를 돌아보았다.

후작은 침실에 이르러 문을 잠그고 떨리는 시선으로 방을 훑어보았다. 눈앞에 가공의 형체가 날아다니는 것이 그려졌다. 난생처음으로 혼자 있는 것이 무서웠다. 낯부끄러워 뱁티스타는 부르지 못했다. 그 시각의 음침함과 사방에 퍼져 있는 죽음 같은 고요함으로 인해 소름 끼치는 상상은 더욱 강렬해졌다. 자신이 한 짓을 반쯤 후회하고 있었지만, 그것을 피하기에는 이미 늦은 듯했다. 그는 끔찍한 감정에 사로잡혀 침대에 몸을 던졌다. 머리가 어지러웠고, 갑자기 정신이 혼미해졌다. 그는 머뭇거리다 마침내 하인을 부르려고 일어났지만 두 발로 설 수가 없었다.

잠시 후 그는 약간 정신을 차리고 종을 울렸다. 하지만 누군가 나타나기 전에 엄청난 고통에 사로잡혀 비틀거리며 침대로

가 정신을 잃었다. 처음 방에 들어온 뱁티스타는 죽을 듯이 고통스러워하는 후작을 발견했다. 즉각 성내 모든 사람은 일어났고, 얼마나 혼란스러웠는지는 말로 묘사하는 것보다 상상하는 게 더 쉬우리라. 그 어수선한 분위기 속에 에밀리아도 아버지의 침실로 갔으나 그의 모습을 보고 얼어 버렸다. 그래서 누군가가 그녀를 밖으로 데리고 나갔다. 후작은 적절한 처치를 받았고, 감각을 되찾았으며 고통은 잠시 멈추었다.

"나는 죽는다." 후작의 목소리가 흔들렸다. "당장 후작 부인과 아들을 불러와라."

강도들의 손아귀에서 탈출한 퍼디낸드는 당시 아버지의 권위 아래 있었던 듯싶다. 그는 줄곧 성내 한 방에 갇혀 있었고, 지금은 호출을 받고 나온 것이었다. 후작은 유령 같은 표정이었다. 퍼디낸드는 침대로 가까이 가다가 홀연 움츠러들었고 온몸에 전율을 느꼈다. 후작은 하인들에게 방을 나가라고 손짓했고, 그들이 그 지시를 따르려던 참에 밖에서 격렬한 소리가 났다. 거의 동시에 문이 활짝 열리고 후작 부인을 데리러 갔던 하인이 뛰어 들어왔다. 그는 아무 말 하지 않았지만, 그의 모습은 이미 마음속 공포를 또렷이 드러내고 있었다. 그는 미친 듯이 눈알을 굴리며 자기가 방금 지나온 회랑을 가리켰다. 퍼디낸드는 또 다른 두려움에 사로잡혀 그가 가리킨 후작 부인의 아파트로 뛰어갔다.

그곳에는 참혹한 광경이 펼쳐져 있었다. 마리아는 온통 피로 범벅이 되어 소파에 생기 없이 누워 있었다. 바닥에는 그 파멸의 도구였던 단도가 떨어져 있었다. 그녀 옆에는 편지가 있었는데, 그것에 따르자면, 그녀는 스스로 목숨을 끊은 것이었다. 서신에는 이렇게 적혀 있었다.

마찌니 후작께,

당신의 말은 내 가슴을 날카롭게 찔렀습니다. 세상의 어떤 것도 당신이 파괴한 이 평온을 회복시킬 수 없을 겁니다. 나는 이 고통에서 벗어나겠습니다. 당신이 이 글을 읽을 때면 나는 더 이상 존재하지 않을 겁니다. 그렇다고 당신이 승리한 것은 아닙니다. 당신이 마신 음료는 이 상처받은 사람이 준 것이니까.

마리아 마찌니

후작은 그 여자의, 그녀를 위해 양심을 던져 버린 여자의, 앙갚음으로 독살된 듯 보였다. 퍼디낸드가 얼마나 당황하고 비통해했는지 쉽게 표현할 수 없으리라. 그는 서둘러 아버지의 침실로 향했지만, 마리아의 끔찍한 최후에 대해서는 말하지 않기로 마음먹었다. 하지만 이렇게 조심하려던 것은 의미가 없어졌다. 질겁하여 당황한 하인들이 이미 그것을 말해 버렸기 때문이다. 후작은 정신을 잃었다.

고통이 돌아오며 후작은 의식을 되찾았다. 그가 괴로워하는 모습은 가히 충격적이었다. 의학적으로 접근해 보았지만, 독성이 너무 강해 해독제가 듣지 않았다. 얼마 후 고통은 가라앉았다. 독성이 절정을 넘어 약해지고 있었다. 그는 그런대로 안정을 찾았다. 그는 하인들에게 방을 나가라고 손짓하고 퍼디낸드는 옆에 앉으라고 했다. 퍼디낸드는 두려움이 쌓이면서 충격을 받아 거의 멍한 상태에 있었다.

"이제 죽음의 손이 내 위에 있구나." 후작이 말했다. "이 마지막 시간에 한 가지 일에 관해 이야기해야겠다. 내가 받는 어떤 육체적 고통보다 끔찍한 일이다. 이것을 밝히면 내가 조금이나마 안도할 수 있을 것 같구나."

퍼디낸드는 말할 수 없는 두려움에 아버지의 손을 꼭 잡았다.

"하늘의 심판이 나에게 내려졌다." 후작이 다시 말을 이었다. "이 벌은 내가 지은 죄의 직접적인 결과이지. 하늘은 저 여자를 심판의 도구로 삼았구나. 내가 죄의 도구로 삼았던 여자 말이다. 나는 저 여자를 위해 양심을 저버리고 사악한 짓을 저질렀다. 아무 잘못이 없는 아내를 감옥에 가두고, 나중에는 죽여 버렸으니까."

이 말에 퍼디낸드는 온 신경이 곤추섰다. 그는 후작의 손을 놓아 버리고 뒤로 움츠러들었다.

"나를 그렇게 야멸차게 보지 마라." 후작이 공허한 음성으로 말했다. "네 눈빛은 내 영혼에 죽음을 몰고 오는구나. 내 양심에 더 심한 고통은 필요하지 않아."

"어머니지요!" 퍼디낸드가 부르짖었다. "어머니! 어서 말해 보세요."

"숨을 쉴 수가 없구나." 후작이 말했다. "아! 이 열쇠를 가져가…… 남쪽 타워…… 뚜껑 문…… 가능성이 있다…… 아……."

후작은 갑자기 벌떡 일어났다가 침대 위로 맥없이 쓰러졌다. 하인을 불러들였지만, 그는 영원히 떠났다. 그의 마지막 말은 퍼디낸드의 가슴에 번개처럼 내리쳤다. 아버지는 어머니가 아직 살아 있다고 말하려는 듯했다. 퍼디낸드는 열쇠를 들고, 몇몇 하인에게 따라오라 명령하며, 남쪽 건물로 서둘러 향했다. 타워로 나아가 계단 밑에 있는 뚜껑 문을 열고, 아래 어두운 통로로 내려갔다. 감옥 문까지는 얽히고설킨 곳이 여러 군데 있었다. 퍼디낸드는 소름 돋는 기대감에 부들거리며 열쇠를 꽂았다. 문이 열리고, 그는 들어갔다. 하지만 놀랍게도 감옥에는 아무도 없었다!

퍼디낸드는 장소를 잘못 찾았다고 판단하고 그곳을 나가 수색을 계속했다. 그가 들어왔던 통로의 굽이진 곳들을 따라가 보았지만, 다른 문은 없었다. 그래서 그 감옥을 더욱 자세히 살펴보기 위해 되돌아왔다. 그는 마침내 동굴로 난 문을 발견했고, 그 가로수 길로 들어섰다 아무도 없었다. 소리쳐 불러 보아도 아무런 응답이 없었다. 동굴의 문에 다다랐지만, 문은 잠겨 있었다. 퍼디낸드는 근심에 빠져 어찌할 줄 몰라 하며 되돌아오면서 후작의 마지막 말을 다시금 되새겨 보았다. 어쩌면 자신이 그 뜻을 잘못 해석했으리라는 생각이 들었다. "가능성이 있다"라는 말은 어머니의 생명과 연관된 것이 아니었고, 그 살인은 이미 오래전에 벌어진 일이었을 거라고, 그는 결론지었다. 그리하여 그는 어머니의 유해를 찾아 감옥의 땅바닥을 파 볼 작정이었다.

퍼디낸드는 그 최후의 장면들을 보았을 때 요동치던 격한 감정이 차분해지자 마리아에 관해 알아보았다.

이 끔찍한 사건이 발생하기 전날, 후작은 마리아의 아파트에서 몇 시간을 보낸 듯했다. 그들이 큰 소리로 다투는 소리가 들렸다. 후작은 점점 더 화를 냈다. 그녀의 과거 행동에 대해 신랄하게 질책했고 정식으로 결별하겠다고 위협했다. 후작이 방을 나가자, 그녀는 빠른 걸음으로 방을 오가며 흐느꼈다. 종종 발걸음을 멈추고 애절하면서도 불안하게 절규했다. 그리고 끝에는 바닥에 몸을 던졌고, 한동안 움직이지 않고 그대로 있었다. 이때 하녀가 그녀를 찾아왔다. 하녀가 들어오자 마리아는 황급히 일어나, 부르지도 않았는데 들어왔다며 그녀를 꾸짖었다. 그리고 그 후 마리아는 말없이 음울해했다.

마리아는 저녁 식사를 하러 내려왔고, 식탁에는 후작과 단둘이 앉았다. 식사 중에는 거의 말이 없었다. 식사가 끝나자 하인들은 물러났다. 식사와 휴식 시간 사이에 마리아가 후작의 와인에 독을 섞은 듯했다. 그녀가 어디서 독을 구했는지는 알려지지 않았다.

마리아는 일찍 침실에 들었다. 하녀는 그녀가 몹시 초조해하는 것을 보고는 어디가 아픈지 물었다. 이에 마리아는 짧게 그렇지 않다고 대답했고, 곧이어 하녀는 내보내졌다. 하지만 하녀가 방문을 닫으려던 찰나에 부인은 다시 불렀다. 하녀는 사소한 지시 몇 개를 받았는데, 마리아는 평소답지 않게 창백해 보였다. 하녀는 마리아의 눈에 비친 폭력성에 흠칫했지만, 감히 물어보지 못했다. 하녀는 다시 방을 나갔고, 회랑 끝에 막 다다랐을 때 다시 부인의 종이 울렸다. 그녀는 서둘러 되돌아갔고, 마리아는 후작이 침대에 들었는지 묻고 또 별다른 일은 없는지 물었다. 그렇다는 대답을 듣고 마리아는 이렇게 대꾸했다. "고요한 시간이구나. 어두운 시간! 잘 자거라!"

하녀는 다시 방을 나섰다. 그녀는 잠시 방문에 서서 귀를 기울여 보았지만, 방에서는 정적이 흘렀고, 그래서 휴식을 취하러 갔다.

하녀가 떠나고 얼마 되지 않아, 마리아는 그 잔혹한 행위를 저지른 듯했다. 두 시간 뒤, 그녀가 발견되었을 때는, 이미 사망하고 시간이 약간 지난 듯 보였기 때문이다. 조사해 보니, 왼편에 상처가 나 있었다. 의심할 여지 없이 상처는 심장을 찔렀고, 피가 뿜어 나오면서 그녀는 순식간에 죽음을 맞았다.

이 잔혹한 사건에 에밀리아는 깊이 충격을 받았고, 위독한 병에 걸려 침대에 머물러야만 했다. 퍼디낸드는 남자의 의연함으로 충격을 물리치려고 애썼다. 하지만 이 소란 중에도 어쩌면 그는 줄리아를 걱정하며 몹시 힘들었을 것이다. 강도들의 손에 두고 온 그녀를 찾아보거나 구출하려고 해 볼 도리가 없었기 때문이다.

마찌니 후작과 마리아는 신분에 맞게 세인트 니콜로 수도원 교회에 영예롭게 묻혔다. 그들은 거침없고 화려한 열정을 무한정 탐닉하는 삶을 살았었다. 그들의 죽음은 그런 방탕한 생활의 결말을 보여 주었고, 신성한 심판의 비범한 본보기로 인류에게 제시되었다.

16장

감옥의 바닥을 파 보니 퍼디낸드는 그곳이 자신이 갇혀 있던 지하 감옥과 연결되어 있음을 알게 되었다. 그는 그 감옥에서 신음 소리를 들으며 몹시 두려워했었다.

남쪽 건물에 관해 앞서 후작이 아들에게 했던 이야기는 어머니의 감금 사실을 숨기기 위해 날조된 것이었음이 이제 자명해졌다. 후작이 택한 방식에는 분명 간교한 면이 있었다. 그가 꾸며낸 상황은, 공포 분위기를 만들어 이쪽 건물의 구석진 곳을 더는 수색하지 못하도록 계산된 것이었다. 그는 같은 방식으로 또한 불가사의한 증거를 대며, 어디서 그 소리가 나는지, 그들이 보았던 형체가 무엇인지 설명했었다. 하지만 그 형체라는 것은 사실 후작 자신이었다.

감옥을 조사한 퍼디낸드는 새로운 난국에 빠졌다. 후작은 어머니를 독살했다고 자백했다. 하지만 어머니의 유해는 없었다. 어머니를 감금했다던 장소는 그녀가 거기 있었음을 보이는 흔적도 없었다. 어머니가 감옥을 탈출할 방법은 없어 보였다. 감옥으로 들어오는 문이나 가로수 길을 가로막고 있는 문은 퍼디낸드가 열려고 해 보았으나 모두 잠겨 있었다.

젊은 후작 퍼디낸드는 쓸데없이 억측하며 허비할 시간이 없었다. 그에게는 심각한 의무가 있었다. 그는 줄리아가 아직도 강도들의 지배 아래 있다고 믿었다. 아버지의 장례가 끝난 후, 그는 경무병들에게 강도 떼의 은신처 정보를 제공하고, 부하들을 데리고 그들과 함께 누이동생을 구하러 갔다. 그가 팔레르모에 도착하자, 한 강도떼를 이미 잡았다는 소식이 들렸다. 강도는 마렌티노 숲속, 폐허가 된 수도원에 숨어 있었다. 그 은신처는 수색되었고, 거기서 잡은 강도들은 정의 실현의 본보기로 삼기 위해 가두어 놓았다. 하지만 그들 중에 포로로 잡혀 있던 숙녀는 없었다. 이 소식에 퍼디낸드는 심히 괴로워했다. 동생이 어떻게 되었는지 알 길이 없었다. 그는 팔레르모에 갇혀 있는 강도들을 심문할 수 있는 허가를 받았지만, 만족할 만한 정보는 얻지 못했다.

마침내 퍼디낸드는 팔레르모를 떠나 마렌티노 숲으로 향했다. 어쩌면 그 근처에서 줄리아 소식을 접할 수도 있으리라 기대했다. 그는 실의에 빠져 우울하게 길을 갔고, 목적지까지는 아직 멀었는데 날이 어두워졌다. 밤이 깊어지며 구름이 무겁게 깔리고, 비바람 폭풍이 불어댔다. 길은 황량하고 돌이 많은 지역으로 나 있었고, 퍼디낸드는 피난처를 찾을 수 없었다. 부하들은 망토를 벗어 퍼디낸드에게 주었지만, 퍼디낸드는 자신도 견디기 힘든 고통 속에 부하들을 내버려 두고 싶지 않아 거절했다. 억수같이 쏟아지는 빗속을 수 킬로미터 갔다. 바람은 바위들 사이로 애처롭게 윙윙거렸고, 그게 잠시 멈춰 조용해질 때면 멀리서 출렁이는 바닷소리가 그 정적을 채웠다. 이 모든 것은 그 장면에 쓸쓸함을 더했다. 얼마 후, 퍼디낸드는 멀리 어둠 속에서 바람에 흔들리는 붉은빛을 발견했다. 돌풍에 깜박거렸지만, 결코 완전히 사라지지는 않았다. 그는 말을 재촉하여 빠르게 그쪽으로 향했다.

그 불빛은 그가 가는 길을 인도했다. 가까이 가 보니, 붉은 광선이 파도 위를 길게 비추고 있었다. 바다 위로 불쑥 솟은 암석의 꼭지에 세워진 등대였다. 퍼디낸드는 문을 두드렸다. 한 노인이 문을 열었고, 그를 기꺼이 맞아들였다.

안에서는 난롯불이 활활 타오르고 있었다. 그 주위로는 여러 사람이 앉아 있었다. 자신처럼 그들도 한밤의 폭풍우를 피해 그곳을 찾아온 듯싶었다. 퍼디낸드는 불을 보니 기운이 났다. 그가 앞으로 나아가자, 돌연 비명 소리가 났다. 사람들은 혼란스러워하며 일어났다. 동시에 퍼디낸드는 줄리아와 버리자를 발견했다. 그 순간의 기쁨은 글로 묘사할 수 없으리라. 그 상황에서 이내 퍼디낸드는, 이동 중에 정신을 잃었다는 한 부인에게로 관심이 옮겨 갔다. 퍼디낸드가 그 부인이 어머니라는 사실을 알았을 때 그 감정을 어찌 말로 표현할 수 있으랴.

부인이 정신을 차렸다. "아들아!" 그를 품에 안으며 그녀가 힘없이 말했다. "위대하신 하느님, 은총을 베푸셨군요! 비통한 삶은 이 순간으로 인해 완전히 보상받았나이다!"

어머니는 아들을 쓰다듬었고, 아들은 그저 가만히 있었다. 하지만 홀연 솟구쳐 오르는 눈물은 절대 잘못 이해할 수 없는, 표현이 풍부한 언어가 되었다.

처음 들었던 격한 감정이 가라앉자 줄리아는 퍼디낸드에게 어떻게 그곳으로 오게 되었는지 물었다. 그는 간략하게 대답하며, 최근 마찌니 성에서 일어났던 사건에 대해서는 일단 언급하지 않았다. 줄리아는 오빠와 헤어진 후로 겪었던 험난한 모험을 얘기했다. 그녀의 설명에 따르자면, 동굴 입구에서 루오보 공작에게 잡혀갔던 버리자는 후에 탈출했고, 줄리아를 찾아 다시 동굴로 돌아왔다. 버리자는 횃불에 비추어 줄리아가 지나갔던 바위의 후미진 곳을 찾았고, 그 동굴을 통과해 후작 부인의 감옥까지 갔다. 다음에 일어난 장면은 어떤 언어의 물감으로도 그려내지 못할 것이다. 간략히 말하자면, 그들은 밤이 오면 감옥을 탈출하기로 의견을 모았다. 하지만 밤이 되면 후작이 감옥을 방문할 거라는 사실을 알았고, 그래서 후작 부인의 탈출이 일찍 발각되는 위험을 피하기 위해 그가 다녀간 후에 출발하기로 합의했다.

위에서 발소리가 나자 버리자와 줄리아는 가로수 길에 몸을 숨겼다가 후작이 나가자마자 동굴로 이동했다. 서둘러 떠나면서 부인은 후작이 가져온 독을 섞은 음식은 손대지 않았다. 그들은 그곳을 벗어나 이웃 마을로 나아갔고, 그곳에서 말을 구해 팔레르모로 향했다. 지루한 여정 끝에 그들은 이탈리아로 가는 배를 탈 계획으로 그곳에 도착했다. 맞바람이 심하게 불었기 때문에 퍼디낸드가 그 도시에서 출발했던 날까지 그곳에 있어야만 했다. 기다리는 것이 지치고 걱정이 쌓이자, 그들은 작은 배를 하나 구했고, 그 바람에 맞서 보기로 했다. 하지만 이내 그들은 그 무모한 행동을 후회해야 했다. 배가 항구를 떠나고 얼마 되지 않아 폭풍이 몰아쳤고, 그들은 다시 시칠리아 해안으로 되돌아와야만 했기 때문이다. 그 폭풍으로 인해 그들은 이 등대까지 왔고, 비로소 퍼디낸드를 만나게 되었다.

다음 날 아침, 퍼디낸드는 동행자들과 함께 팔레르모로 돌아갔다. 그곳에서 그는 처음으로 최근 성에서 일어났던 끔찍한 사건에 대해 말했다. 이제 그들은 미래 계획을 세웠다. 퍼디낸드는 에밀리아를 데려오고, 하인들에게 나폴리에 있는 그의 성으로 이주하라고 지시하기 위해 마찌니 성으로 서둘러 갔다. 앞으로 나폴리 성에 거처를 마련할 생각이었다. 불행한 처지에서 벗어난 에밀리아는 어머니가 살아 계시고 동생이 안전하다는 소식을 듣고는 시름을 내려놓고 놀라며 행복해했다. 그녀는 가족이 기다리는 팔레르모로 퍼디낸드와 함께 출발했다. 그 재회의 기쁨은 메논 마담의 등장으로 배가 되었다. 후작 부인은 마담을 찾아 세인트 오거스틴 수도원으로 하인을 보냈다. 하지만 마담은 그곳에서 다른 수도원으로 옮겼었고, 다행히 하인은 안내를 받아 그녀를 찾을 수 있었다. 이제 그들은 모두 함께 나폴리로 향하는 배에 올랐다.

이때부터, 마찌니 성은—무시무시한 재앙의 무대이자, 이와 연관된 사람이라면 그 고통스럽고 충격적인 장면들을 생생하게 떠올릴 수 있는 성은—폐허가 되었다.

나폴리에 도착한 후, 퍼디낸드는 왕에게 최근 성내에서 발생한 사건에 대해 이해가 가도록 소상히 밝혔다. 그 결과 후작 부인은 그녀의 지위를 확인받았고, 퍼디낸드는 6대 마찌니 후작으로 인정되었다.

후작 부인은 다시 세상으로 돌아오게 되어 행복해하며 나폴리 성에서 자식들과 함께 살았다. 시간이 지나면서 이 비극의 기억은 점차 희미해졌고, 버리자와 줄리아는 축하를 받으며 결혼식을 올렸다. 그들이 겪었던 어려움과 서로 위로하며 견뎌냈던 고난의 기억은 지금의 삶과 대조를 이루며 그들을 더욱 행복하게 했다.

얼마 후, 퍼디낸드는 나폴리 군대의 호출 명령을 받았고, 용맹과 능력으로 그 치열하고 혼란스러운 시대의 많은 영웅 사이에서 그 존재감을 또렷이 드러냈다. 전쟁에 정신을 쏟으면서 한편 마음으로는 가족의 행복을 위해 세심하게 살폈다.

메논 마담은 후작 부인과 변함없이 따뜻한 우정을 과시했고, 부인은 마담이 신분을 되찾는 과정에서 그녀 결혼의 산증인이 되었다. 그리하여 마담은 부당하게 빼앗겼던 토지를 되찾았다. 그럼에도 후작 부인과 가족은 마담의 우정에 감사하고 그녀의 선행을 사모하며 그녀가 마찌니 성에서 여생을 보낼 수 있도록 해 주었다.

에밀리아는 가족과 친밀하게 지내며 계속해서 후작 부인과 함께 살았고, 버리자와 줄리아의 아이들을 통해 가문이 번성해 가는 것을 보았다. 그렇게 아이들과 친구들에 둘러싸이고, 아이들을 돌보는 일에 신경을 쓰다 보니, 그간 불행했던 일들은 모두 잊힌 듯했다.

* * * * *

이 원고는 이렇게 끝이 난다. 이 스토리를 되새겨 보면서 우리는 도덕적 응보의 특이하고 인상적인 예시를 접한다. 또한, **항상 바르게 행하는** 사람은 불행 속에서 그들의 덕을 시험하고 그들이 잘 견뎌 낸 시험을 통해 확실히 하늘의 보상을 받는다는 것을 배운다.

끝.

Good Girls, Bad Girls, 그리고 래드클리프

『시칠리아 로맨스』는 1790년도 처음 출간된 소설로 빅토리아 시대의 문화적 산물이다. 빅토리아 시대 영국은 전형적인 가부장제 사회였다. 빅토리아 시대라 함은 빅토리아 여왕이 대영제국을 다스리던 시기를 말하는데, 빅토리아가 여왕으로 즉위한 1837년부터 그녀가 사망한 1901년까지의 64년을 뜻한다. 이 시대는 남성 중심의 시대였다. 여성의 정치·사회적 권리는 남자에 의해 극히 제한되어 있었고, 미혼 여성이나 미망 여성은 독립적인 생활을 유지하기가 어려웠다. 여성의 가치는 남성의 시선과 판단에 의해 결정되었다.

여성학자들의 연구에 의하면, 남자는 여자를 크게 두 부류로 보았다. 굿 걸good girls과 배드 걸bad girds. 로이스 타이슨Lois Tyson은 그녀의 이론서 『현대 비평 이론*Critical Theory Today*, 3rd ed』에서 굿 걸과 배드 걸의 특성에 대해 쉽게 설명했는데, 타이슨이 설명한 바를 요약하면 이렇다.

굿 걸은 한마디로 남자의 말을 잘 따르는 여성을 뜻했고, 배드 걸은 그 반대였다. 굿 걸은 신데렐라처럼 온갖 학대와 멸시를 말없이 견뎌 내야 하고, 남자의 말에 순종해야 하고, 성모 마리아처럼 순결하고, 정숙하고, 예쁘고, 천사 같은 고운 마음씨를 가져야 하고, 색sex을 밝히지 말아야 했다. 그러면 그녀는 그 행실에 보답을 받고, 마지막에 멋진 왕자가 나타나 그녀를 악의 손아귀에서 구해 찬란한 궁궐에서 영원히 행복하게 살게 해 줄 것이다. 굿 걸의 숙명적 종착지는 왕자와의 결혼이고, 그 후 왕자의 보호를 받으며 죽을 때까지 궁궐에서 안락한 삶을 영유하는 것이다. 하지만 배드 걸은 사악하기 그지없다. 시기, 질투, 거짓말, 탐욕, 강한 성욕, 타락, 심지어는 살인까지 자행한다. 못생기거나 뚱뚱해서 호감이 가지 않는 체형의 여자이다. 혹은 예쁘지만 어딘지 모르게 사악한 구석이 있다. 배드 걸은 남자의 권위에 도전하고 남자를 지배하려는 성향이 강하다. 그녀는 원하는 바를 얻기 위해 남자를 조정하고 이용한다. 가부장제 사회 속에서 그녀는 결국 벌을 받아야 할 운명을 타고난다. 그래서 대체로 비극적인 죽음을 맞게 된다(타이슨 85-86쪽).

그렇다면 타이슨이 설명한 굿 걸과 배드 걸이 『시칠리아 로맨스』와는 어떤 관계가 있을까? 타이슨이 정리한 굿 걸과 배드 걸 이론은 단순히 페미니스트 관점에서 가부장제를 비판하기 위한 담론이 아니다. 왜냐하면, 굿 걸과 배드 걸의 특성이 『시칠리아 로맨스』에서도 재현되고 있기 때문이다.

퍼디낸드 후작의 첫 부인 루이자는 후작에게 아들 하나와 딸 둘을 낳아 주고 지하 감옥에 갇힌 신세가 된다. 그녀의 죄는, 가부장 남자의 시각에서 보자면, 그리 예쁘지 않다는 것이다. 그녀는 "아름다운 미모보다는 상냥한 태도와 인자한 처신이 눈에 띄는 숙녀"였다(11쪽). 후작의 입장에서 보면, 그녀는 결혼해서 출산하는 것으로 정숙한 여자가 해야 할 의무를 마쳤다. 가부장 후작에게 그녀는 더 이상 필요 가치가 없었다. 그래서 그녀는 지하 감옥에 갇히는 벌을 받게 된다.

그렇다면 두 번째 부인 마리아는 어떨까? 마리아는 루이자가 갖지 못한 것을 가졌다. 그녀는 "눈부시게 아름다웠"다(11쪽). 그것 때문에 그녀는 후작의 선택을 받았다. 하지만 그녀는 악녀였다. "성품은 작고한 [첫 번째] 부인과 정반대인 어린 아가씨"로 "한없이 예술을 좋아했다. 헌신적으로 쾌락을 추구했으며, 누구에게도 굴하지 않는 영혼을 가진 여자"였다(12쪽). 즉 배드 걸이었다. 그래서 그녀는 의붓딸의 미모를 질투하고, 줄리아의 연정을 시기하고, 자신이 원하는 바를 얻기 위해 후작을 조정하고, 또 그녀는 성욕을 채우기 위해 불륜을 저지른다. 그 결과는 어떻게 되었을까? 배드 걸은 벌을 받아야 하고, 마리아 또한 종국에는 그에 상응하는 형벌을 받는다.

이 소설의 백미는 굿 걸 줄리아가 배드 걸이 되는 도전에 있다. 소설은 줄리아를 이렇게 묘사한다.

> 줄리아의 자태는 밝고 우아했다. 그녀는 허공을 걷듯 걸었고, 생기 넘치게 움직이며, 마음을 홀리는 미소를 지었다. 검은 눈동자는 불타오르는 듯했지만, 성품은 다정다감했다. 미소 짓는 우아함이 입가에 번질 때면 이목구비가 매혹적으로 변했고, 표정에는 내면의 다양한 감정이 쉽게 드러났다. 목 언저리에는 곱고 풍성한 다갈색 머리카락이 동글게 말려 있어 그녀의 미모에 마지막 매력을 더했다. (16쪽)

이렇게 아름다운 여성에 정신 줄을 놓지 않을 남자가 있을까? 선녀와 다름없는 모습이다. 여기다가 그녀는 음악에도 소질이 있다. 남자들의 로망인 '피아노 치는 긴 머리의 교회 누나'가 바로 여기 있는 셈이다.

가부장 남자에게 줄리아는 전형적인 신데렐라이자 잠자는 미녀 오로라이다. 이들에게는 왕자가 나타나야만 한다. 하지만 그전에 시련이 있어야 스토리가 된다. 신데렐라의 경우는 시샘 많은 새엄마와 의붓자매가 있었다. 달리 말하면, 그녀를 박해하는 다른 나쁜 여자들, 배드 걸들이 있었다.

하지만 줄리아의 경우는 달랐다. 굿 걸 줄리아가 도전받은 것은 배드 걸의 의한 것이 아니었다. 바로 가부장 그 자체였다. 이 굿 걸이 자신의 사회정치적 정체성을 정의하는 절대적 파워에 도전장을 내민 것이다. 배드 걸이 되는 것이다. 그녀의 뜻을 관철하기 위해 그녀를 통제하는 지배 메커니즘에 항전한 것이다. 항전이라고 해서 아버지나 수도원장을 물리적으로 공격할 수는 없다. 빅토리아 시대의 사회문화적 환경상 어린 여자가 연장자 남성에게 무력행사를 할 수는 없는 노릇이다. 줄리아의 항전은 비록 표면상 소극적으로 보이지만 그럼에도 그녀에게는 목숨을 내건 투쟁이었다. 사랑을 위해!

사랑을 위해, 이것이 바로 이 소설의 제목에 '로맨스'가 붙은 이유일 것이다. 사랑을 위해, 자신이 원하는 사랑을 쟁취하기 위해, 어린 소녀 줄리아는 기라성 같은 가부장의 위력을 거부하고 자신의 길을 찾아 나선다. 이 길이 험난하리라는 것이라는 것은 강 건너 불 보듯 너무나 뻔한 운명이었다.

아쉽게도 줄리아의 승리는 자치적인 삶을 영유하는 것이 아니라, 앞서 언급한 동화 속 공주처럼 구원자 왕자—줄리아의 경우는 버리자 백작—를 만나면서 해피한 삶의 여정으로 입문하는 것이었다. 이런 수동적인 해피 엔딩은 역시 빅토리아 시대 소설의 한계를 드러낸다고 볼 수 있다. 그럼에도 줄리아의 도전은, 래드클리프의 도전은, 페미니스트 운동의 첫 발걸음을 떼는 움직임이었을 것이다.

『시칠리아 로맨스』는 전형적인 고딕 소설이다. 고딕 하면, 중세 교회 건축물처럼 웅장하면서 어딘지 모르게 기괴한 면모가 숨어 있는 미스터리한 이미지가 떠오른다. 이 소설도 역시 그런 장면이 많이 보인다. 한때는 웅장했던 성이 이제는 부서진 잔재만 남아 있는 장면이나 자연의 웅장함 속에 인간의 무력함, 혹은 인간의 왜소함을 보이는 정경, 그리고 음침한 지하 감옥과 (치정) 살인 등은 모두 고딕 소설의 특징이다. 필자가 일전에 번역했던『조플로야』의 해설에서 고딕에 관해 설명한 내용이 있어 독자의 이해를 돕고자 여기에 옮길까 한다.

고딕은 중세(12-15세기)의 웅장한 건축 양식으로 잘 알려져 있다. 이 양식은 주로 가톨릭교회 성당이나 수도원 건축에 많이 활용되었다. 16세기에, 이혼을 원하는 왕 헨리 8세와 그것을 반대하는 가톨릭교회 간에 갈등이 생기면서, 가톨릭교회의 영향력이 추락하고 앵글리칸교회가 우세하게 된다. 그러면서 동시에 웅장함과 아름다움을 뽐내던 고딕 건물들이 파괴되고 부서져 흉물로 남는 경우가 많았다. 고딕 소설은 이런 시대적, 환경적, 물리적 배경을 스토리의 배경으로 삼는다.

고딕 소설에는 여러 가지 특징이 있는데, 조지아남부대학교에서 수업 자료로 정리한 것이 눈에 띈다. 그곳에 나온 표제어만 정리해 보자면 이렇다.

조상의 저주, 반가톨릭, 공동묘지, 폐소 공포, 가장(가면), 악마, 도플갱어(동일화), 꿈(악몽), 함정과 감금, 초자연 현상이나 도구, 액막이(귀신 쫓기), 여성 본보기, 유령, 그로테스크(기괴), 유령의 성, 악령, 종교 재판, 경이와 신묘, 마조히즘, 사디즘, 안개, 미스터리, 강신술, 시체 성애, 집착, 쫓기는 주인공, 모호함, 모방, 복수, 몽유, 감수성, 장엄함, 미신, 공포와 전율, 변태, 변형(변신), 신뢰할 수 없는 화자, 뱀파이어, 악의 영웅, 방황하는 유대인, 늑대 인간, 마녀와 주술• (『조플로야』 428-429쪽)

이런 특징을 반영한 고딕 소설 작가로는 찰스 디킨슨, 샬럿 대커, 에밀리 브론테, 샬럿 브론테, 에드거 앨런 포, 나타니엘 호손, 브람 스토커 등이 있다. 『드라큘라』나 『지킬 박사와 하이드』 그리고 『조플로야』 정도가 국내 독자들에게도 친숙한 고딕 소설이라 하겠다. 이 소설에서는 모두 초자연적인 인물과 더불어 초자연적인 사건이 발생한다.

『시칠리아 로맨스』가 위 고딕 소설과 다른 점이 있다면 아마도 초자연 현상에 대한 접근 방식이 아닐까 싶다. 래드클리프는 초반에 초자연 현상이 나타나는 것처럼 분위기를 만들지

• Georgia Southern University. *Glossary of Literary Gothic Terms*. Web. 17 Apr. 2017.

만, 나중에는 그 현상에 대한 설명을 추가해 그 미스터리한 현상은 초자연적인 것이 아님을 드러낸다. 의문의 사건을 소설 앞부분에 전개함으로써 소설 내내 독자의 관심을 이끌어 가는 것이다. 일례로, 소설 초반에 오랫동안 방치되어 있던 남쪽 구역에 미스터리한 불빛과 형체가 나타나는데, 래드클리프는 이 사건을 모티프로 삼아 플롯을 풀어나간다.

앤 래드클리프(1764-1823)는 18세기 영국 문학을 대표하는 (여성) 작가이다. 그녀는 여섯 편의 소설을 썼는데, 당대 최고의 인기를 누렸다. 하지만 아쉽게도 그녀의 작품은 국내 독자에게 대부분 소개되지 않았고, 몇 해 전에 『이탈리아인』만 번역, 출간되었다. 18세기 말에 출간된 영어 소설을 우리글로 옮기는 작업이 녹록지 않아서 일 것이다. 『시칠리아 로맨스』가 출간된 것은 1790년인데, 그해 우리나라에서는 조선의 23대 국왕인 순조가 태어났다. 이렇게 비교해 보면, 이 소설이 얼마나 오래된 고전인지 가늠할 수 있을 것이다.

그럼에도 불구하고 이 소설의 스토리는 현대 독자에게 전혀 진부하지 않다. 플롯의 구성이 탄탄하고, 궁금증을 자아내는 스토리 전개는 독자의 관심을 끌기에 충분하다. 아울러 18세기 말 영국 사회를 엿볼 수 있는 문화 텍스트로서도 대단히 유용하다. 18세기 영국은 꽤 흥미로운 사회였다. 그래서 18세기 영국 사회는 오늘날에도 끊임없이 소설이나 영화, 연극의 (시대적) 배경으로 활용된다.

국내에 소개된 18세기 영국 소설은 매우 제한적이다. 단지 몇 편에 한정되어 읽히고 회자된다. 이를테면 『로빈슨 크루소』, 『걸리버 여행기』, 『오만과 편견』 정도라 하겠다. 특히 『오만과 편견』의 작가 제인 오스틴은 래드클리프와 동시대 작가로 둘이 서로 교제했을 가능성도 있다. 2007년 영화 〈비커밍 제인〉에는 오스틴이 래드클리프를 찾아가 상담하는 장면이 있다. 하지만 실제로 그들이 서로 교제를 나누었는지는 명확하지 않다. 신시아 휘셀은 오스틴의 『노생거 사원』과 래드클리프의 소설 『우돌포의 비밀』이 깊은 연관성, 즉 상호텍스트성을 가진다고 주장했다.• 두 작품의 유사한 플롯 전개나 묘사 방식을 볼 때 휘셀의 주장은 상당히 설득력이 있다.

실지로 앤 래드클리프는 많은 후대 작가들에게 문학적 영향을 주었다. 매튜 루이스, 사드 후작, 해리엇 리, 샬럿 브론테, 에드거 앨런 포, 월터 스콧, 빅터 휴고, 표도르 도스토옙스키 등 꽤 많은 작가가 래드클리프 작품의 영향을 받았다. 러시아 작가 도스토옙스키는 아예 한 작품에 래드클리프라는 캐릭터

• Cynthia Whissell, "Northanger Abbey: Jane Austen's Connexion with Ann Radcliffe and the Gothic," *IJSELL* 5.9 (2017): 51-59.

를 만들어 래드클리프에 대한 애정을 과시하기도 했다. 또한, 국내에 잘 알려진 브론테의 1847년 작 『제인 에어』는 여러 부분에서 『시칠리아 로맨스』를 패러디했다. 『제인 에어』에서 로체스터는 광기를 핑계로 아내를 다락에 가두고 그것을 비밀로 하는데, 『시칠리아 로맨스』에서도 마찬가지로 마찌니 후작은 부인을 아무도 모르게 성의 한구석에 가두어 놓는다. 덧붙여 18세기 이후 고딕 소설은 대부분 래드클리프의 고딕 소설의 서사 방식에 영향을 받았다.

이렇듯 래드클리프는 영어 문학에 지대한 영향을 끼쳤다. 현대에도 그녀의 작품은 여전히 사랑받고 있다. 미국 대학이나 영국 대학에서 그녀의 작품은 당연히 읽히고, 담론되고, 연구된다. 그런데도 여태껏 국내에 그녀의 작품이 거의 번역되지 않은 것은 안타까운 일이 아닐 수 없다. 바라기는 이 번역 출간을 통해서 국내 독자들이 영국 문학에서 선구자 역할을 했던 래드클리프의 작품에 더욱 친숙해지길 기대한다. 아울러 이 책의 편집 과정에서 도움을 준 이진영과 윤예진 님께 감사를 전한다.

2023년 2월

박재영

앤 래드클리프(1764–1823)

18세기 영국 문학을 대표하는 작가이다. 래드클리프는 여섯 편의 소설을 썼고, 당대 최고의 인기를 누렸다. 그리고 많은 후대 작가들에게 문학적 영향을 주었다. 매튜 루이스, 사드 후작, 해리엇 리, 샬럿 브론테, 에드거 앨런 포, 월터 스콧, 빅터 휴고, 표도르 도스토옙스키 등 꽤 많은 작가가 그녀 작품의 영향을 받았다. 러시아 작가 도스토옙스키는 아예 한 작품에 래드클리프라는 캐릭터를 만들어 래드클리프에 대한 애정을 과시하기도 했다고 한다. 현대에도 래드클리프는 여전히 사랑받고 있으며, 영어권 대학에서 그녀의 소설은 당연히 읽히고, 담론되고, 연구된다.

옮긴이 **박재영**

미국 애리조나주립대학교에서 학부와 석·박사 통합과정을 공부하고 영문학 박사 학위를 받았다. 현재는 전북대학교 영어교육과 교수로 재직하고 있다. 문학과 영화에 관한 30여 편의 논문을 썼고, 초등 영어 교과서와 고등 영어 교과서 집필에 참여했으며, 마빈 피셔 도서상, 윌프레드 페렐 기금상, 전북대 우수지도교수상, 온라인 Best Teacher상을 수상했다. 옮긴 책으로는 샬럿 대커의 『조플로야』, 제시 포셋의 『플럼번』, 엘런 글래스고의 『글림 1, 2』, 윌키 콜린스의 『이세벨의 딸』, 앤 피트리의 『116번가』가 있다. 최근에는 *Black No More*와 *Contending Forces*를 번역하고 있으며, 다시 새로운 고등 영어 교과서 집필에 합류했다.

시칠리아 로맨스

지은이 앤 래드클리프
옮긴이 박재영
펴낸이 양오봉
펴낸곳 소리내

초판 1쇄 인쇄 2023. 3. 6.
초판 1쇄 발행 2023. 3. 10.

소리내 전라북도 전주시 완산구 어진길 32 (풍남동2가)
전화 (063) 219-5319~5322
FAX (063) 219-5323
출판등록 2012년 8월 20일 제465-2012-000021호

값 15,000원

ISBN 979-11-6372-192-5 03840

'소리내'는 전북대학교출판문화원의 임프린트입니다.